婉约词

风花雪月里蕴藏的缱绻柔情

妙欢◎编著

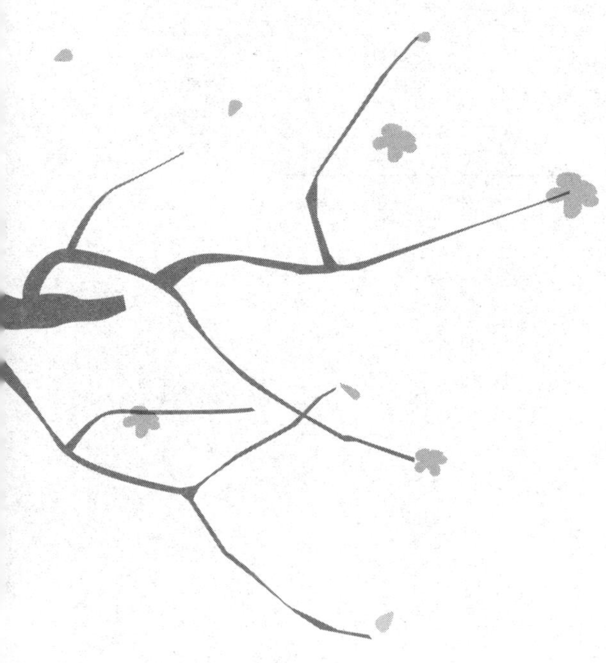

江苏人民出版社 凤凰含章

图书在版编目（CIP）数据

婉约词 / 妙欢编著 . -- 南京 : 江苏人民出版社 , 2016.6

（含章文库）

ISBN 978-7-214-17587-8

Ⅰ . ①婉… Ⅱ . ①妙… Ⅲ . ①婉约派 – 词（文学）– 诗歌欣赏 – 中国 Ⅳ . ① I207.23

中国版本图书馆 CIP 数据核字（2016）第 084879 号

书　　名　**婉约词**

编 著 者　妙　欢
责任编辑　张晓薇
装帧设计　象上设计
出版发行　凤凰出版传媒股份有限公司
　　　　　　江苏人民出版社
出版社地址　南京市湖南路 1 号 A 楼，邮编：210009
出版社网址　http://www.jspph.com
经　　销　凤凰出版传媒股份有限公司
印　　刷　北京旭丰源印刷技术有限公司
开　　本　718mm × 1000mm　1/16
印　　张　18
字　　数　284 千字
版　　次　2016 年 6 月第 1 版　2016 年 6 月第 1 次印刷
标准书号　ISBN 978-7-214-17587-8
定　　价　32.80 元

（江苏人民出版社图书凡印装错误可向承印厂调换）

目录

吕 岩

（812—866）

字洞宾，道号纯阳子，自称回道人，世称回仙。咸通年间，考中进士，两调县令。后值黄巢作乱，社稷不宁，百姓遭殃，自感人生无常世事浮云，遂携家归隐终南山，其后如何，便不得而知了。但在众多小说家、戏曲家的笔下，吕洞宾的一生颇为传奇。后于长安遇仙人钟离权，经黄粱一梦，度化成仙。据《国史》载："吕洞宾本儒生，因科场不利，而转学道，遇五代隐士钟离权授以内丹道要，隐居终南山，活动于关中等地。"这是比较可信的说法。其所作诗词众多，尤其是诗，全唐诗辑为四卷，共二百余首，流传于世。

梧桐影

落日斜，秋风冷。今夜故人来不来？教人立尽梧桐影。

【词译】

日头西斜，黑夜将至。秋风阵阵，吹得顶上的梧桐树叶沙沙作响，而后又有金黄的树叶飘落，拂过额际肩头，终是落了一地。西风越吹越冷，败叶越落越多。然而我等待的人却迟迟没有现身。踟蹰，犹豫，徘徊。哎，那人今晚到底还来不来了呢？不忍离去，又心怀微怨，竟然就这样久久在梧桐下站立。直到月影都渐渐稀薄，梧桐投射在地上的碎影也慢慢淡去……

【评析】

据《竹坡诗话》载，"大梁景德寺峨眉院壁间，有吕洞宾题字。其语云：'落日斜，西风冷。幽人今夜来不来？教人立尽梧桐影。’字画飞动，如翔鸾舞鹤，非世间笔也。宣和间，余游京师，犹及见之”。与《苕溪渔隐丛话》《词林纪事》相同，皆备言这首《梧桐影》是吕岩于京师大梁景德寺峨眉院的一首题壁诗。《全唐诗》小传亦记载着，“词家相传，吕岩《梧桐影》乃当时所作。至于他作，乃乩师所录”。虽各书辑录的具体词句稍有出入，如在《苕溪渔隐丛》中作“明月”“秋风”“今夜”，但仍可看出这是吕岩学道归隐前的作品。

而关于这首词作到底是写友情还是爱情，词人所苦苦等候的“故人”究竟是恋人还是友人，直至今日，仍莫衷一是。虽今人多以之为等待友人之作，但著名词人柳永却不是这么认为的。柳永《倾杯》词云：“金风淡荡，渐秋光老、清宵永。小院新晴天气，轻烟乍敛，皓月当轩练净。对千里寒光，念幽期阻、当残景。早是多愁多病。那堪细把，旧约前欢重省。最苦碧云信断，仙乡路杳，归雁难倩。每高歌、强遣离怀，奈惨咽、翻成心耿耿。漏残露冷。空赢得、悄悄无言，愁绪终难整。又是立尽，梧桐碎影。”最末三句，便是化用吕岩词句，而柳永此作“那堪细把，旧约前欢重省”乃是诉说与爱人相隔两地，杳无音信的痛苦。当然《古今词话》中的记载，更为柳永用吕岩语添了一丝怪诞与神鬼之说，“耆卿作《倾杯·秋景》一阕，忽梦一妇人云：‘妾非今世人，曾作前诗，数百年无人称道，公能用之。’”依此言论，吕岩词竟是出自妇人手笔，死后仍嗔怨不已，竟托梦柳七。虽诚不可信，但倒也能从侧面证明，当时的人确以此《梧桐影》为写情爱之笔。

“落日斜，秋风冷”，简单六个字，写出时间与季节，正是“月上柳梢头，人约黄昏后”。然而一个“冷”却又在看似不经意间，透露出了词人的心情，不禁让人猜测，此时词人是不是已经等待了一阵了？或许是因为难以按捺与故人相见的激动心情，于是提早便在此等候了？

“今夜故人来不来？”这一问，时间上已有了推移，已彻底进入了夜的怀抱。夕阳被明月替代，星星寥落暗淡，这样的夜色中，苦等一个人，心情之凄切可想而知。于是便无怪于此问中有微嗔之意，到底还来不来了？怎么还不来？因何不守时？由等待而生的焦虑与猜疑，慢慢发酵。虽然如此，词人却仍不愿回去，不愿放弃等待，这般执着，确实不像是在等友人，更像是在饱受爱情的煎熬。毕竟，等待从来就是爱情的一部分。当然，古人之守信向来无法以今人之心揣度，如《庄子·盗跖》：“尾生与女子期于梁下，女子不来，水至不去，抱梁柱而死。”所以词人这里到底是因舍不下对恋人的相思而不肯离去，还是因恪守信用的美德不能离去，又或兼而有之，委实值得细品深思。

“教人立尽梧桐影”，约定之时早就过了，词人虽心有动摇，但到底没有离开，一直等到连月光都灰暗了下去，树影稀疏不明，良宵已逝之时。“梧桐一叶落，天下尽知秋”，一叶知秋，说的就是梧桐树。于是梧桐在诗词中便有了作为衰败征兆的意味，飘散着凄凉孤寂的味道。零星破碎的梧桐影，伴随着词人空等一夜的失望忧愁，情景相辅相成，叫人断肠。

温庭筠

（约812—866）

原名歧，艺名庭筠，字飞卿，生于没落贵族家庭，祖辈温彦博曾是唐初宰相。仕途不得志，屡举进士而不第。大中十一年，襄阳刺史徐商辟为巡官，后官终国子助教。其人才思敏捷，相传每入试，押官韵作赋，叉手构思，凡八叉手而成八韵，故时号“温八叉”。温庭筠诗词俱佳，在词史上，与韦庄齐名，尊为“温韦”。其词风秾艳，辞藻华丽，为花间派之鼻祖。其著作《握兰集》《金荃集》等，今已散佚。今所传的飞卿诗词，皆出自《花间集》《金奁集》等。现存词有王国维所辑的《金荃词》一卷以及林大春汇集的《唐五代词》。

更漏子

玉炉香，红蜡泪，偏照画堂[①]秋思。眉翠[②]薄，鬓云残，夜长衾枕寒。

梧桐树，三更雨，不道[③]离情正苦。一叶叶，一声声，空阶滴到明。

【词译】

清冷的秋夜，于她而言最是难挨。玉炉内焚着的熏香寒烟袅袅，猩红的蜡

注

① 画堂：装饰华丽的厅堂。

② 眉翠：以翠黛描画的眉。

③ 不道：不管不顾，不理会。

烛淌着红泪，那黯淡的光芒将这一间华室映照得愁云惨淡。而她拥着枕被，久久无法入睡，只觉得秋意一层一层地浸润进来，浸得浑身冰冷。那银灰色的寒气，就这样爬上她的双眉褪了翠黛之色，又爬上她的鬓发乱了云髻之形。她在这孤独的秋夜里，失了往日从容恬静的姿容。

秋雨不解离情苦，偏选在今夜下个不停，一滴一滴，一声一声，仿佛全击打在了她那本就支离破碎的一颗心上。三更时分的冷雨，就这样自顾自地滴落在空无一人的石阶上，直到远天泛白，一夜将尽。而画堂内的听雨人，又是彻夜未眠。

【评析】

温庭筠词作的题材与内容并不是十分广泛，时常“男子而作闺音”，其代表作《更漏子》《菩萨蛮》也多是类似内容。本首《更漏子》更是直接借秋夜“更漏”的惨淡景况，写出思妇彻夜的辗转与愁闷。其词中的沉郁萧瑟与含蓄凄婉，都对后世李清照的填词作曲产生了深远影响。

“玉炉香，红蜡泪”，起笔两句写室内景象，夜色中，思妇唯有与玉炉红蜡为伴。“玉炉”一是写其精美，二是暗含玉色洁净生寒之意。而“红蜡”缀以一个“泪”字，当然就更加明显地点出了思妇的心情，正如晏几道的一句“红烛自怜无好计，夜寒空替人垂泪”。红蜡之色泽艳美，如这妙龄思妇一般，是其自身的象征。既然如此，她心中苦涩便可由红蜡代为垂泪。

三句“偏照画堂秋思”，“偏照”乃承接上句的烛光，“秋思”深藏于思妇心中，怎能映照得到？但这里却如此下笔，反倒将思妇的愁与恨放大，将她的情绪暴露无遗，仿佛从冰冷的深海中被拖拽而出，再无处躲藏。“画堂”则与前番精美别致的玉炉相呼应，以室内陈设的美妙如画，衬出思妇因离情所困，空负了这般美丽。“眉翠薄，鬓云残”，这两句更进一步，既然思妇的心愁已然暴露，那她在此情此景的刺激下更是一副戚戚然的样子了。一“薄”一“残”，相由心生。“夜长衾枕寒”，如后来李清照思念赵明诚的“半夜凉初透”一样，夜不能寐的女人，又叹黑夜漫长难挨，又觉枕被生寒。

下阕由室内的所见所触转向较为虚像的室外所闻，表面上写雨打梧桐，滴答一夜，而实际上也暗示着思妇一夜无眠的痛苦。“不道离情正苦”，思妇没了奈何，甚至将那秋雨埋怨，正是“无语怨东风”之感。“空阶滴到明”，化用自何逊《临行与故游夜别》的“夜雨滴空阶”，以极淡的手笔描绘极深极浓的感情，正是微妙之处。谭献《谭评词辨》卷一评：“‘梧桐树’以下，似直下语，正从‘夜长’逗出，亦书家‘无垂不缩’之法。”而这个“无垂不缩”之法，也因凄警特绝，而被后世词人多次化用。如李清照《声声慢》“梧桐更兼细雨，到黄昏点点滴滴，这次第，怎一个愁字了得”；聂胜琼《鹧鸪天》“枕前泪共阶前雨，隔个窗儿滴到明”。

全词上阕中“玉炉”“红蜡”“画堂”“眉翠”“鬓云”“衾枕”，意象的使用非常密集，而下阕中着重写雨打梧桐，仅此一个意象，空灵清淡。这一密一疏，一浓一淡的两种对比，更使得词末意蕴无穷，使淡句淡得更加悠远。诚如唐圭璋所言：“宋人句云：‘枕前泪共阶前雨，隔个窗儿滴到明。’从此脱胎，然无上文之浓丽相配，故不如此词之深厚。”

梦江南

千万恨，恨极在天涯。山月不知心里事，水风空落眼前花，摇曳[①]碧云斜。

【词译】

恨满天涯，千丝万缕，多得像九霄之上轰然坠下的倾盆大雨，一滴一滴，最终都连成了线，遮天蔽日。然而那叫我深恨的根源，却在遥远的千里之外，远到恐怕连这里的雨水，也打湿不了他所在的城池。

入夜仍是毫无睡意，推开窗枢，只见远山之巅高悬着的一轮明月。这清明

注

① 摇曳：摇荡、动荡之意。

澄净的圆月，怎会懂得我心中的不平事。就若那广寒宫中的嫦娥，那般孤高美丽，却又可曾真的思念过谁？沾染了山间湿气的夜风，兀自吹过，拂过花枝，群花乱颤，最终又落红无数。这纷乱的景象，仿佛悠悠云彩在青天上飘飘摇摇。

【评析】

“词之难于令曲，如诗之难于绝句”，这首词中小令便是飞卿词中的独特精品。《草堂诗余别集》在温庭筠《梦江南》下有题“闺怨”，而这首通过描写思妇夜月怀人的情景，将其心中抽象的“恨意”，通过种种意境赋予形色具体呈现，表达了思妇独居深闺等待情郎归来的悲戚。全词低回婉转，悲凉悠然。

“千万恨，恨极在天涯”，开篇两笔力重千钧，一开口便是极恨之语，并非词人常用的那些温温软软、凄凄艾艾的遣词造句，纯粹地直抒胸臆，与寻常的飞卿词看起来大有区别。“恨”乃是词眼，而“千万”与“极”都竭力写其之众多与深重，而“在天涯”又猛然将这无穷无尽的散乱恨意收束起来，直指一处，便是那情郎所在的天涯之远处。这个开头虽已是不凡手笔，但终究浮于表面，所谓恨，到底太过抽象，而且一言已极，已如当头棒喝，下文要如何展开阐释与描绘，才真是考验词人功力的地方。

“山月不知心里事”，三句思妇哀怨满腹，对月怀远，月却不解。这里说是“山月不知”，实际上却是思人不知。思妇的“心里事”便是上文所说的怀人之恨，既是如此，此恨自然希望远方的那个人能知道，甚至能与她一道感同身受。但可怜那位天涯人与山顶月一样的遥远，一样对她的心事毫不知情。由此刻画出思妇的寂寞孤独，不仅形单影只，连思想上精神上的共鸣人也没有。并非“两处沉吟各自知”，而单单是她一人“心有千千结”。

“水风空落眼前花”，四句与前句有异曲同工之处，不仅形式上对仗工整，内容上也是匠意雷同。风吹花落，大有“花自飘零水自流”的意味，全然不解观花人脆弱的精神状态，只是愁上添愁。而词人在此更有以花喻人的意思，思妇的惜花之心，也包藏着对自己青春凋零的感伤。虽然人都是要逐渐老去的，但这里却更为可悲，乃是“空落”，写出思妇是在等待中白白老去。《古诗十九首》有云，“思君令人老，岁月忽已晚”。

“摇曳碧云斜”，这句仍是借景抒情，词首思妇将思与恨凝聚到了无边的天际之远，而词尾重将镜头转回那辽阔的青天，以碧云摇曳表现思妇动荡不安的心思，以碧云斜落表现思妇日益低沉的情绪。结句虽短促，但余思袅袅，咀味绵长。

唐圭璋在《唐宋词简释》中评全词："此首叙飘泊之苦，开口即说出作意。'山月'以下三句，即从'天涯'两字上，写出天涯景色，字字堪恨，字字堪伤。而远韵悠然，令人吟诵不厌。"

望江南

梳洗罢，独倚望江楼[①]。过尽千帆皆不是，斜晖脉脉[②]水悠悠。肠断白蘋[③]洲[④]。

【词译】

良人远走，音信全无，世人总安慰说没有消息，便是最好的消息。于是，我不知道他的归期，便仿佛每一天都有可能成为我们的再见之日。正因有了这个念想，我日日梳头洗面，挽髻描眉，然后独自匆匆登上那望江楼。这一切，只是为了能在第一时间以最美的姿态迎接他的归来。

望江楼上视野开阔，每一张出现在地平线上的白帆都不会错过。我斜倚着楼柱，看着江面上南来北往的船只，仔细地打量每一条船的形貌，观察每一条船

注

① 望江楼：楼名，因临江而得名。

② 脉脉：凝视、静默无言状，又有情思不断、含情欲吐之意。

③ 白蘋：白色的水中浮草，古时常为男女的赠别之物。

④ 洲：水中陆地。

的路径，因为它们中的任何一只，都有可能成全我的全部希望与祈盼。可惜啊可惜，今天又是失望而归，这么多的归舟竟都无法将他带回。夕阳的余晖洒满江面，赤黄色的江水仍旧滚滚流动，而我的心却干涸在那片白蘋洲上。

【评析】

“梳洗罢，独倚望江楼”，起首一句，便写出了这首词里所描写的思妇的与众不同。以孤等良人归来为主题的闺怨词并不在少数，而词中的思妇多因心爱之人不在，或是日晚倦梳头，或是任宝奁尘满，或是日上花梢犹压衾卧。相反，这首《望江南》里的思妇却早早起床梳洗打扮，很是不同。而且一个“罢”字，也显出她内心的急切，非常希望能尽量早一点登楼望夫归。一旦梳洗完毕，毫不耽搁，便“独倚望江楼”去了。这看似平淡的几个字，却赋予了思妇巨大的希望，而这希望越沉重越热烈，随后的失望，甚至绝望，便越凄凉越惨痛。况且再真挚的盼望，也消除不了思妇等人的寂寥，“独倚”的运用，将思妇斜靠楼柱的寂寞背影无限扩大。正是“想佳人妆楼望，误几回、天际识归舟。争知我，倚阑干处，正恁闲愁”。

“过尽千帆皆不是”，只一瞬便将思妇的希望碾得粉碎，船尽江空，人何以堪！千帆已尽，可见思妇登楼望夫的时间之久，看见过的船只之多。而曾经每一张帆、每一条船，甚至是日落之前的每一分每一秒都带给过她希望。于是无数次的希望，紧接着无数次的失望，循环往复，让人心力交瘁。直至最终只能看到“斜晖脉脉水悠悠”之景，思妇才终于绝望。从朝至暮，从千帆至空江，此时思妇的内心正是最为凄凉之时，眼中的斜晖也“脉脉”江水也“悠悠”，融情于景，比直接描写她的伤心绝望更为精妙。《古诗十九首》有云，“盈盈一水间，脉脉不得语”，所以“脉脉”有欲说还休、含情不露的意思，更证明此处“脉脉”者，是人而非晖，将思妇之愁肠无以言表的样子写得淋漓透彻。

望江楼、千帆、斜晖、江水，此前种种意象的堆叠，一点一点地将思妇的情感积累起来。这些意象因贯穿着词中人的感情，又有哪一个不是“脉脉”且“悠悠”。物因人而贵，因为赋予了词中人的一片深情，所有这些船与水、楼与晖，都成了词中人的一部分，因之而喜也因之而悲。直至词末，强而有力的一句直抒胸臆，“肠断白蘋洲”，给人以剧烈的坍塌感。要在短短的一阕小令中，将情感渲染到如此极致，绝非易事，足见词人的精巧构思。最终仅通过思妇的一个视线，便将集束的感情彻底爆发出来，掷地有声。空空的江面上，思妇没将目光投向那流动的滔滔江水，而是放在了一动不动的水边空地上，十分耐人寻味。为读者留下了充分的想象空间，仿佛思妇的含恨与痛苦，仍旧没有完尽，惹人遐想。

明人沈际飞在《草堂诗余别集》中评全词：“痴迷，摇荡，惊悸，惑溺，尽此二十余字。”整首词非常干净利落，简洁清丽，毫无矫饰之态，以精巧的构思在不足三十字的篇幅内，刻画出复杂的人物心理，足见功底。

菩萨蛮

小山[①]重叠[②]金[③]明灭[④]，鬓云[⑤]欲度[⑥]香腮雪。懒起画蛾眉，弄妆梳洗迟。

照花前后镜，花面交相映。新帖绣罗襦[⑦]，双双金鹧鸪。

【词译】

她弯弯的小山眉蹙拢来，青黛的眉色漫染，隐隐绰绰地遮住了她眉际的些许

注

① 小山：眉样专词，乃眉妆的一种名目。

② 叠：蹙眉之意。

③ 金：这里指唐五代之际，女子额间的妆饰，额黄。

④ 明灭：若隐若现的样子。

⑤ 鬓云：形容发髻蓬松如云，鬓边松散下垂。

⑥ 欲度：将掩未掩的样子。

⑦ 罗襦：上衣，丝绸短袄。

额黄。乌黑的头发蓬松如云，轻轻盈盈地垂下，将她洁净如雪的圆润香腮，隐约掩饰，恍若云影轻度。她终于迟迟缓缓地起了床，慵懒地抬着手，勾画纤细而修长的蛾眉，再慢慢将妆饰一件一件地铺陈开来，细细妆扮。对镜簪花，花与人在前镜后镜中，叠影重重，交相辉映。换上新的罗襦，上面一双金线绣出的鹧鸪，栩栩如生。

【评析】

在温庭筠的十四首《菩萨蛮》中，这首流传最广，最为独特，乃飞卿词的代表作之一。周汝昌先生评本词言："此篇通体一气。精整无只字杂言，所写只是一件事，若为之拟一题目增入，便是'梳妆'二字。领会此二字，一切迎刃而解。"这便是这首《菩萨蛮》的精妙所在，词人择选了女子的一个生活片段进行描写，勾勒一幅女子的晨起梳妆图，而对女子的心情神思并不直言，只在字里行间若有似无地暗藏些许人情，而到底女子何人，心中何事，究竟不甚了了，留下了充分的想象与回味的空间。

"小山重叠金明灭"，写女子于闺中待起双眉紧蹙、额黄暗淡的样子。"小山"旧解多以为是"小山屏"的简化，指折叠着的绘有山峦的屏风。但现经推敲，已多认为是指晚唐五代时，女子的一种眉妆。《十眉谣》中描绘小山眉为："春山虽小，能起云头；双眉如许，能载闲愁。山若欲雨，眉亦应语。"再有孙光宪《酒泉子》："玉纤淡拂眉山小，镜中嗔共照。翠连娟，红缥缈，早妆时。"韦庄《荷叶杯》中的"一双愁黛远山眉，不忍更思惟"等，皆是指代眉妆。而额黄也是一种妆饰，可染画也可粘贴于额间眉际。李商隐《蝶》诗亦云："寿阳公主嫁时妆，八字宫眉捧额黄。"温庭筠另有一首《照影曲》也曾言："黄印额山轻为尘，翠鳞红樨俱含颊。"

"鬓云欲度香腮雪"，仍续写女子未起时的容貌，前句说眉，此句说鬓，如周汝昌先生所言，梳妆梳妆，"妆者，以眉为始；梳者，以鬓为主；故首句即写眉，次句即写鬓"。女子鬓发如云，形容其松散凌乱，甚至些许垂发掩于面颊。这头两句的遣词造句实际非常精美，"山""金""云""香""雪"，以这类辞藻描绘出女子的娇容与慵姿，别致已极。

"懒起画蛾眉，弄妆梳洗迟"，这两句便开始写女子起床梳妆的情态了。其中一“懒”一“迟”透露出女子心绪，并无太大兴致。“画蛾眉”照应上文的“小山重叠金明灭”，将已模糊的眉妆重新画好。而“梳洗”则侧重在梳，重整前番提及的“鬓云”。陈廷焯在《白雨斋词话》中评二句，乃是“无限伤心，溢于言表”。

“照花前后镜，花面交相映”，这里交代女子梳洗已毕，开始簪花，并对自己的妆容进行最后的审视。所谓“前后镜”，前者指梳妆盒内的座镜，是固定好了的；后者指的是可以手持的柄镜。如此两面相互照看，簪花与人面自然在镜中出现许多重影，此景非常独特。然而镜中的花与人，都处于最美的时节，花虽得以饰人，而人却只能对镜自怜，未免招人叹惜。

“新帖绣罗襦，双双金鹧鸪”，末尾两句便是女子晨起梳妆的最后一步，穿衣。而此时词人不着笔墨在女子的冰肌玉骨，或是服饰的富贵华丽，偏偏写了一对金鹧鸪。一双一独，凸显女子孤独之哀。与前面的“迟”“懒”，终是一味，回互呼应，文思巧妙。

韦 庄

（约836—910）

字端己，谥文靖，乃著名诗人韦应物的玄孙。早年屡试不第，直到乾宁元年，始中进士，其年已近六十。天复元年，韦庄入蜀，为王建掌书记，自此终身仕蜀。天复七年，王建称帝，建立前蜀，次年封韦庄为宰相。韦庄与温庭筠同为花间派词人，词风清丽，情思深婉，善用白描手法抒发离情别绪与自身的游乐生活。其《浣花集》因曾居于成都草堂故址而得名。另有五十五首词作传世，散见于《花间集》《尊前集》《金奁集》中，后辑成《浣花词》一卷。

菩萨蛮

人人尽说江南好，游人只合[1]江南老。春水碧于天，画船听雨眠。

垆[2]边人似月，皓腕凝霜雪。未老莫还乡，还乡须[3]断肠。

【词译】

落叶思归根，我何曾不想重返中原，怎奈身居要职，欲离离不得，故乡动乱，欲归归不成。于是这里的人便劝慰我说，江南是如此之美好，即便是天涯旅人也应该在这里待到垂垂老矣。你看那春天的江水，竟比辽阔的苍穹更加青

注

① 只合：应当、只应。

② 垆：安置酒瓮的土墩，代指酒家。

③ 须：必定，肯定。

碧，而你便可趁此良景，泛舟江面，静静地躺在画船上伴着淅淅沥沥的雨声入眠。等到风停雨住，且去江岸买一壶酒，那站在垆边卖酒的江南女子，堪比姿色绝美的卓文君，在为你盛酒时，纱袖轻挽，露出白若霜雪的肌肤。所以啊，江南好来江南美，未到老时莫还乡，如若不然，一回家乡便会悔断肚肠。

【评析】

俞陛云在《唐五代两宋词选释》中言，“端已奉使入蜀，蜀王羁留之，重其才，举以为相，欲归不得，不胜恋阙之思。此《菩萨菩》词，乃隐寓留蜀之感。‘江南好’指蜀中而言。皓腕相招，喻蜀主縻以好爵；还乡断肠，言中原板荡，阻其归路。‘未老莫还乡’句犹冀老年归去”。即是说，这首《菩萨蛮》实际上是韦庄入蜀后，无法重归中原有感而作。不论此断是虚是实，这首词确实表现出了词人对词中所说的“江南”一地的赞美，同时也暗藏着漂泊羁旅的思乡之愁，毕竟“月是故乡明”。

“人人尽说江南好，游人只合江南老”，开篇两句直白地赞美江南，首句写江南之好是众所周知且有目共睹的，但这里却又只说了“人人”，词人自己是否也这样认为，特别是是否认同第二句中远游的行人也该在江南终老的观点，就很不一定了。二句暗示词人自己便是他人口中的“游人”，身在江南，也是漂泊无依。另外这里的“游人”也与下文中的“还乡”相互照应。其中“只合”二字所表达的感情非常强烈，显出劝留人的口吻之笃定激切，同时也暗示着词人本身其实是有家不能回的状态，说是“只合”，恐实为“只能”。如韦庄《秦妇吟》所写，“内库烧为锦绣灰，天街踏尽公卿骨”，中原战事纷乱动荡异常，想回去，谈何容易？

“春水碧于天，画船听雨眠”，这两句承接上文，详细描写江南景色的秀美，生活的安适。江南的水比天更青，而美景不可辜负，江南人的生活方式也一并怡然自得起来，在水天一色间，躺在轻轻摇曳的精美画船内，听雨而眠。于梦中，再见一场江南烟雨。好一幅诗情画意，人间仙境。“垆边人似月，皓腕凝霜雪”，都说地灵人杰，这两句便在描绘江南美人。“垆边人”借用卓文君当垆卖酒的典故，《史记·司马相如列传》载，“买一酒舍沽就，而令文君当垆”。这一用典便令人不禁联想起卓文君的才貌双全，风姿绰约。后一句特写美人卖酒时，攘袖而露腕的情态，以手腕的洁白无瑕，暗示其人之如月如雪。

“未老莫还乡，还乡须断肠”，最末两句与开篇一样，皆是直抒胸臆，又是留人之劝。“未老”表达出人尚年轻，尚且可以坚持在外漂泊几年，还没到落叶归根的时候，另一方面也写出江南的生活正适合青年俊杰在此风流潇洒。而“莫”字显然是劝解之辞，暗示出词人实际是想还乡的，若此处改用“不”字，意思就会全然不同。“还乡须断肠”，这里断肠的原因可以推想有二，一是劝留人口中的江南好，如此好的地方，若离开了才知珍惜才觉后悔，恐悔青肚肠。但说到底，这种感情只是“悔”，要达到“断肠”的地步，必须得有后一个缘故的影响。那便是故乡的战火烽烟，回去后满目疮痍，物是人非，叫人怎堪忍受？正是“怕肠断，肠亦断矣”！

思帝乡

春日游，杏花吹满头。陌[①]上谁家年少足风流？妾[②]拟将身嫁与一生休[③]。纵被无情弃，不能羞[④]。

【词译】

春，是不耐寂寞的季节。百花争妍、莺飞燕舞，我独自出外踏青。东风强劲，吹来春泥的清新，吹落满树的杏花。一瓣两瓣三四瓣，越来越多的花瓣缀

注

① 陌：东西走向的土埂。

② 妾：古代女子的谦称。

③ 一生休：直到生命的尽头，至死方休。

④ 羞：羞愧后悔。

满我的云髻，白的白，粉的粉，不忍拂去。

狭窄的阡陌上，迎面走来一位风度翩翩的少年，我一眼相中，心中满是情意。那东风牵动着他的衣角，也牵动了我的心。尽管我甚至不清楚他姓甚名谁，到底是哪一家公子，但我若能嫁他为妻，与他偕老，纵被他始乱终弃，我也无怨无悔。

【评析】

文人雅士作的小令以含蓄典雅为佳，而汉族民间的小令一般用语俚俗，表意直白。韦庄的这首《思帝乡》便非常接近民歌，词意朴实无华，词语明快通俗，是非常独特的作品。全词描写了一位怀春的少女，对爱情执着且热切地追求，甚至敢于冲破封建礼教，想要婚姻自主。全词读来十足爽快，情感真挚丰美。

起笔“春日游”三字，看似只是平淡地点明时间与事件，但若能加上一点合理的想象，便不难知道少女正以最美的年华，身处最美的风景之中。万物复苏，大地回暖，少女心中的热情也开始萌芽。一个“游”字，明快地写出少女踏青的心情乃是轻松愉快的，是因不忍辜负大好春光，而踏上郊游之行。既然连一年一度的春光都不愿错过，这位情感强烈的少女，又怎会忍心放任一生一次的青春就这样白白溜走呢?

“杏花吹满头”，这句用“杏花”照应前文的“春日”，用“吹满头”照应“游”，将少女放入这姹紫嫣红的春景之中，仿佛能受到春光的浸染，就像落满头的杏花一般。“吹”这个动词，写出群花飘落的盛美，并没有春愁诗词中常用的“飘”“打”之类的动词，所带来的萧索哀伤。这里之所以知道乃是群花飞舞的景象是源于“满”字，表明了这时百花开得正茂，仿如少女满怀的感情，即将溢出一般。

“陌上谁家少年足风流”，一个“足”字显出少女已然对这位倜傥的公子哥一见倾心，毕竟年少的爱情就是如此，来得毫无征兆，如被闪电击中心房一般迅疾。“妾拟将身嫁与一生休”，在一见钟情的基础上，少女竟大胆希望能嫁他为妻，并且立下终身的誓言，足见情感的强烈与饱满。“纵被无情弃，不能羞”，末尾两句非常的遒劲有力，少女即便被休弃，也仍要奋不顾身地去爱去追求，其一是可见她为爱牺牲、为爱奉献的觉悟。因为爱情本身就是有风险的，甚至有时是不计后果的，“问世间情为何物，直教生死相许”，爱情就是这么谢绝逻辑的存在，少女的这种意志便是体现。其二是可见她追求的婚姻是两情相悦的感情，不是凑凑合合，不是父母之命媒妁之言，在当时的背景下看来，尤为大胆浓厚。毕竟古代的封建礼教对女子自由恋爱的迫害是非常严重的，如白居易《井底引银瓶》中所述种种，“到君家舍五六年，君家大人频有言。聘则为妻奔是妾，不堪主祀奉苹蘩”。直至最终颇有怨恨的“寄言痴小人家女，慎勿将身轻许人”！如此反衬之下，更见韦庄词中少女之炽烈，令人感动。

最后，不得不说像这类近乎民歌的抒情词作，在五代的文人词中委实少见。栩庄就曾经说过：“爽隽如读北朝乐府。”所谓北朝乐府是指南北朝时期北方文人的民歌作品，他们的民歌不似中原的束手束脚，也不似南方的百转千回，没有那么多礼数，而是心直口快。类似韦庄此作中的“妾拟将身嫁与一生休。纵被无情弃，不能羞”，即便是谈婚论嫁，也没什么好羞答答的，如“天生男女共一处，愿得两个成翁妪”“门前一株枣，岁岁不知老。阿婆不嫁女，那得孙儿抱”等，虽不够唯美，却都具有强烈的生命力，而这种无法抗拒的生命力，才是韦庄这阕《思帝乡》为人称道至今的根本原因。

女冠子

四月十七，正是去年今日，别君时。忍泪佯[①]低面，含羞半敛[②]眉。
不知魂已断，空有梦相随。除却天边月，没人知。

注

① 佯：假装，有意遮掩。

② 敛：收敛、皱起，这里指蹙眉。

【词译】

四月十七日，这个原本平凡的日期，却因你的离开而变得与众不同，变得沉重千万，最终成为了刻在我心上的一道刺青。你一去，已经年。道别那日，你依依不舍的样子，我已记不真切，因为我光是为了忍住眼泪就已竭尽了全力。我不敢抬头直视你的眼睛，只能假装低下头来，好让你看不见我满眶的泪水。我双眉微蹙，紧咬着下唇，你以为我只是含羞娇媚，可实际上我却是在忍耐对你的挽留。

自从离别后，度日如年又浑浑噩噩，日子一天天过去，好像没有改变，又若有所失。不知魂断，只能在梦中与你相伴。而这样的生活，却无人知晓，唯有见证我们分别的明月，空悬九霄。

【评析】

这首《女冠子》在《草堂诗余别集》中题为“闺情”，普遍认为是通过描写少女与情郎分别时的样子以及别后的相思之苦，体现出少女的痴心一片。但也有另一种解法，刘永济《唐五代两宋词简析》中，认为这首乃追念其宠姬之词。因为韦庄还有一首《女冠子》与本作乃联章词，所谓联章词，即是有两首或两首以上的一组词写同一件相关的事，表达同一个主题。另一首《女冠子》词云：“昨夜夜半，枕上分明梦见。语多时，依旧桃花面。频低柳叶眉。半羞还半喜，欲去又依依，觉来知是梦，不胜悲。”虽然两首词中的主人公可能不尽相同，一说“别君时”，一说“依旧桃花面”，可见是从女方与男方的不同口吻叙述的。但二者确实都有追念旧情的意思。而刘永济以其二首为同一主人公，言：“前首是回忆临别时情事，后首则梦中相见之情事也。明言‘四月十七’者，姬人被夺之日，不能忘也。”

上阕起笔“四月十七，正是去年今日”，如此浅显直白的表述，在词史上是极为少见的。但“正是”二字，将这一看似毫无内涵的客观记录变得另有深意，说明少女将这个离别之期记得如此牢固，可以想见她一整年的相思之苦。由此，这个开头便带有了浓厚的主观情感，仿佛这一年过得既快又慢，还没等到情郎归来，怎就过了一年了呢，猛然间，正是离别之期再现，叫人唏嘘。无怪乎陈廷焯赞韦庄词“似直而纡，似达而郁，最为词中胜境”。

“别君时”是过渡句，承上启下，承接上文的日期，点明四月十七是他们分别一年的日子，同时为下文展开回忆做铺垫。“忍泪佯低面，含羞半敛眉”是用白描的手法写少女离别时的情态，一举一动，一低眉一颔首间，都暗示着少女痛苦纠葛的心理活动，足见词人之笔下生花。为忍泪而频频低头，含羞敛眉又似有千言万语无从说起，正是“无语凝噎”之态。陈廷焯在《云韶集》中评说：“起得洒落。‘忍泪’十字，真写得出。”

下阕转入抒情，写别后的相思眷念之苦。“不知魂已断”，这里的“不知”最为精妙，比起直言断肠之痛来说，更突显少女的如痴如狂、魂梦颠倒之态。从而才至于日有所思夜有所梦，“空有梦相随”。正是“不知得妙，梦随乃知耳。若先知那得有梦”？“空有”二字甚为凄苦，写出少女想随君去而不能的痛苦心情。末句采用对月抒怀的寄托方式，“除却天边月，无人知”。可见，虽然寄月相思，仍旧不能解得相思之苦，“无人知”仍是煎熬，仍是折磨，特别是这个“人”还包括少女心心念念的离人。直书离苦，让人欲哭无泪，唯有黯然销魂。

菩萨蛮

洛阳城里春光好，洛阳才子[①]他乡老。柳暗魏王堤[②]，此时心转迷。

桃花春水渌[③]，水上鸳鸯浴。凝恨[④]对残晖，忆君君不知。

注

① 洛阳才子：原指西汉洛阳人贾谊，此处乃词人自况。

② 魏王堤：即魏王池的堤坝。唐代洛水在洛阳溢成一池，有堤与洛水相隔。

③ 渌：指水清澈的样子。

④ 凝恨：愁恨聚结在一起。

【词译】

洛阳城里春光明媚，如此良辰美景，却召不回生在这里、长在这里的游子。正若我欲归长安而不得一般，到底天涯孤旅，不知是否只能终老他乡。眼前的魏王堤上，杨柳依依，遮天蔽日，洒下一地阴影。而我此刻的心情顿时凄迷，惆怅不已。

桃红柳绿，春水碧波，鸳鸯成双，游水嬉戏。但这一切如今都只让我愁恨郁结，远望着夕阳的残晖，心中有说不出的苦闷。我远方的故土啊，我故乡的亲人啊，我是如此深刻地思念着你们，怎奈就连这份思念也无法传达。

【评析】

唐僖宗广明元年，年约四十五岁的韦庄在长安应举，恰逢唐末农民起义的黄巢军攻入长安，僖宗逃亡四川避难。韦庄于此陷身战乱，羁留长安，一度与弟妹失散。中和二年，韦庄才始离长安前往洛阳。在这期间，韦庄便成了这场动乱的目击者之一，亲眼见证了百姓在斗争中所蒙受的巨大苦难与折磨，由此才诞生了《秦妇吟》这篇名著。而这首《菩萨蛮》则是韦庄当时避乱洛阳时所填下的词作，将个人的失意漂泊与思国忧国的感叹合二为一。

“洛阳城里春光好，洛阳才子他乡老”，起首便用两个互相衬托的排比对偶句，将作者内心的矛盾凸显出来。上句“春光好”是淡笔，下句“他乡老”才是真情，两相对比，便难免会生出汤显祖读此的感慨，“可怜可怜，使我心恻”。纵然春光“好”，可惜人却“老”，至此还不算，因为人仍身处他乡，有家不能回。其中隐痛便是晚唐天涯才子们共同的块垒，时移世易、国破家亡。这里的“洛阳才子”原意是指西汉贾谊，其生于洛阳，且少有才名，善文，后世常将其与屈原并称。可惜贾谊英年早逝，生前谪居长沙，最终身死长安。当然韦庄在此是以贾谊自况，其本人的成名作《秦妇吟》是于中和三年在洛阳写就的，因而也曾有“秦妇吟秀才”的美誉。

“柳暗魏王堤，此时心转迷”，前一句是承接上文的“春光好”，以茂盛的柳树，上遮天日、下荫游人的景象，具体描绘洛阳的春景。但一个“暗”字，不仅是实写眼前风景，更是寄托作者心情的低迷，与“心转迷”照应。这个“魏王堤”是东都洛阳的风景名胜所在，唐太宗贞观年间赐给魏王李泰，因此而得名。但当时的唐朝国富民强，如今却已是摇摇欲坠，此时再游魏王堤，怎能不心生感慨。历史的波涛汹涌澎湃，真让人无能为力、迷蒙顿起。韦庄在《中渡晚眺》中也曾写道：“魏王堤畔柳如烟，有客伤时独扣舷。”此处的一“暗”一“迷”也正是伤时之感。

“桃花春水渌，水上鸳鸯浴”，这两句所描绘的一派胜景，更能反衬出词人的忧苦内心。以春光之明媚，反衬内心之阴翳，以鸳鸯之成双，反衬个人之孤寂。如词末两句所揭示的那样，“凝恨对残晖，忆君君不知”。曾有人评，“结尾二语，怨而不怒，无限低徊，可谓语重心长矣”。又正如俞陛云在《唐五代两宋词选释》中说的那样，“结句言‘忆君君不知’者，言君门万里，不知羁臣恋主之忧也”。一句呢喃，无限低回。

浣溪沙

夜夜相思更漏[①]残，伤心明月凭阑干，想君思我锦[②]衾寒。

咫尺画堂深似海，忆来唯把[③]旧书[④]看，几时携手入长安？

【词译】

每一夜都因相思而不能成眠，待到更漏滴尽，仍旧睡意全无。既然如此伤心，倒不如起身凭栏，望一望那轮曾让古往今来无数人断肠的明月。想必你也

注

① 更漏：又称漏刻、漏壶，古代夜间的计时器。

② 锦：精美的丝绸制品。

③ 把：持、握。

④ 书：信件。

与我一样，深陷相思之苦，就连锦被也抵挡不住深夜的凉寒。

你所在的华屋美宇，分明就近在咫尺，却又远在天涯。若欲寻你，更像是大海捞针。如此深广的海洋，我要如何泅渡？无奈之下，只得把曾经你我的旧书信翻来覆去地看。不知今生今世，可否还有缘携手共进长安？

【评析】

在沈雄的《古今词话》与俞陛云的《唐五代两宋词选释》中都记载了同一则逸闻，前者言“韦庄为蜀王所羁。庄有爱姬，姿色艳美，兼工词翰。蜀王闻之，托言教授宫人，强夺之去。庄追念悒怏，作《荷叶杯》《浣溪沙》诸词，情意凄怨”。后者云“端已相蜀后，爱妾生离，故乡难返，所作词本此两意为多。此词冀其‘携手入长安’，则两意兼有。端已哀感诸作，传播蜀宫，姬见之益恸，不食而卒。惜未见端已悼逝之篇也”。这两处都记载着王建假借让韦庄的爱姬教宫人作词的理由，强行夺其爱姬的轶事。更传言其爱姬在宫中见到韦庄这等伤心词作后，绝食而死。但在学者看来，这些到底是小说家言，无凭无据，所以这首《浣溪沙》确是怀人思乡之作，但是否是怀念被夺走的姬人，就不得而知了。

首句“夜夜相思”写出词人相思之频，“更漏残”则显出相思之久。“更漏”是古代夜间的计时器，因为日晷的使用必须有阳光照耀，所以夜间便采用漏壶以报更知时。而所谓更漏，实际上是一个漏壶，壶中注水，且有箭浮于水面，箭上有刻度。随着壶中水的减少，箭也在壶中缓慢下沉，由此便可利用浮箭上的刻度与水量残留的多少来判断时间。词中一个“残”字，意为漏壶中水已将近滴完，可见天将黎明，词人因相思而彻夜未眠。既然睡不着，便只能是“伤心明月凭阑干”，正是伤心人望伤心月，融情于景。毕竟月缺月圆，从来循环有数，多情的一直都只是那望月人。凭栏望月，勾勒出的乃是古今伤心人共同的寂寥剪影。

“想君思我锦衾寒”，这句历来最为人所称道，张燕瑾在《唐宋词选释》中评之，“一句叠用两个动词，代对方想到自己，透过一层，曲而能达。句法亦新”。不是进一步说自己如何想念对方，而是从对方的角度，言其势必与自己心心相印，即使没有望月怀人，也是虽有锦被覆身，仍觉孤寂寒冷。与杜甫《月夜》，“今夜鄜州月，闺中只独看。遥怜小儿女，未解忆长安。 香雾云鬟湿，清辉玉臂寒。何时倚虚幌，双照泪痕干”的写作手法，一径有几分相似。

过片“咫尺画堂深似海”，可能是化用崔郊《赠婢》中的一句“侯门一入深似海，从此萧郎是路人”。而“画堂”是与没有雕饰没有颜色的“白屋”相对的，白屋乃是平民所居，由此可见词人所思念的人，必身处富贵奢华之中，与上文的“锦被”相照应。“咫尺”与“深似海”都显出伊人一去难回，相见不易的意思来。看似咫尺间的距离，但实际上却已经隔着漫漫沧海了。如此下文就很自然了，“忆来唯把旧书看”，见不到人，若是相思起来，便只能读一读旧日的书信，聊以自慰。诚如汤显祖评《花间集》中所说，“‘想君’‘忆来’二句，皆意中意，言外言也。水中着盐，甘苦自知”。末句“几时携手入长安”，既显出万一的希望来，却又一次道出了相见之难，仿佛唯有上天的可怜同情，才能让这对璧人有机会再次携手。而“长安”一地，也暗含着词人思归的心情，可惜终成奢望，叫人唏嘘。

顾敻

（生卒年不详）

字琼之，五代词人。前蜀王建时，以小臣给事内庭，后擢茂州刺史。后蜀时期，复事高祖孟知祥，累官至太尉，《花间集》称之顾太尉。现存词五十五首，收录于《花间集》与《全唐诗》中，另有王国维辑《顾太尉词》一卷。其词多写男女艳情，除《渔歌子》一阕外，其余的五十四首女性化特征皆十分明显。况周颐在《餐樱庑词话》中评之："顾太尉，五代艳词上驷也。工致丽密，时复清疏。以艳之神与骨为清，其艳乃益入神入骨。其体格如宋院画工笔折枝小帧，非元人设色所及。"

虞美人

深闺春色劳思想[①]，恨共春芜[②]长。黄鹂娇啭泥[③]芳妍[④]，杏枝如画倚轻烟、锁窗[⑤]前。

凭阑愁立双蛾细，柳影斜摇砌。玉郎还是不还家，教人魂梦逐杨花、绕天涯。

注

① 劳思想：即频频思念之意。

② 芜：荒乱丛生的野草、杂草。

③ 泥：一作"昵"，即滞留，萦绕之意。杨慎《词品》云："俗谓柔言索物曰泥，乃计切，谚所谓软缠也。"

④ 芳妍：花丛。

⑤ 锁窗：镂刻连锁纹饰的窗户。

【词译】

人若独处深闺，春色好也罢、败也罢都会勾起无尽的愁思，随春草一道疯长。

黄鹂在百花丛中流连啼鸣，杏树的嫩枝曲折有致，在春晓的雾气中，如梦如画。从窗前望去，时间仿佛停滞了一般，连同这春景，与我一起永陷深闺。

观春不是，便站起身来，走到廊下栏杆前，一双细长的蛾眉紧蹙成线。只见柔软的柳条之影摇曳于台阶上，又想起那还不还家的玉郎，春恨更浓。只能在梦中追逐着飘散漫天的杨花，让思绪去往天涯海角，寻一个远游人。

【评析】

本词是以思妇的口吻所写的怀人之作。全词融情于景，情感真挚深厚。在顾夐的六首《虞美人》中，此作最为流丽。

首二句“深闺春色劳思想，恨共春芜长”，除字面上表达了主人公因春色而起的春恨春愁外，还暗含了诸多讯息。前句因景生情，“深闺”表明词中所描写的人物乃是寂寞女子，“劳”字写出女子那种“为伊消得人憔悴”的苦情。《诗经·邶风·燕燕》有云“瞻望弗及，实劳我心”，正是伤离别之语。因此首句未具体展现春景，便率先捧出春愁，以致其后的诸般景象都萦绕着深深浅浅的苦涩。次句移情于物，将满目春草与因“劳思想”而生的“恨”结合起来。恨随春草，渐行渐远还生，不只是思妇的恨长，更有远行人或许也随春草蔓延天际一般，越走越远，久久不归。由此，女子因怨怼良人不回来，而恨屋及乌以致连春草的生长都遭致她的嫌恶。

接下来的三句写景，以具体展现首句中的“春色”。“黄鹂娇啭泥芳妍，杏枝如画倚轻烟”，顾夐填词善于写景，以景喻情，这两句就非常能体现他的这一特点。用词推敲艳丽，填词如作画，而且必定是精雕细琢的工笔画，不是随性喻意的写意之笔。“黄鹂娇啭”以听觉状春景，写出春的热闹，繁花似锦，莺歌燕舞；“杏枝如画”则是从视觉写来，写出春的迷蒙宁静，淡烟轻笼，杏枝独立。“锁窗前”一来表明思妇的赏春视角，乃是隔窗观景。二来则暗示前番诸笔都是以乐写愁，思妇见此春意盎然之景，其心扉却仿佛越发紧闭了。从写作手法上来说，此三句皆是逆笔，相比按思维顺序触景生情的娓娓道来，此番文思更为巧妙，于迂回中见思妇愁肠百结之态。

过片两句“凭阑愁立双蛾细，柳影斜摇砌”，以轻巧之笔完成了场景转换，思妇似乎不甘于隔窗眺望，所以莲步轻移，走到了廊下栏前，倚栏而立。场景虽是转移了，但情思却未与上文隔断，“愁立”二字，便点明了与上阕相同的心情，照应春恨。“双蛾细”以细长蛾眉的特写暗示此女之美貌，借眉传情。在顾敻词中，“眉”的意象使用频率最高，在其今存的五十五阕词中竟提及了十八次之多。如其另一首《虞美人》中的“翠帏香粉玉炉寒，两蛾攒”；《临江仙》“翠鞶红敛，终日损芳菲”；《醉公子》“敛袖翠蛾攒，相逢尔许难”等。顾敻不仅喜好用此意象来表达女子的愁情，细品每一句仍是各有各的味道，足见得词人之擅长与功底。“柳影斜摇砌”写思妇倚栏，看见柳映于阶，本句也是以抒情为主的下阕中唯一一句景语。

“玉郎还是不还家”一句直写愁情，照应前句的“愁立”，揭露愁之所在。“还是”二字，将积累的情感推向顶峰，诘问的语气显露出女子深深的怨恨之情。一句中故意连用两个“还”字，而又声不同意相别，人曾评之“曲折之妙，有在诗句外者”。末两句“教人魂梦逐杨花、绕天涯”，突出怀人之苦。这句的奇思妙想非常独特，因相思而魂牵梦绕的诗词并不新鲜，但顾敻此言又更委婉了一层，不说魂梦里相见不相见，只道“魂梦逐杨花”，确实意味深隽。由此后世词人也常将杨花与思妇相联系，如晏几道《鹧鸪天》“梦魂惯得无拘检，又踏杨花过谢桥”；苏轼《水龙吟》“细看来，不是杨花，点点是离人泪”等。

杨柳枝

秋夜香闺思寂寥，漏迢迢[①]。鸳帷[②]罗幌[③]麝烟[④]销，烛光摇。

注

① 迢迢：形容更漏声悠长遥远。

② 鸳帷：绣着鸳鸯图案的帷帐。

③ 罗幌：丝织的床帐。

④ 麝烟：麝香燃烧的香烟。

正忆玉郎游荡去，无寻处。更闻帘外雨潇潇，滴芭蕉。

【词译】

秋夜难挨，深闺清冷，无心睡眠，一整宿听得那更漏声愈发飘远，却又仿佛怎么都滴漏不尽，就像这黑夜怎么都望不到头。房内麝香燃烧的青烟渐渐稀薄，夜风过堂，吹得鸳鸯罗幕、丝质帷幔起起伏伏，几上一盏烛火也忽明忽暗地挣扎着。

她正思量心上之人如今不知身在何方，天下如此之大，寻人无异海底捞针。正此时，帘外忽然传来潇潇夜雨，一声一声打落在圆润卷曲的芭蕉叶上，点点滴滴恐要落到天明去了吧。

【评析】

花间词派的词人多醉心于对女性外貌形态的描写，顾敻的许多词作也不例外，而且笔触非常纤细，摹写的女性常常栩栩如生，仿如亲见。如其《应天长》“瑟瑟罗裙金线缕，轻透娥黄香画袴。垂交带，盘鹦鹉，袅袅翠翘移玉步。背人匀檀注，慢转横波偷觑。敛黛春情暗许，倚屏慵不语”。词中女子华服加身、美饰衬人，具有相当显著的修饰美。但这首《杨柳枝》却与众不同，突破了花间词派惯常描写女性外表的手法，而着重写其所见所感，突出闺中苦情。

起首二句开门见山，直言孤寂，“秋夜香闺思寂寥，漏迢迢”。“秋夜”点明时间，“香闺”指出地点与人物，“思寂寥”说清情怀。“漏迢迢”承接上文的寂寥语，将夜的漫长寄托于更漏。“迢迢”一来形容更漏计时声遥远，二来言说此音之不尽，暗含秋夜漫漫之意，正是夜深更漏长，此恨无人说。

“鸳帷罗幌麝烟销，烛光摇”，这两句都是环境描写，但一切景语皆情语，所以此景也烘托出孤寂的氛围，将女子的苦情又加深一重。“鸳帷”以双衬独，可见屋内陈设本是为两人同息共宿、举案齐眉而布置的，如今一人独卧不仅更觉孤独，也更容易想起往昔两人共居的惬意快乐。“麝烟销”一来表示女子深夜不眠的时间已很长了，二来也写出女子的百无聊赖，不是听更漏便是看麝烟，长夜难挨。最后“烛光摇”三字，将前番种种室内陈设所渲染的感情收束于一点，由此让感情更有深度与穿透力。一个“摇”字，写出闺中忽明忽暗的情况，于是鸳帷罗幌麝烟也都在其中时显时隐，整个房间便显得阴冷异常。纵览上阕，更漏、麝烟、烛光都是从时间上在描写女子相思之苦，处境之孤，与下文主要从空间距离的遥远来抒发离情，相互照应，词义圆满完整，而又角度不同，富于变化。

下阕起笔直接抒情，“正忆玉郎游荡去，无寻处”，写出女子既痛苦又无法可想的愁与恨。大有白居易《长恨歌》中“上穷碧落下黄泉，两处茫茫皆不见”的凄苦。同时也将女子的苦情十分自然地放到了一个更广阔的空间范围内，仿佛只要不寻得玉郎，再辽阔的天地也与此时的寂寂深闺无异。末句“更闻帘外雨潇潇，滴芭蕉”，这其中“帘”的意象也是顾敻常用的，帘虽然只是一种普通的室内装饰物，但因其材质的轻薄与外形的垂长，而常给人迷离朦胧之感。再加之帘的作用是阻隔屋宇内外，帘外苦景，帘内苦情，愁情两两相叠。本句的帘外之景，乃是雨打芭蕉的苦涩寂寥。这个意象历经千古诗人词人的一遍遍描写后，愈发深刻，甚至已无须多做阐释，只一提及便足叫人断肠。陈廷焯在《云韶集》中评此词云：“凄凉情况，即香山‘暮雨潇潇郎不归’意也。”

诉衷情

永夜抛人何处去？绝来音。香阁掩，眉敛，月将沉。争忍[①]不相寻？怨孤衾[②]。换我心，为你心，始知相忆深。

【词译】

她的房间闺门轻掩，夜深人静，却迟迟不愿落锁。可是有谁还会突然推门

注

① 争忍：怎忍。

② 孤衾：独宿的意思。

而入？她柳眉紧蹙，望着窗外的残月即将西沉，怕是已过了五更天吧……

看来那人今夜仍是不会回来了，而她既觉失望又似乎对此早有预料。音讯全无，她不是不恨，可除了恨，又全无他法。不知那人如今身在何处，却又狠不下心来将门扉锁紧。长夜漫漫，只能空怨这孤衾寒气袭人。

她不明白他怎么忍心对她不闻不问，就如他不知道她每一夜的辗转反侧。恐怕也只有以心换心，才能让他感受到她的相思竟是那么苦、那么深。

【评析】

起首“永夜抛人何处去？绝来音”，劈空一笔，直抒胸臆，一句掷地有声的诘问，不仅从内容上开门见山地写出了女子深夜无眠的原因，更从情感上表达出了她内心的怨怼与凄苦。一个“永”字写出长夜的难挨，仿佛没有尽头一般。一个“抛”字则颇有些怨恨及不安的心情。而“绝来音”表明女子所相思的人乃是薄情郎，并非是有着如戍守边关、或官调他乡的客观理由，而是主观意愿上的抛她于不顾。一抛一绝，就这样伴随着女子的永夜，足见情苦。

“香阁掩”写女子所处的环境，乃是深闺独守。但门虽掩，却并非锁，可见她的心里还没有完全绝望，还对薄情郎抱有幻想。她守着门，不肯睡去，仍是在等待上文所提及的“来音”。“掩”字透露出她的情感，但并不直接描写她的这种复杂心理，因笔触迂回，而更显深刻。“眉敛”写女子神态，自觉不自觉地便将心事表露在了脸上，不禁让人暗自想象，恐怕越是接近黎明，她眉头便皱得越紧吧。所以后句的“月将沉”不单只是从景色上，以月落日升表明女子又是一宿无眠，更在情感上为女子施压，如晏殊《蝶恋花》中的“明月不谙离恨苦，斜光到晓穿朱户”。

“争忍不相寻”，女子的割舍不下由此可见一斑，即便他薄情寡义，她却仍是忍不住想要寻找他，她还是会原谅他。所以她纵有怨，也不直言怨那薄幸郎，而是说“怨孤衾”，怨这份孤独，怨这段相思，却不悔有此一怨，毕竟在她的内心深处竟还会生出那般无理的想法——“换我心，为你心，始知相忆深”。末句口语式的独白，将女子的痴描绘得淋漓尽致，也与男子的负心对比强烈。所以汤显祖的《评花间集》里才说“要到换心田地，换与他也未必好”，确是深明人性之言，一语道破痴心女的悲剧下场，让人既感慨又唏嘘不已。本词结尾三句历来最受人称道，清王士禛在《花草蒙拾》里也曾评：“顾太尉‘换我心，为你心，始知相忆深’，自是透骨情语。徐山民‘妾心移得在君心，方知人恨深’全袭此。”王国维对此也有很高的评价，言“其专主作情词而绝妙者”。

纵观全词，篇幅虽短，但内容丰富，写景写情皆匠心独运。对深闺女子的情感把握如此到位，是这首《诉衷情》为人传诵称赞的主要原因。更复兼有民歌的风味，情感细腻又真挚，并非一味地追求辞藻艳丽，疏淡几笔，也颇有风韵。

欧阳炯

（896—971）

益州华阳人，一生历经整个五代时期。少事前蜀后主王衍，为中书舍人。前蜀亡，归后唐，任秦州从事。孟知祥据蜀自立后，复归蜀地，再为中书舍人，《花间集》称欧阳舍人。孟昶时期历任翰林学士，门下侍郎，兼户部尚书，同平章事。后随孟昶降宋，任左散骑常侍。《续资治通鉴长篇》中记载其人“性坦率，无检束”，更兼工诗词、通绘画、能作文、懂音律、善吹笛，可谓多才多艺。曾为《花间集》作序，叙述花间词派的渊源与创作特点。今存诗五首，见《全唐诗》、《全唐诗外编》与《全唐诗续拾》。词四十七首，见《花间集》、《金奁集》与《尊前集》。王国维尚辑有一卷《欧阳平章词》。

南乡子

洞口谁家？木兰①船系木兰花。红袖女郎相引②去，游南浦，笑倚春风相对语。

【词译】

洞口人家，临水而居，将应景应时的晚春木兰花，系在木兰舟的桅杆之上。家家户户都是如此，一眼望去，泊于渡口排列整齐的兰舟，恍如浮桥。三两成群

注

① 木兰：乔木，木质似柏树而较疏，可造船，晚春开花。

② 相引：相互邀约。

的妙龄女子，身着红装，互相玩笑着登船而去，去到那水波荡漾的南浦。春风拂过绿波，吹起层层褶皱，纤纤素手伸入湖面，随船逶迤而远，带起一道银边。浦边劳作的人们，但闻其声不见其人，那欢歌笑语里满是蜀地风光特有的柔情惬意。

【评析】

欧阳炯多艳词，如他的《浣溪沙》，“相见休言有泪珠，酒阑重得叙欢娱，风屏鸳枕宿金铺。兰麝细香闻喘息，绮罗纤缕见肌肤，此时还恨薄情无”。其中“兰麝”两句直写男女合欢的场景，甚至有流于淫靡之感。况氏《蕙风词话》就曾评此言：“自有艳词以来，殆莫艳于此矣。”其另有一阕《春光好》也是如此，“垂绣幔，掩云屏。思盈盈。双枕珊瑚无限情。翠钗横。几见纤纤动处，时闻款款娇声。却出锦屏妆面了，理秦筝”。

但同样是欧阳词，也同样是况周颐的评论，他却在《历代词家考略》中言：“炯词艳而质，质而愈艳，行间句里，却有清气往来。大概词家如炯，求之晚唐五代，亦不多觏。”欲知何谓“清气往来”，便要读欧阳炯的花间别调，以写南方的风情风景为主，尤以其八首《南乡子》为代表。个中词句如“两岸人家微雨后，收红豆，树底纤纤抬素手”，摹写采撷红豆的南国少女，画面清新；再如“嫩草如烟，石榴花发海南天。日暮江亭春影渌，鸳鸯浴。水远山长看不足”，通篇写景，格调清雅，又富有情趣；“藤仗枝头芦酒滴，铺葵席，豆蔻花间趖晚日”，写田园生活的怡然自得，乐而忘归。《栩庄漫记》曾对这八首小词作过一个总评：“《南乡子》八首，多写炎方风物，不知其以何因缘而注意及此？炯蜀人，岂曾南游耶？然其词写物真切，朴而不俚，一洗绮罗香泽之态，而为写景纪俗之词，与李珣可谓笙磬同音者矣。”欧阳炯这类淡雅之作，在五代词风浓丽的词坛中委实与众不同，一定程度上也为花间词派扩大了书写主题，打破了风格定势。

本词以设问起头，“洞口谁家”乃是虚问，并非真要问个答案，倒是领起全篇的作用更强，写明词人所要描绘的内容即洞口人家的日常一隅，同时也勾起读者的好奇心。“木兰船系木兰花”写实，任昉《诉异记》载：“木兰洲在浔阳江中，多木兰树。昔吴王阖闾植木兰于此，用构宫殿也。七里洲中，有鲁班刻木兰为舟，舟至今在洲。诗家云木兰舟，出于此。”于是木兰船便做了舟船的美称，如柳永“都门帐饮无绪，留恋处，兰舟催发”；李清照“轻解罗裳，独上兰舟”；柳宗元“破额山前碧玉流，骚人遥驻木兰舟”等。而本句中连用两个木兰，实是为了突出赞美之情，同时也点明时节，木兰花多发于晚春。

后三句“红袖女郎相引去，游南浦，笑倚春风相对语”，都是对洞口之家其人其事的细致摹写。“红袖”从衣着打扮写少女的妙龄，“笑倚”从声音写少女的活泼可爱。“相引”“相对”又点出她们三三两两结伴出游的酣畅淋漓。虽是乘舟游南浦，却没有直接写水景，但从兰舟、春风、女郎等人物意象中，又可以想见春水碧波粼粼的样子，水光天色似乎自然浮现于画面中，很是巧妙。

五代时期，中原征战连连、兵荒马乱，蜀地却顾自偏安一隅，依旧岁月静好，不禁让人艳羡不已。

清平乐

春来阶砌，春雨如丝细。春地满飘红杏蒂，春燕舞随风势。

春幡[①]细缕春缯[②]，春闺一点春灯。自是春心撩乱，非干春梦无凭。

【词译】

春天的到来悄无声息，以一场阶前檐下的丝丝小雨为伊始，润物细无声。红杏的花蒂在风雨中飘曳，继而打着旋儿缓缓坠落，汇成一条香气沁人的赤色溪流。即便下雨，燕子也无心躲避，春的气息仿佛令它们兴奋不已，在风中随

注

① 春幡：即春旗。汉族风俗，于立春日或挂春幡于树梢，或剪缯绢成小幡，连缀簪之于首，以示迎春之意。

② 缯：古代丝织品的总称，这里也指女子头饰。

势翱翔，双双对对。

春幡剪成细缕，连缀于头簪之上，但她却无心打扮。只呆望着深闺之中的一盏孤灯，在春夜中忽明忽暗，好似春的繁华、生机，都与己无关。是啊，热闹是他们的，我什么也没有。若是有，也只有被春拨乱的愁绪。无可舒缓，便只能在春梦中寻一星半点的虚幻慰藉。

【评析】

这首《清平乐》最为世人激赏的一点，便是首先映入眼帘的反复使用的“春”字。全篇仅四十六字的词作，光“春”字就重复十次之多，占据了五分之一以上的比例，别具一格又匠心独运。从字面上能与之相较的恐便是梁元帝的《春日》：“春还春节美，春日春风过。春正日日异，春情处处多。处处春芳动，日日春情变。春意春已繁，春人春不见。不见怀春人，徒望春光新。春愁春自结，春结讵能申。欲道春园趣，复忆春时人。春人意何在，空爽上春期。独念春花落，还似惜春时。”全诗十八句，合九十字，“春”字出现了二十三次之多。但如若细品仍是觉得欧阳炯的词作更胜一筹，结构安排巧妙，以致重复使用，并不使人觉得累赘繁复，倒有几分王维《游钟山》里的巧思，“终日看山不厌山，买山终待老山间。山花落尽山长在，山水空流山自闲”。与王维相仿，欧阳炯也深思熟虑地将重复的字眼，安排在了不同的位置上，从而突破常规，别有新意。

清代沈雄在《古今词话·词品》上卷《蓉城集》中说：“欧阳炯《清平乐》，通首十春字。初在句首，既入句中，始则单行，旋而双见。”诚如其所言，上阕中每一个“春”字都是一句一个，且均位于句首，非常富有节奏感。而下阕里“春”字先双后单，且后两句单个的“春”字在句中出现的位置也由句首变为了第三字。如此，一来一句中两次使用，有由浅入深之效，配合下阕重点春愁的抒发，也起到了情感递增的效果，看似无心之笔，实为用心良苦。二来末二句中的位置改变，也避免了多次重复让人生厌，或是有为了重复而重复的嫌疑。于不变中插入变化，才能拥有抑扬顿挫的阅读体验。

“春来阶砌”，首句中的“春”字与其他九处都不相同，“春雨”“春地”“春燕”“春幡”“春缯”“春闺”“春灯”“春心”“春梦”，“春”字在这里都是起修饰作用，而首句中则为名词，是实实在在地指代春天，有着总领全文，为下文的所有“春”字做铺垫的全局性作用。

“春雨如丝细。春地满飘红杏蒂，春燕舞随风势。”上阕主要写景，而且均是闺房外的春景，热闹有趣又生机无限，越是如此便越是与下文的闺中寂寞形成巨大反差，是以乐写哀的手法。词人所描绘的春景动静皆宜，视角转换衔接自然。阶前的细雨，地上的红杏，空中的双燕，此乃春之白昼。上阕文笔之清新明快，几乎会让人以为这就是首单纯的咏春词，这样的词风在花间派词人中是不多见的。虽然主题仍没有脱离闺怨相思，但写作的方式是全然不同的。

“春幡细缕春缯，春闺一点春灯。自是春心撩乱，非干春梦无凭。”下阕写人，夜阑人静时，闺中女子痴守一盏烛灯的寂寥，唯有托付春梦的无奈，以委婉含蓄的方式娓娓道出。而且终究没有点明春心因谁生，又为何乱，末句一说“春梦”也是闪烁其词，引人遐想。下阕写寂寞的春夜，也与上阕中热闹的春日形成对比，不仅是时间上的，空间也存在对比，深闺的院里院外是迥异的情态。

纵观全词，喜中含忧，虽未言明，但这种忧愁又并非大起大落的断肠之痛，而是如一汪清泉般，细水长流，需要用心品味，是一种不可言传的感觉。本词在内容表达上，也正因这种朦胧美而深受后人喜爱。

定风波

暖日闲窗映碧纱，小池春水浸晴霞。数树海棠红欲尽，争忍，玉闺深掩过年华。

独凭绣床[①]方寸[②]乱，肠断，泪珠穿破脸边花[③]。邻舍女郎相借问，音信，教人休道未还家。

注

① 绣床：有彩绣为饰的床。

② 方寸：心也。

③ 脸边花：喻女子腮脸如花艳美。

【词译】

温暖的春日将碧绿的春景映上窗棂，她斜倚着窗向外张望，见一池春水也倒映着霞光，碧波中泛起金黄色的丝线，起起落落。池边数棵海棠枝头上红花渐少，而那些飘洒满池的落红，她不忍多看。正若她不忍在这金屋之中空度年华。窗外春景惹得心烦意乱，回首进屋，绣床独坐，心中却仍不得宁静。越想越断肠，豆大的泪珠颗颗坠落成线，两道泪痕污了姣好的面颊。邻家女子时而问起她爱人的音讯，她心情复杂，不好意思说音讯全无，也不愿叫人知道没有归期，只能勉强答道，归期还没有定下来呢。

【评析】

这首状写闺怨离情的《定风波》与词人常有的秾艳风格不同，展现出一种云淡风轻的细腻柔和之美。

上阕主要写景，用“暖日”“春水”“海棠”等富有春季特点的意象，描写出一派明媚中略带伤情的晚春图景。虽未直写人物，但景中却有人物的情感存在。起首一句“暖日闲窗映碧纱”，一个“闲”字，便是人情的体现。因为窗户本身无法“闲”，有闲情的必定是窗内的观景人，因她的闲散慵懒才会有这“闲窗”“闲景”，寂寞而又无聊无奈。二句“小池春水浸晴霞”中的“浸”字，也有这层用法暗含其中。不仅摹写霞光映水波光粼粼的样子，也有着观景人沉醉春光的意思。同时这里的“浸”与上句的“映”形成互文，日光将春水粼粼的模样，也一并倒映在碧纱窗上，形成深深浅浅的阴影，随光线与春风一道轻轻摇曳，宁静美丽，怎不叫思妇醉心不已。

然而“数树海棠红欲尽”，一抬眼见到这般景象，思妇仿佛立刻从春的美梦中惊醒，发现越是美越是凋零得快。尚未来得及好好欣赏，一不留神便已到春末，落红满池。“争忍”二字，点明了思妇从醉春到怜春的心情转换，而“忍”字的背后便是愁的发端。同时这两字也有承上启下的作用，将思妇的思绪自然地从实景过渡到自身的感慨，不忍春将尽，更不忍深闺独守空负年华。“玉闺深掩过年华”，“玉闺”形容闺阁之富丽堂皇，证明思妇处境虽优越，但越是如此，孤独便越是凝重。毕竟，每日无须捣衣或顾家，便更有无尽闲情涌上心头。

下阕经上文结句的铺垫，自然转入对人物的直接描写，从而抒发离情的悲苦。

“独凭绣床方寸乱”，在这句中人物首次正面出现，上阕末句中虽写明了一点心绪，但终归是虚笔，未见其人。这里的“独凭”与前句的“深掩”相呼应，都写出闺情的孤独寂寥。“方寸乱”是说思妇心乱如麻、愁思万千的样子。一因深闺寂寞孤独，二因可怜春日将尽，三因虚过年华，四因郎君音信未至。如此多的愁情，一并涌上心头，思妇自然招架不住，一时肠断，“泪珠穿破脸边花”，感情的宣泄似泄闸的洪水，夺眶而出。这句常与冯延巳词，“香闺寂寂门半掩，愁眉敛，泪珠滴破胭脂脸”做比较，二者优劣难分，毕竟一“滴”一“穿”体现了完全不同的情感程度。冯延巳的“滴”字足见深闺女子娇柔之美，仿佛即便落泪也是点点滴滴，不敢放声大哭，自有内敛含蓄的韵味。而欧阳炯的“穿”字，则在情感程度上更胜一筹，可以想见思妇因泪珠涟涟，而双颊上遗留着两条深深泪痕的样子，其伤心之深可见一斑。

最后词人文思巧妙，宕开一笔，并没有接着描写思妇伤心欲绝的样子，而是转而出现了“邻舍女郎相借问”的情况，问什么呢？音信。这显然又戳中了思妇的软肋之一，音信未至，本已让她断肠，又如何能开口示人呢，岂非越说越伤感。于是末句“教人休道未还家”，体现了思妇复杂而煎熬的心情。这个欲说还休的结尾，不光留有余韵，更带有民歌的色彩，非常特别。

江城子

晚日金陵[①]岸草平，落霞明，水无情。六代[②]繁华，暗逐逝波声。空有姑苏台[③]上月，如西子镜[④]照江城。

注

① 金陵：今江苏省南京市，为多朝古都。

② 六代：指金陵在五代以前曾为三国的东吴、东晋，南朝的宋、齐、梁、陈的都城。

③ 姑苏台：春秋时吴国所建，在今江苏苏州姑苏山上。

④ 西子镜：西施的妆镜。

【词译】

夕阳下的金陵被镀上了一层淡淡的金黄色，涨潮的江水渐渐与江岸的萋萋芳草连平。晚霞在遥远的地平线上燃烧，江水也映成了一片赤红，像是炽烈的血，却依旧冰凉浸人。滚滚东去的江水从来就是这般无情，为求国泰民安、江河安宁，而投入江中的祭品，从来不曾了却大江的愤怒。整整六朝的繁华昌盛，也早已随着波涛声越发远去。江水无情，明月也未必有心。姑苏台上的圆月还和吴王在位时一样，如西施的妆镜般明澈，清清冷冷地静看着这座千古江城。

【评析】

在现存的四十七首欧阳词中，这首《江城子》是唯一的怀古之作。全词意境悲凉沉寂，以眼前实景，喻历史沧桑。金陵向晚，芳草萋萋，大江东去，六代旧事随水逝。姑苏台上，空有“今人不见古时月，今月曾经照古人”之叹。

首句“晚日金陵岸草平”，点明时间是傍晚，地点是古都金陵。落笔大气，“岸草平”给人开阔之感，水深江宽，野草疯长，江岸一片碧绿，又因“落霞明”，而闪烁着点点金黄色泽。整个画面渲染出金陵暮景的绚烂，但这美景之中，若是细品，也见得苍茫寂寥。画面中没有行人或畜类，只是辽阔而又正在逝去的天地之景，所以怀古之念早已隐藏在这样的情境里了。“水无情”可谓是全词的核心句，一来实写余晖中大江滚滚东去的壮景，一来虚指六朝的兴衰成败全都付诸东流的悲情。正是“滚滚长江东逝水，浪花淘尽英雄”，词人在此处或许已多少领悟到，冥冥中似乎有一股不可抗力，在残酷地推动着历史前进。若将历史放在广阔的时空境界上来看，任何一位所谓的千古帝王，便都成了匆匆一现的昙花。

“六代繁华，暗逐逝波声”承接上文的“水无情”，更进一步阐释词人为何有大江无情之感。六代，金陵为三国时期的东吴、东晋，以及南朝时代的宋、齐、梁、陈的都城。可即便曾如此显赫，而今所有的繁华都已随波声逐渐消逝。这里的“暗”字将虚指的历史淡灭，与实景中的夕阳西下、天地暗淡之貌结合起来，十分巧妙。

“空有姑苏台上月，如西子镜照江城”，末二句借古言今，感喟时世。俞平伯在《唐宋词选释》里说：“金陵、姑苏本非一地。春秋吴越事更在六朝前。推开一层说，即用西子镜做比喻。苏州在南京的东面，写月光由东而西。”时间由上文中的“暗”，来到了现在的明月当空。但圆月高悬的位置，并不在金陵城上，而是因为东升西落，出现在了位于金陵东面的姑苏台上。于是词人遂将明月、姑苏与西子联系起来，春秋、六朝与如今的五代也就此相系，从而有了前车之覆，后车可鉴的意味。

越王勾践曾为吴王夫差献上了历史上最美丽的女子与最著名的美人计，相传夫差便将西施藏在姑苏台上的馆娃宫内，从此便不理政事，常住姑苏台。直至越国伐吴，社稷不保。词人将“西子镜”比明月，在写作手法上不仅横空嵌入，推陈出新，在表达内容上更给人以那段悲惨历史仍历历在目，但后来的六朝却都没能引以为鉴的喟叹。“水无情”有些人力所不能左右的意味在里面，但这里更着重人为，告诫后来人须以史为鉴。而“空有”二字，又表达出很浓烈的情感，是词人穿越古今的一声长叹。由此这首《江城子》也超越了六朝的范围，甚至也超越了词人自身所处的五代时期，而具有了在历史演变、时间前进上更普遍与广阔的意义。诚如陈廷焯所评，“此于伊郁中饶蕴藉”。

毛文锡

（生卒年不详）

字平珪，唐末五代时人，《花间集》称之为毛司徒，因其在王建时期仕蜀，官翰林学士承旨，后进文思殿大学士，拜司徒。前蜀亡后，归顺后唐，不久又事后蜀孟昶。与欧阳炯等五人以小词为孟氏所赏，但实际上毛词多为供奉内廷之作，成就不高。现存词三十二首，王国维辑为《毛司徒词》一卷。除词作外，毛文锡尚著有《前蜀纪事》两卷、《茶谱》一卷。

醉花间

休相问，怕相问，相问还添恨。春水满塘生，㶉鶒[①]还相趁。

昨夜雨霏霏，临明[②]寒一阵。偏忆戍楼[③]人，久绝边庭[④]信。

【词译】

不愿别人问起，也害怕别人问起，纵使他们是出于好心，却也只能一问一添恨。

春光正好，夜里一场霏霏细雨，塘里春水便漾满碧波，那雌雄相伴的紫鸳鸯仿佛也知道时节一般，趁此良辰美景，双双在水中嬉戏不休，一阵扑腾一阵追逐，末了又相互用嘴顺羽理毛，恩爱有加。可每至夜雨后的黎明便是一场清寒，那呼

注

① 㶉鶒：俗称紫鸳鸯，一种水鸟，体型略大过鸳鸯，头有缨，尾羽上矗，毛多紫色。

② 临明：即将破晓之时。

③ 戍楼：边防驻军的瞭望楼。

④ 边庭：边塞、边关。

啸的冷风，仿佛是从边关一路吹来。但我牵挂的守楼人，却已很久很久不曾寄信回来。

【评析】

“休相问，怕相问，相问还添恨”，本词开篇便采用重复且渐进的修辞手法，既引出读者疑问相问何事，又为何害怕相问，若是问了又为何添恨，同时更重要的作用是劈空道出思妇的心情，乃是“欧阳永叔所谓陡健之笔”。没有任何铺垫，便甩出三句带着强烈感情色彩的言语，用词也无斧凿之痕，口语清新，虽是词人代人物说话，也非常符合思妇的个性特点。评其递进，是在于“休”、“怕”与“添恨”在情感上越发浓厚与明晰。这三句虽未点明事件，留下诸多悬念，但“恨”字仍表露了思妇的心情，也为全词的感情定调。而“相问”既可能是思妇苦于周遭人的善意关切询问，害怕被旁人提及自己的伤心事，更可能是思妇想要像冯延巳笔下的女子一样，“双燕来时，陌上相逢否”。问一问那戍边人的安危，问一问他的冷暖……于是说是相问，实际上便是相思，说是疑问，实际上就是关怀眷恋。正如俞陛云在《五代词选释》中说：“虽言‘休相问’，安能不问？越抛可，越是缠绵耳。”

接下来的“春水满塘生，鸂鶒还相趁”，看似宕开一笔，不再续写思妇的愁恨究竟因何而起，但事实上仍与之相联系，是以鸂鶒的成双成对，反衬思妇的孤独。与晏几道“落花人独立，微雨燕双飞”用意相似。虽然写到此处，还未完全明了思妇的心事，但其独居且为情所困的情况已然明了。鸂鶒与鸳鸯一样，雌雄相伴，同宿共游，杜甫《卜居》云：“无数蜻蜓齐上下，一双鸂鶒对沉浮。”花间派的词人常将其视作鸳鸯来咏写，而鸂鶒甚至也有紫鸳鸯的别称。一个“趁”字，则写出了鸂鶒的惬意舒适，昨夜一场细雨，它们因之得福，有了今朝的悠游自在。但思妇却恰恰相反，感受到的是“临明寒一阵”。这里化用韩偓《懒起》诗句，“昨夜三更雨，临明一阵寒。海棠花在否？侧卧卷帘看”。思妇深夜闻雨，恐也睡得并不安稳，更兼黎明的寒气侵人，已是可怜无奈。自己的状况不好，思妇却“偏忆戍楼人”，可见是因自己身寒，而忆起对方的冷暖来。此情真切朴实，最平凡也最珍贵。

结尾两句解开了上阕“休相问”的谜题，原是戍楼人久未有音讯传来，令思妇揪心不已，神经脆弱，以致不堪人问，不堪已思。她信步池塘，或为排遣相思，却不料见得鹨鹕。她雨夜难眠，春晓觉寒，恐怕也与李煜一样，“罗衾不耐五更寒”，心寒胜于春寒。

纵观全词，贵真不贵奇，重婉约而不重雕琢，轻清且沉着。

冯延巳

（903—960）

又名延嗣，字正中。南唐烈祖李昪时期，任秘书郎，与太子李璟游处。李璟登基后四年，即保大四年，奉为宰相。后因福州兵败，引咎辞职，罢为太子太傅，直至保大十年再登相位。陈桥兵变之年，冯延巳病逝，赵匡胤建立北宋王朝。而其人在词坛，与韦庄、温庭筠齐名，成鼎立之势。词作多写闲情逸致、离愁别恨，词风承五代词格，开北宋风气，对后世的晏殊、欧阳修词颇有影响。北宋陈世修辑其词为《阳春集》，存词一百一十九首。清末王鹏运刻本，补辑七首。

鹊踏枝

谁道闲情抛弃久？每到春来，惆怅还依旧。日日花前常病酒[①]，不辞[②]镜里朱颜瘦。

河畔青芜[③]堤上柳。为问新愁，何事年年有？独立小桥风满袖，平林[④]新月[⑤]人归后。

注

① 病酒：因饮酒过量而抱病。

② 不辞：不怕、不避。

③ 青芜：青葱的野草。

④ 平林：平原上的树林。

⑤ 新月：农历月初的弯月。

【词译】

谁说那难以名状的闲情已被抛掷得久了？谁说那郁结于心的闲愁就不会再来了？每每春至，唤起我心中的惆怅，永远依旧。日日在花前买醉，以致带病而饮，不顾惜身体，也不恐惧镜子里的容颜憔悴。这种种作为，都只是为了消泯内心的凄苦。

河畔边青草正蕃，堤岸上杨柳垂幕，如此良辰美景，为何我却年年都新添一层愁情呢？伫立在空无一人的小桥上，任过往的东风灌满我的衣袖。匆匆行人都已归家，唯有那远处原野上升起的一轮钩月，与我遥遥相望。

【评析】

这首《鹊踏枝》写词人心中的一种闲情闲愁，这里所指的“闲情”并不是普通寻花赏月的闲情逸致，而是一种不知从何而起，又不知因何而散的愁闷，同时词人又因独自承受这种无法可想的心绪，而越显孤寂惆怅。

上片开门见山，“谁道闲情抛弃久”，将萦绕在词人心头的“闲情”首先点明。而这种“闲情”根据词人后来描绘，可以说是苦不堪言。世人常说，解铃还须系铃人。但词人内心的愁闷就这么幽幽地到来，全然不知谁才是所谓的“系铃人”，因而也就只能承受，无法排遣。“谁道”二字言下之意是词人原以为这种莫须有的感受，可以被长久地搁置抛却，甚至有过一次之后便不会再经历第二回。反问的语气，意味着这种想法的落空。“抛弃久”可以看出这迷惘朦胧的情绪，不仅不知从何而来，更是不知何时会来，平添几许扑朔迷离、若隐若现之感。将心中情感的难以捕捉、难以名状，用这七字，迂回婉转地道出，十分了得。

既说了此情之迷惘无奈，下文便开始详细诉说词人为排遣之，而所做的努力。另一方面词人越是需要极力寻求释怀，也越是表明这种情绪之折磨与痛苦。“每到春来，惆怅还依旧”，本句中的“每”与“还依旧”都与前文的“谁道”照应，上文是暗示此情不可抛，写到这里便是明言其之永存与循环往复。可见词人受此煎熬已不是第一次了，虽不是第一次，却仍旧惆怅，仍旧买醉，并没有比以前轻松一点，可见此情之深极。但词人没有说“愁”，而是用了“惆怅”二字，相较之下，后者更为虚无缥缈一点，不像是事出有因，更像是凭空飞来。

“日日花前常病酒，不辞镜里朱颜瘦”，这两句的大意有几分《离骚》中“虽九死其犹未悔”的韵味，也有柳永《蝶恋花》中“衣带渐宽终不悔”的执意。既然此情无法抛却，词人便日日对花饮酒，即使到了病酒的地步，即使镜中面色苍白憔悴，也决意要承担这种情思。“不辞”二字在这里的感情体现最为强烈，词人并不因自己的所作所为而感到懊恼悔恨，反而是仍要继续下去，不计代价地继续下去。

下片写景抒情，“河畔青芜堤上柳”，正是芳草萋萋绿柳成荫之景。每到春天，“闲情”又起，而芳草与绿柳也又一次繁茂。所以这个情绪仿佛就与这种景象串联了起来，见景情生，情生景现。而“杨柳堆烟，帘幕无重数”的景致，也带给人绵延之感，仿佛词人的惆怅轻柔却无尽。

年年草木蕃，年年新愁生。一说年年，一说新愁，实际上也并不矛盾。首先“闲情抛掷久”，即是沉寂了一段时日后，又重头再来的愁绪，此一新也；其次今年的愁必定与去岁不同，正若上句中的青芜与柳，常盛常新。对于愁，词人一年有一年的体验，而且是越来越深刻的体味，此二新也。“为问新愁，何事年年有”，这一设问，语气强烈。词人自身也不知缘故，所以更加为其所困扰。

末句却出人意料地没有解答新愁年年有的原因，反而宕开一笔，以景结尾。人独立，风满袖，怎一幅凄凉景象，且孤且寒，心中萧瑟。“独立小桥风满袖”的一个“满”字，一来写出在寒风中词人无所荫蔽，就像对于年年升起的惆怅一样，无处可逃。二来也显示出词人无意躲藏，正若前言之“不辞镜里朱颜瘦”，更何况是迎风独立。“平林新月人归后”，夜深人静，孤影对月，长久伫立，词人心事足以想见。若唐圭璋所言：“末两句，只写一美境，而愁自寓焉。”

鹊踏枝

几日行云何处去？忘却归来，不道[1]春将暮。百草千花寒食路[2]，香车系在谁家树？

泪眼倚楼频独语。双燕来时，陌上相逢否？撩乱春愁如柳絮，悠悠梦里无寻处。

【词译】

他就像那天边飘忽不定的浮云，不知近日又去向了何处？总之应是乐不思蜀，连还家也不记得了，更无暇顾及这暖春将尽。我望着院外那草长莺飞花团锦簇的道路，望着那因寒食节而来往不绝的踏春客们，心里却只想知道他的车马不知又系在了谁家娘子的树上？

望得累了，便不由得倚着楼柱空自垂泪，如痴如傻，自说自话。一双燕子归来，我也忍不住向它们询问他的消息。双燕无言，而我心中的愁闷恍若在东风中缭乱纷飞的柳絮，浑噩一片。他离开得如此彻底，即使在梦中，我也难以寻得他的踪迹。

【评析】

这首闺情词，通过描写一位思妇对其游冶不归的丈夫的埋怨与牵挂，表达出感情中常见却深刻的既爱又恨、虽怨不舍的缠绵悱恻。表面上看是一个深闺

注

① 不道：这里有质问的语气，译为“难道不知道”更恰当。

② 寒食路：古代寒食有踏青、祭扫的习俗，因而路上行人众多，车水马龙。

寂寞的女人的个体经历，但实际上却又有着更为普遍的情感体验。因爱而怨，虽是怨恨愁苦，却终究舍不下这段情缘，依旧牵肠挂肚，难免激发“问世间情为何物”的感慨。

“几日行云何处去”，以行云比喻久不归家的男子，这一诘问与后面的“不道”二字，都暗含着责备埋怨的意思。春天都要完尽了，还不归来，还要去往哪里呢？这里的“春将暮”，既说时间已来到了寒食节气，又言思妇自己的青春年华也不多时矣。而男子因游玩得高兴，春与人都已顾及不上。“行云”语出宋玉《高唐赋序》：“妾在巫山之阳，高丘之阻。旦为朝云，暮为行雨，朝朝暮暮，阳台之下。”此乃楚襄王梦神女，神女自己的说辞，后诗词中常以“行云”喻出没无踪的美人。本词以此暗喻远游的丈夫，自有巧妙之处，不仅写出他的行踪不定，她毫无线索之感，再联系词末“悠悠梦里无寻处”的言语，更显失落。毕竟巫山神女虽莫测，楚襄王仍能与之梦会，而思妇竟连梦里也不得见爱人一面，甚是可叹。

“百草千花寒食路，香车系在谁家树”，前句点明时节，也承接上文“春将暮”。然而将暮未暮时的景致，却是如此丰盈美好。草木繁茂、百花齐放，又因寒食节游人如织，不负春景。但与之形成对比的是思妇的心里，却想着那在外的丈夫不知又将车停在了谁家门前。由此，前句的“百草千花”便又成了丈夫在外不归的理由之一，暗示着数不清的风尘女子。思妇之怨，在上阕里已写到高潮，下阕的情思比之怨，更多的就是苦了。

“泪眼倚楼频独语”，为情而苦，是真痴情人也。思妇独自哭泣，又因痛心疾首而显得软弱无力，只得倚楼而望，更复频频自说自话，愁煞人也。而一旦见到归来的双飞燕，竟又止不住问“陌上相逢否”，此女为爱之似傻如狂可见一斑。愁无处诉，便说给自己听；情无处问，竟去问那匆匆而过的双燕。可惜燕双人独，更显凄凉。

“撩乱春愁如柳絮”，前番种种情景终于让思妇内心的难受叠加到极致，一言诉之，一颗痴心已如柳絮般凌乱。一问“行云何处去”；再问“香车系谁家”；终问“陌上相逢否”，思妇的心情正是如此一点一滴走入绝境之中，既见得其痴情，又显出她的愁怨，情思婉转，耐人寻味。直至最终，“悠悠梦里无寻处”，一往情深，却又苦不堪言。

谒金门

风乍[①]起，吹皱一池春水。闲引[②]鸳鸯香径里，手挼[③]红杏蕊。

斗鸭[④]阑干独倚，碧玉搔头[⑤]斜坠。终日望君君不至，举头闻鹊喜。

【词译】

突然风起，一汪春水波纹荡漾，被吹得褶皱起伏，就好像那望水人的心，无法平静。她仿佛也被这春风撩拨了一般，揪心过后，便弃了这一池的不安与波动，往那幽静小径中去逗引鸳鸯。怎奈鸳鸯成双，也触了她的伤心事，随手摘了一撮杏花蕊，摘下，又揉碎。

独自倚栏看斗鸭，却仍觉没甚意思，只是单纯的打发时间，直看到头上的碧玉簪子也斜斜地偏向一边。她的心不在这里，而是在那隔着一层又一层雕栏画栋的远方——她思念的人还不回来。正觉悲从中来时，忽闻枝上喜鹊啼鸣。

【评析】

这首《谒金门》首两句历来最为人所称道，“风乍起，吹皱一池春水”。

注

① 乍：骤然、突然。

② 闲引：无聊地逗弄。

③ 挼：搓揉。

④ 斗鸭：指以鸭相斗，是贵族取乐的一种博戏。

⑤ 碧玉搔头：碧玉簪。

此乃双关语，一说池水涟漪泛起，一说词中女子内心波澜不平。一“乍”一“皱”，非常具有动感。不期而至的春风将满池的春水吹皱，水波荡漾不绝，以此来暗喻思妇的心理恰到好处，并非因思念而断肠，也并非面对寂寞能泰然处之，正是点点愁思在心头、百无聊赖之感。俞陛云评之：“‘风乍起’二句破空而来，在有意无意间，如柴浮水，似沾非著，宜后主盛加称赏。”据传这两句名词，还曾为李璟与冯延巳两相谐谑。贺裳《皱水轩词筌》载：“南唐主语冯延巳曰：‘风乍起，吹皱一池春水，何与卿事。’冯曰：‘未若细雨梦回鸡塞远，小楼吹彻玉笙寒。不可使闻于邻国。’”“小楼”一句，乃是中主李璟的传世名句。

“闲引鸳鸯香径，手挼红杏蕊”，这两句写女子漫不经心的两个动作，一是逗引鸳鸯，但“鸳鸯”这个意象从来指的是双宿双飞的有情人，如《孔雀东南飞》中“中有双飞鸟，自名为鸳鸯”。然而女子虽引鸳鸯得趣，但同时又因之而更显寂寞，于是便有了第二个动作，“挼杏蕊”。随手将红杏摘下，却又揉了个烂碎，可见女人复杂微妙的心情。将开得正茂的花儿摧折，既恨又怜，恨她也将如此花一样，被岁月、被等待、被寂寞一点点地碾压，于是自怜怜花，令人不由得想起哈姆雷特的一句台词，“弱者，你的名字是女人”。

“斗鸭阑干独倚，碧玉搔头斜坠”，写出女子因离愁别绪而百无聊赖的心情。斗鸭的博戏，相传起于汉初。《三国志·吴书·陆逊传》载：“时建昌侯虑于堂前作斗鸭阑，颇施小巧。”晏几道也有词云：“斗鸭池南夜不归，酒阑纨扇有新诗。”在本词中，“斗鸭”一解说是观看斗鸭博戏，另一解则以为是说栏杆上的一种雕饰而已。无论作何解释，女子倚栏时间之久，直至碧玉搔头也将要掉下来了，这其中都可见其慵懒散漫的心情。

据《皱水轩词筌》载，本词的末句乃是词用诗意，化用韩偓诗语，“无凭谙鹊语，犹得暂心宽”。而冯延巳“终日望君君不至，举头闻鹊喜”一句，虽与之意同，但更加蕴藉。《开元天宝遗事》记载：“时人之家，闻鹊声皆以为喜兆，故谓灵鹊报喜。”正当女子惆怅之际，竟闻得喜鹊报喜。但词人写到这里却又猛然收笔，到底是良人归来皆大欢喜，还是喜鹊顽皮空欢一场，为读者留下了丰富的想象空间。沈际飞云：“闻鹊报喜，须知喜中还有疑在，无非望幸希宠之心，而语自清隽。”

采桑子

花前失却游春侣，独自寻芳。满目悲凉，纵有笙歌[①]亦断肠。

林间戏蝶帘间燕，各自双双。忍[②]更思量，绿树青苔半夕阳。

【词译】

繁花似锦的季节，我却失去了可以相携踏春的佳侣，只得独自徘徊花间，而毫无兴致可言。见林间蝴蝶双飞相戏，帘间燕子你追我赶。人独立，燕双飞，人惆怅，蝶嬉闹。满目欢景都化作离恨，悲凉顿生。纵然远方有笙歌传来，也无法安抚我困顿的心绪。愈是美，愈是肠断。不愿深思不愿久念，但却又如何叫人不念不想。且看那夕阳的余晖，洒满天地，覆盖着绿树青苔，勾勒出将暮的阴影……

【评析】

这首词从字面意思来看，是通过描写一场明媚的春景，来反衬词人失去“游春侣”后，孑然一身的孤寂。但冯延巳的词作向来朦胧，如《鹊踏枝》中的“闲情”，“谁道闲情抛弃久？每到春来，惆怅还依旧”。到底是什么“情”什么“愁”，终究没有点明，也不会点明。因为冯延巳词中的这种朦胧，实际上是他对具体感情的提炼，上升到了更广泛的层次，超越了具体的某人某事，而作为一种人类都能感同身受的情感体验来描写。又因其说不清道不明，而更

注

① 笙歌：指各种乐器演奏声和歌声。

② 忍：怎忍、怎堪。

加可以与读者个人经历与思考相结合，从而为词作留有余地，赋予其更大的空间与意义。

这首《采桑子》也有如此意味，虽然首句说了是“失却游春侣”，但全词并没有多少对这位游春侣的追忆与思念，更多的只是叹惋自己此时此刻的孤寂。正如俞陛云所说“通首仅寓孤闷之怀”，虽触景伤怀，却无法归为怀人之作。

“花前失却游春侣”，花前月下的良辰美景，正适合男女双双相携而游，然而词人恰逢在此时失去了能够共同踏青之人，已是不幸。虽可以选择就此独自重门深锁，索性不要前去赏春了，但词人最终“独自寻芳”，更可能是考虑到游春或许能稍稍缓释一下郁闷的心情。

只可惜词文立马便斩断了词人的奢望，“满目悲凉”，明确又残忍地指出了一个人徘徊观景的伤景之情。而后文多句，都在具体描写这满目的悲凉，描写满目之景若何，而此景又为何生悲。“纵有笙歌亦断肠”，“纵有”表明笙歌本是可喜可乐的，正如游春寻芳一样，但在此时的词人眼中，却依旧是催人断肠的什物，可见词人确是“满目”“满耳”的悲凉。

下阕一来就写了两种成双成对的春物，更衬孤独之情。“林间戏蝶帘间燕”，这句乃是互文，一个“戏”字与下文的“各自双双”，表明它们不仅双宿双飞，更兼欢愉美满。如此景况，当然让词人更加难耐寂寞，于是“忍更思量”。

末句以景结情也是诗词中常用的手法，尤其是当前文已将情绪渲染到蓄势待发的程度之时，突然以一句景语结尾，便余留千般言外之意，缠绵悠长。如欧阳修的一句“泪眼问花花不语，乱红飞过秋千去”，情语至此并不会因没有再深入剖析而中断，反而会因这宕开的一笔而递进一层。这句“绿树青苔半夕阳”亦复如是，在词人感慨难忍孤独思量之时，抬眼一望，周遭已全是暮色，心境便可想而知了。俞陛云更以此句寄慨良深，因而不得以绮语目之，认为本词与周师南侵，朝政日非，冯延巳欲匡救却心有余而力不足，所以在词中暗喻社稷江山的山河日下，为之揪心不已。全词以反衬、比喻、起兴的手法，以乐写哀，寓情于景，语言风格淡雅自然，而词韵悠长深邃，正体现了冯延巳词作的特色所在，委实缠绵沉着。

南乡子

细雨湿流光，芳草年年与恨长。烟锁凤楼无限事，茫茫。鸾镜[①]鸳衾两断肠。

魂梦任悠扬，睡起杨花满绣床。薄幸[②]不来门半掩，斜阳。负你残春泪几行。

【词译】

绵绵细雨，洒落在无边的芳草地上，在细长又饱满的草叶上留下一条条银辉，仿若一道道流光。那是雨水的踪迹，也是光阴的过处。年年青草生，岁岁恨依旧。她身处的凤楼，仿佛与世隔绝般的孤立，多少前尘往事，恍若烟云，却都被深深锁在了她的心里，锁在了她的孤楼里。镂着鸾鸟的铜镜，绣着鸳鸯的锦被，只有它们知道她为谁断肠。

她逃不出寂寞深闺，便在魂梦中信马由缰。直到马困人乏，蓦然惊醒，只见杨花点点滴滴落满绣床。她为他留门，但总被辜负，除了夕阳的斜晖，谁也不会来推开她半掩的门扉。

春已负，泪潸然。

【评析】

这首闺怨词以首句最优，“细雨湿流光”，王国维在《人间词话》中说：“人

注

① 鸾镜：指妆镜。

② 薄幸：这里指薄情、负心之人。

知和靖《点蜂唇》、圣俞《苏幕遮》、永叔《少年游》三阕为咏春草绝调，不知先有正中‘细雨湿流光’五字，皆能摄春草之魂者也。”这短短五字所给人的感觉却是复合式的，首先是动态的，烟雨蒙蒙将草地打湿，将草色染白，光线下的水滴有着波光粼粼的质感，好像在流动一样。其次是有声的、可感的，雨打草茎的淅淅沥沥，与湿润草叶的冰冰滑滑。最后是有情的，这里的“流光”不仅是具象的草与雨，更是词中思妇所感觉到的时间，如李白《古风》中的一句，“逝川与流光，飘忽不相待”。而思妇空度的光阴是潮湿的、冰冷的，泛着阴阴浅浅的银。因此，这诸多感觉组合而成的艺术效果，难以被归为哪一类的感知，所以谓之“春草之魂”，是极恰当的。

二句将首句通感的手法彻底点明，“芳草年年与恨长”，融情于景。以草言恨，在诗词中是常用的比喻，如李煜“离恨恰如春草，更行更远还生”，不过冯延巳此句从写作手法上来说，倒比后主高明了一点，虽是比喻，但不言“恰如”，更巧妙地写出了“恨”与“草”同生共长的感觉。

“烟锁凤楼无限事，茫茫”，这里的凤楼与李清照的“念武陵人远，烟锁秦楼”，乃是用的同一个典故。“烟锁”与“茫茫”相互呼应，透出一股凄迷辽远之感，一是渲染思妇所处的妆楼偏僻孤立，二是暗示思妇其人其心都被锁在了这栋无人问津的小楼内。“无限事”，道出思妇在深闺中的喜怒哀乐、离合聚散，都已堕于烟雾迷蒙之中，苍茫逝去，空留人独自哀婉，无人可说。“鸾镜鸳衾两断肠”，以双衬独，什物的成双成对，一来可暗示思妇曾与良人像鸳鸯鸾鸟一般，像弄玉萧史一样，举案齐眉、赌书泼茶。二来亦可反衬思妇如今的孤独寂寥，与回忆相比，何其残酷。

“魂梦任悠扬”，宕开一笔，上文写实景实物，下片开篇便转入虚幻的梦境。但这梦境却与思妇真实的处境形成了鲜明的对比，不是“锁凤楼”，而是“任悠扬”。既然如此，梦中之景不写也罢，如此自由，当然便不再愁闷凄苦。所以词人从梦，直接便跳到了梦醒，“睡起杨花满绣床”。与苏轼《水龙吟》中的意境相似，“梦随风万里，寻郎去处，又还被莺呼起”。可见，梦虽自由，却无法长久，更无法成真。缭乱的杨花，便是思妇醒来后“剪不断、理还乱”的愁思象征，正是“撩乱春愁如柳絮”。

末三句便又回到了现实中，写思妇为等良人归来，日日门扉半掩，可是除却夕阳无人问，最终也只能空骂一声“薄幸”。如纳兰性德《木兰词》中指唐玄宗薄幸一样，“何如薄幸锦衣郎，比翼连枝当日愿”。说是空骂，只因思妇既知对方薄情寡义，也无法断绝对他的思念，放不下，又求不得，爱别离苦。“负你残春泪几行”，刘永济谓之“无可奈何之词，写得幽怨动人”。不仅无可奈何，更复婉转迂回。不说因负情而哭，反说因负春而哭，意味深长，诗意盎然。

牛希济

（生卒年不详）

陇西人，词人牛峤之侄，五代词人。前蜀时，首任起居郎，后累官翰林学士，御史中丞。同光三年，前蜀亡，降于后唐，入洛。因有赋蜀亡诗“唐主再悬新日月，蜀王还却旧山川”，唐明宗称其“迥存忠孝”，得官雍州节度副使。因词而闻名后世，《花间词》称为牛学士。词风自然清新，颇有韦庄风范，名篇有《临江仙》与《生查子》。现存词十四首，分别收录于《花间集》与《唐五代词》，后王国维辑有《牛中丞词》一卷。

生查子

春山烟[①]欲收，天淡星稀小。残月脸边明，别泪临清晓。

语已多，情未了，回首犹重道[②]：记得绿罗裙，处处怜芳草[③]。

【词译】

在破晓时分与你道别，连绵的远山上白雾渐渐散去，收敛起夜的迷蒙，还白昼以春的青翠。白色的鱼肚于东方微露端倪，稀落的几颗晨星越发黯淡。残月西坠，最后一缕清光映着你我一夜未眠的憔悴。新一天步步逼近，我却止不住落下泪来。

注

① 烟：这里指春晓山间的雾气。

② 重道：反复说，再次说。

③ 芳草：这里指词中女子。

话已说得够多了，整整一宿却也道不尽离情。好不容易松开了你手，狠下心来决定转身欲别，我不要看着你离去的背影，以致从此以后再也无法独自走过这条古道。迟迟缓缓地挪了两步，却又猛地一脚跨回，牵衣忍道："记得绿罗裙，处处怜芳草。"

【评析】

上阕写景，以别景绘别情。"春山烟欲收，天淡星稀小"，点明季节、时间与词中分离恋人所身处的环境，为离愁别绪的展开打下铺垫。"收""淡""小"三字，不仅把词人所状之景赋予动感，更把夜色将尽时，那种缓慢的由暗至明的过程写得入木三分，同时也带着那么一点不舍，希望时间慢一些的心情。两句里暗含的别情，皆因景致变化缓慢而意蕴绵长。

"残月脸边明，别泪临清晓"，这两句便点明了别意。二人相守一夜，想必定有不少互相安慰之语，但女子最终在面临离别时，仍是长泪沾襟，可见别情之苦。其中第一句虽是人物特写，但却是从侧面着笔，文思巧妙，用即将落下的残月来映衬女主人公的泪颜。让人不由思想这残月到底是多情之笔还是无情之举，给读者留下丰富的想象空间。而从形象上看，泪水与银辉相交，画面更多一份凄美，人景合一。如江淹之《别赋》："春草碧色，春水渌波，送君南浦，伤如之何。"

下阕写别情，"语已多，情未了"，暗示两人已相谈整宿，然而到了分别时刻，却仍是情意绵绵。她的眼泪无法断绝，叮嘱也永无完尽。千言万语诉不尽离愁，所以词人便只能用"情未了"来高度概括，正如柳永云，"便纵有千种风情，更与何人说"。恋人在一起时，正因情无尽而语不尽，可一朝分别，竟又无语话相思了。"回首犹重道"，如俞陛云先生所评，"可见眷恋之殷"。而且此女不似寻常，看着离人渐行渐远，"回首"二字，证明其已转身欲回。但越是如此越见离情之浓厚与苦涩，不是不愿送君千里，只是因离恨太切，若不狠心相别，便对那"终须一别"毫无承受之力。"犹重道"，正是点明了恋人分别时"相见时难别亦难"的情状，心头的话反复相告，却仍怎么都安心不下。

"记得绿罗裙，处处怜芳草"，从女主人公最后的叮咛，我们可以推断出她都想到了些什么。"春草""芳草"作为抒发离恨的一个载体，在古诗词中是尤为常见的，如《楚辞》“王孙游兮不归，春草生兮萋萋”，李煜《清平乐》“离恨恰如春草，更行更远还生”。但将芳草与罗裙首次联系起来的诗作，是南朝江总妻的一首《赋春草》：“雨过草芊芊，连云锁南陌。门前君试看，是妾罗裙色。”后来杜甫亦有诗云：“名花留宝靥，蔓草见罗裙。”本词中“芳草”与“绿罗裙”都是女主人公的自喻，乃是嘱咐远行人要常常睹物思人。“天涯何处无芳草”，然而女子却希望离人见芳草便思罗裙，正是痴情人语。这一言，我们便可以猜想女子复杂的内心活动，一方面对于两地相隔的恋情有着不安之心，另一方面又深切希望他们的感情能够天长地久、至死不渝。结笔缠绵悱恻，历来最为人称道。唐圭璋评此二句云：“着末，揭出别后难忘之情，以处处芳草之绿，而联想人罗裙之绿，设想似痴，而情则极挚。”

李　璟

（916—961）

五代十国时期南唐中主，烈祖李昪长子，李煜之父。本名景通，改名瑶，后名璟。字伯玉，庙号元宗，谥号明道崇德文宣孝皇帝。升元七年继位，改年号为保大。在位十八年有余，最大政治成就是灭亡闽国、吞并南楚，使南唐疆土扩至最大。而后遭到后周进攻，失地连连，最终不得不割地称臣，除帝号称国主。李璟崇文，常与冯延巳、韩熙载填词作对，其词意境深远，言辞不事雕琢。现存词五首，四首与李煜词并收入《南唐二主词》中，余一首辑入《草堂诗余》。

摊破浣溪沙

菡萏[①]香销翠叶残，西风愁起绿波间。还与韶光共憔悴，不堪看。

细雨梦回鸡塞[②]远，小楼吹彻[③]玉笙寒[④]。多少泪珠何限恨，倚阑干。

注

① 菡萏：指荷花。

② 鸡塞：原指汉时鸡鹿塞，《汉书》载：“送单于出朔方鸡鹿塞。”这里是泛指边关。

③ 彻：大曲中的最后一遍。

④ 玉笙寒：玉笙以铜质簧片发声，遇冷则音声不畅，故云“寒”。

【词译】

残荷香褪，粉白的花瓣渐渐显露出枯萎的苦褐色，翠叶也垂下高昂了一季的头颅。东风势弱，已难觅踪迹，唯有西风吹来秋的气息。一池绿波荡漾，暗涌下是满怀的秋愁。与韶光一同苍老的不仅是荷花与绿波，更有这怜花叹水之人，再不忍去池边抬头看一眼败叶，埋首顿见水波中红颜渐老。缠绵的雨夜，梦见辽远的塞外风景，空旷、寂寥。醒来后，再难入睡，于是她的笙声呜咽，彻夜不绝，直至人冷笙寒，直至双泪涟涟。阑干独倚，长恨沾巾。

【评析】

这首悲秋怀人的《摊破浣溪沙》乃是李璟的代表作，其中尤以“细雨梦回鸡塞远，小楼吹彻玉笙寒”一句最为人激赏。若说冯延巳以此句，胜于自己的“风乍起，吹皱一池春水”，或有碍于君臣之别的缘故也未可知。但王安石与黄庭坚之间，倒也有相似的评赏。荆公尝问山谷曰：“江南词何者最好？”山谷以“一江春水向东流”为对。荆公曰：“未若‘细雨梦回鸡塞远，小楼吹彻玉笙寒’为妙。”

上阕着重写景，因见秋景而生秋愁。“菡萏香销翠叶残”，从秋池败荷写起，给人枯萎索然之感。“菡萏”是荷花的别称，李商隐《赠荷花》云：“唯有绿荷红菡萏，卷舒开合任天真。”这个称呼，比之荷花，也更显庄重且脱俗。此句一说花香惨淡，二言翠色残败，从色与香两方面描写了夏去秋至的池景更迭。而“翠”字比之“绿”字，更能与“菡萏”相搭配。“西风愁起绿波间”，“西风”在诗词中多指秋风，如李白《长干行》“八月西风起，想君发扬子”。而“愁”字非常明显地融情于景，将西风、绿水都拟人化了。这两句最受王国维推崇，其言：“大有众芳芜秽，美人迟暮之感。”而古今人多只赏识“细雨”两句，由此可见真正知心的解词人并不易得。这种“迟暮”与“芜秽”，恐也暗含着李璟自己年事已高，而南唐竟也逐渐落没之叹。

有了上文的铺垫，萧瑟的秋景已跃然纸上，后两句便直言人之哀伤。“还与韶光共憔悴”，随时间逝去的不仅有春景，也有红颜，不仅有红颜，更有一颗思归盼归的真心。而“不堪看”三字，简短却有力地将前面缠柔的悲伤，迸发而出，赋之以深沉的痛感，略显柔弱飘渺的情绪，因此而变得沉郁之至。

下阕着重抒情，怀人念远、含恨倚栏。“细雨梦回鸡塞远”，细雨霏霏的夜晚，梦魂飞往那遥远的边塞，只为见一见朝思夜想的离人，体现思妇想念之切。同时也意味着醒来后的惶然无措，梦中的鸡塞就在眼前，而醒后却远在天涯，远在这场绵绵夜雨恐怕也触不到的地方。“小楼吹彻玉笙寒”，这便是思妇排遣醒后倍增的孤寂之感的办法。独自起身在楼内吹笙，“彻”字表明吹奏的时间之长，直到玉笙凝水而生寒，音声不畅结闷，方才作罢。写到这里，已是幽怨之至，更兼思妇本欲排遣的愁思，竟有增无减，以致双泪涟涟。黄苏以结尾“倚阑干”三字，有说不尽之意。“多少泪珠无限恨”，刚刚才冲上顶峰的情绪，猛然收煞，其所表达的情思正因有克制，反而无限悠长。泪不尽恨流长，此时此刻的凭栏意，自有伤心人可解可懂。

摊破浣溪沙

手卷真珠上玉钩，依前春恨锁重楼。风里落花谁是主？思悠悠。

青鸟不传云外信，丁香空结[①]雨中愁。回首绿波三楚[②]暮，接天流。

【词译】

手卷珠帘，窗外春景依旧，年复一年含恨深锁。她在这重楼之中，看见风中落花缤纷，无依无凭。那脆弱的姿态，与自己何其相似。于是她的思绪开始

注

① 丁香结：丁香的花蕾，有固结难解之意。

② 三楚：指南楚、东楚、西楚。

慢慢流淌，汇成一弯悠长的春水……掠过头顶的青鸟不曾带来离人的消息，相比之下，倒是雨中的丁香更懂她的心思，重重叠叠，仿若她积累缀叠的愁怨，越潮湿越沉重。

远方，暮色中的三峡水，仿佛从天而来，又奔流到海不复回。

【评析】

这首《摊破浣溪沙》乃伤春、春恨之作。但据马令《南唐书》卷二十五载：李璟即位后，歌舞玩乐不辍，歌师王感化尝为之连唱“南朝天子爱风流”句至再三再四以刺之，李璟遂悟，作《浣溪沙》二阕并手书以赐感化，其中就包括这一首。这样看来，本词中的春恨就可能有着更深层次的意义，乃是中主对南唐社稷安危的慨叹，寄托着中主的忧国忧民之思。

首句“手卷真珠上玉钩”乃是特写，“真珠”和“玉”都暗示着女子的身份华贵。另因卷帘一举，写出女子乃凭窗眺景，为后句写春景、春恨埋下伏笔。《漫叟诗话》有云：“李璟有曲云‘手卷真珠上玉钩’，或改为‘珠帘’，非所谓遇知音者。”此一说是因，若用“真珠”二字，古今读者都能自然联想到“珠帘”。但若说“珠帘”，到底不知其究竟是否为真珠。正是“举真珠可包珠帘，举珠帘不足以包真珠也”。

“依前春恨锁重楼”，思妇卷帘观景，但春恨依旧。“依前”二字足见此恨年年有，“每到春来，惆怅还依旧”。加重了恨愁的质量，乃是堆堆叠叠，其后将之比喻为丁香，便是既在情理之中，又在意料之外，委实巧妙得紧。“锁”字是主观的心理感受，用来描写春恨，无形中将之具化。同时也显出思妇内心的禁锢，言春恨锁在重楼内，实际上是女子被锁在了春恨里。

“风里落花谁是主”，以飞花自喻，在诗词中也是常见的，如“泪眼问花花不语，乱红飞过秋千去”。深闺女子见残红四处飘散，难免怜花亦自怜。但这里比较不一样的是，词中思妇所哀叹的重点，不仅是花落，更是落花的无处归依。所以从这里可以看出此女子的身世飘零，无人护持。问花“谁是主”，虽是无理之问，却叫人读之心生怜悯哀愁之感。末了“思悠悠”三字，将词中人的思绪拉得更长更远，以使得前文的情感体验不被割断，同时铺垫下片。

“青鸟不传云外信”便是“思悠悠”的直接结果，想来她从始至终都没有收到一封信函，由此春恨又多一恨，杳无音讯之恨。此句反用西王母与汉武帝典故，据载“七月七日，上於承华殿斋，正中，忽有一青鸟从西方来，集殿前。上问东方朔，朔曰：‘此西王母欲来也。’有顷，王母至，有两青鸟如乌，侠侍王母旁。”青鸟本是信使，但这里反其道而用之，说其不传云外信，仿佛信使如青鸟者，也并非就负责了世间所有的消息。由此显出女子埋怨的口气，乃春恨之一也。

“丁香空结雨中愁”，以“丁香结”比喻相思之愁的郁结不散也并非李璟之创，如李商隐《代赠》：“芭蕉不展丁香结，同向春风各自愁。”但李璟的文思巧妙就在于将雨中丁香与前面的风中落花照应起来，这等风雨意象本就凄苦人心，更兼以落花喻人，以丁香喻心。正是“思清句雅”“清和秀颖”。而一个“空”字，在春恨之外，又添了一笔春愁。全词的感情层层递进，越发深厚哀婉。

最后仍是诗词中惯用的手法，以景语作结，留无穷余韵。“回首绿波三楚暮，接天流”，极言春恨春愁的深广辽阔。《摊破浣溪沙》比《浣溪沙》本调上下阕结尾都各增三字句，而李璟显然非常善于在这六字上发力，已达到事半功倍的效果。“接天流”三字，不仅有着“问君能有几多愁，恰似一江春水向东流”的悠长婉转，又有“君不见黄河之水天上来，奔流到海不复回”的大气浑然。词境最终从小小的女人心事里走出，便得浩渺宽广，耐人咀嚼。

李　煜

（937—978）

初名从嘉，字重光，号钟隐、莲峰居士。中主李璟第六子，南唐最后一位国君，世称李后主、南唐后主，建隆二年至开宝八年在位。太平兴国三年七月七日，被毒死汴京。其人多才多艺，通晓音律，又擅诗词，其中尤以词作的成就最大。以亡国降宋为分水岭，其前期词作多描写宫廷生活之奢靡，后期则因亡国被俘而词境哀痛深沉。后人将他与李璟的词作辑为一本《南唐二主词》，录李煜词三十余首。王国维曾有评言，“温飞卿之词，句秀也；韦端己之词，骨秀也；李重光之词，神秀也”。

望江南

多少恨，昨夜梦魂[①]中。还似旧时游上苑[②]，车如流水马如龙。花月正春风。

【词译】

梦醒无限恨，只因我又一次梦回旧日年华，梦回故国家乡。梦中的每一分欢娱安稳，醒来后都化作千斤重担，在每一个我想要喘息的瞬间，压得我喘不过气。分明是亡国之君，却夜夜做着曾经君临天下的梦。一旦梦醒，人何以堪！

魂梦之间，我仍是一国之君，社稷稳固，百姓安生。而我与众多嫔妃、大

注

① 梦魂：古人认为在睡梦中人的灵魂会离开肉体，故称“梦魂”。

② 上苑：指古代皇家供帝王游猎的园林。

臣仍常在上苑游山玩水。来往车辆如流水般滔滔不绝，川流马匹列成长龙。正是百花争妍的时节，春风一起，芬香满园。

【评析】

这首小令是李煜降宋后，在被囚困的日子里，所作的一首记梦词。通过对往昔繁华生活的梦回与追忆，反衬今朝之落魄与沉痛。曹雪芹曾称李后主为“古之伤心人”，九五之尊一朝沦为阶下囚的落魄，无颜面对祖宗故土的愧疚，以致恨煞梦中繁华景，怕提昔日风流事，恐听深宫蓬莱乐……千言万语，都是一把辛酸泪。说起来曹雪芹有感李煜的平生坎坷，也正是同是天涯沦落人，且看其在《石头记》第一回中的自述，“自欲将已往所赖天恩祖德，锦衣纨绔之时，饫甘餍肥之日，背父兄教育之恩，负师友规谈之德，以至今日一技无成，半生潦倒之罪，编述一集，以告天下人”。所以曹雪芹说李煜，恐也是“座中泣下谁最多，江州司马青衫湿”。

“多少恨，昨夜梦魂中”，小词中如此开门见山之笔，委实少见。词人一早醒来，便恨意顿生，但此恨并非因为梦的内容，而是做梦本身，因为梦都终有醒来的时候。这里词人言及昨夜梦，却欲言又止。于是看似直白的一二句，又有了迂回之处，到底是怎样的梦让词人竟以恨开篇，更复以“多少恨”，这般愁结万千的表述。是怎样凄厉可怕的噩梦吗？不，恰恰相反，是温香软玉又奢华热闹的人间天堂。其背后的无限悲怆、丧失之痛，至此已隐隐待现。

后三句“还似旧时游上苑，车如流水马如龙。花月正春风”详写梦境，如今的违命侯还在做着江南国主的美梦。“还似”二字领起下文，直贯全篇，也说明词人不断重复这样的美梦。唐圭璋评之：“梦中盛况，只用‘还似’绾住，灵动异常。”而在种种的日有所思夜有所梦中，词人记得最清楚最深刻的便是“游上苑”的喧阗繁华。“车如流水马如龙”，借典《后汉书·明德马皇后纪》中马皇后的话：“前过濯龙门上，见外家问起居者，车如流水，马如游龙。”此句非常贴切地描绘出了场面的盛大与声势的显赫。俞陛云曾言，“‘车水马龙’句为时传诵。当年之繁盛，今日之孤凄、欣戚之怀，相形而益见”。

然而词人的梦不仅盛大更兼温柔明媚，上苑虽美，但最美还是在春季，“花月春风”的季节。以景致的风华正茂，凸显词人在梦中的春风得意。而“正”

字的使用，更加深了这种荡气回肠的效果，因为人与景，一切的一切，此时此刻便都是最好的了。由此，将全篇推向顶峰，而在这最高点戛然而止，其后剩下的便是从山巅上一坠千丈的凄绝。陡然收煞的结尾，以旧乐衬今恨，以梦写醒，正是愁极，愁极！

虞美人

春花秋月何时了，往事知多少？小楼昨夜又东风，故国[①]不堪回首月明中！

雕栏玉砌[②]应犹在，只是朱颜[③]改。问君能有几多愁？恰似一江春水向东流。

【词译】

三春花开，秋月明皓，一年一年循环往复，这样的日子什么时候才能看到尽头呢？不知残生何时了，也不知往事何时能不再追思。进也不是，退也不是，浑浑噩噩又是一年东风拂上小楼。而这轮曾照我故国的明月啊，如今依旧高悬九霄，可曾知晓我心中的不堪？

遥望金陵，想必雕饰的栏杆与精美的玉墀都仍完好无损，只是曾经抚过栏杆，跨过台阶的人都已青春不再，不复往日神韵。一个是万古不变，一个是短暂无常，你若问我此中愁苦几许？我只能引你去看那滚滚东流的春江。

注

① 故国：指南唐故都金陵。

② 雕栏玉砌：指南唐故宫，言其华美奢侈。砌，台阶。

③ 朱颜：原意是红润的脸庞，这里指南唐昔日的宫女嫔妾。

【评析】

关于李煜究竟为何身死，时至今日仍莫衷一是。《续资治通鉴》中有考，说“李后主之卒，它书多言赐鸩非善终”。“它书多言”，即是说以李煜被毒死者众，但并非真有此事，仍有一些审慎的作者在自己的书中未曾言明李煜身死一事，如《宋史新编》《续资治通鉴长编》等书籍，但流传最广的说辞是出自《默记》的牵机药一说。

据载，太平兴国三年，徐鼎臣奉宋太宗之命探视李煜，而李煜对其叹曰：“当初我错杀潘佑、李平，悔之不已！”大概李煜便是在这等悔恨痛苦的心情下，写下了其千古名作《虞美人》。同年七夕，正逢李煜四十二岁生日，而此时距其降宋的开宝八年，已有三年之久。入夜，李煜命南唐故妓作曲咏唱这首《虞美人》，追思故国，抒发恨愁。宋太宗闻之大怒，数罪并罚，遂赐牵机药鸩杀李煜。李煜因酒后服药，酒助药性，引起全身性抽搐，死后头部与足部相接，状似牵机。后人多相信这则记载，所以也就以本词为李煜的绝命词，乃是真正的“以血书者”。

这首《虞美人》，李煜因之而丧命，也因之而名垂千古，博得“词中之帝”的美誉。正是“国家不幸诗家幸，话到沧桑语始工”，亡国之君又得以在词坛“称帝”，叫人唏嘘慨叹。唐圭璋评全词云，“此首感怀故国，悲愤已极。起句，追维往事，痛不欲生！满腔恨血，喷薄而出：诚《天问》之遗也。‘小楼’句承起句，缩笔吞咽；‘故国’句承起句，放笔呼号。一‘又’字惨甚。东风又入，可见春花秋月一时尚不得遽了。罪孽未满，苦痛未尽，仍须偷息人间，历尽磨折。下片承上，从故国月明想入，揭出物是人非之意。末以问答语，吐露心中万斛愁恨，令人不堪卒读。通首一气盘旋，曲折动荡，如怨如慕，如泣如诉”。

“春花秋月何时了”，怨问苍天，问得离奇，也问得心碎。春花秋月的这般良辰美景，词人却只问它的尽头与绝期，只因对他而言，这无休无止的时间已全成折磨。既不知这苟延残喘的日子何时是尽头，也不知追思往昔的日子何时能了却，虽是疑问句，但其中也能读出词人决绝的心态，他是盼着这一切不如早些结束的好啊！词人笔下的一曲曲悲歌，正是他声声催促着自己人生终曲的前奏。然而问天天不语，词人便转问自己，“往事知多少”。这其中透着李煜的悔恨之意，正如他对徐鼎臣所说的那样，“悔之不已”！不仅是悔错杀谏臣的昏庸，也悔不理朝纲、声色犬马的生活。这些充满悔恨却又不可重来、无法弥补的往事，一遍遍一幕幕，袭上心头。

“小楼昨夜又东风”，一个“又”字点明词人又偏安苟活了一年，与上文的“春花秋月”相对应。词人在这苟且偷生的小楼上，在这风清月朗的夜晚，思绪自然是再归故国。即便是“不堪回首”，却又无法不“回首”，正是“往事知多少”。而回首处“雕栏玉砌应犹在，只是朱颜改”，“雕栏玉砌”与“朱颜”的两相对比，一个“犹在”，另一个却已“改”，物是人非，叫人憔悴怅惘。全词至此，已将永恒与短暂、过去与现在的诸番对比相继抛出，读之能感受到词人一咏三叹的心绪起伏，回肠荡气。

最后词人终于在末句，将此前回环曲折积淀的情绪，一齐迸发而出，长歌当哭，咏出千古绝唱——“问君能有几多愁？恰似一江春水向东流。”古往今来写愁，因之乃是抽象概念，所以多要用比喻来使之具象。而其中以水喻愁也并非什么新鲜的手法，但词人此句所具有的力度感却绝非寻常可比。春江滚滚，波涛起伏，以喻词人难以平息的愁闷之绵延与强烈，确为伤心人语。又如谭献所评，“足当太白诗篇”。

相见欢

无言独上西楼，月如钩。寂寞梧桐深院锁清秋。

剪不断，理还乱，是离愁[①]。别是一般[②]滋味在心头。

注

① 离愁：指去国之愁。

② 别是一般：另有一番意味。

【词译】

一个人独自缓步登上冷冷清清的西楼，一步一叹。身边无人可以交心，即便有，恐也千头万绪欲语还休。

一抬头，残月如钩。一埋首，深院孤桐独立。

清冷萧瑟的秋，仿佛也与我一样锁着一腔愁怨。而我便成了院角的那棵梧桐，势必要在这片寂寥中孤独终老、悔恨致死。

亡国之痛，心乱如麻，无可断绝，又无法梳理。只能如一枚巨石一般，沉甸甸地压在心头，永远没有消化遗忘的时候。

终究是无可名状，是无影无形的别种滋味。

【评析】

李煜肉袒降宋后，因曾守城抵抗而被封违命侯，幽禁于汴京一所深院小楼内，正如本词中所描绘的“寂寞梧桐”一样，唯有“深院锁清秋”。而词人内心深刻沉重的亡国之痛、故国之思，无以言表，最终落笔成词，有了这阕哀婉千年的《相见欢》。诚如袁枚所言，“诗者由情生者也，有必不可解之情，而后有必不可朽之诗”。

首句“无言独上西楼”中的“无言”透露出词人身边无人可以相语言说，更进一步人生总是“可与人言无二三”，更何况是如此切肤刻骨的悔与恨，所以恐怕词人更是不愿和人提起自己如今内心的惶惶与绝望。无人可说，有人也欲语还休，再兼说也无用，这“剪不断，理还乱”的“离愁”，怎可能是两言三语的抒发就能释然的。接着又用“独上”二字，勾勒出一个寂寥的孤人登楼剪影。稍加想象便知词人的脚步将会是何其沉重，而内心又将会是何其无奈，一步一叹，深深蹙眉。俞平伯《读词偶得》评之：“其实首句‘无言独上西楼’六字之中，已摄尽凄婉之神矣。”

“月如钩”，先是点明时间，夜深更漏残之时，词人竟无心睡眠，徘徊摸索着登楼望远，足见其恨之深其愁之浓。然而意味深长的是，今夜恰逢一轮残月当空，更是勾起离愁别恨。残月不忍长看，于是低头一扫，却又只得见“寂寞梧桐深院锁清秋”。“秋”字与上句的“月”相照应，又点明了季节。浸寒的秋夜，梧桐叶黄，在秋风中瑟瑟发抖，昏暗的残月银辉，透过秃枝败叶，在地上投射出凄寂的斑影。正如王国维《人间词话》中所说，“一切景语皆情语也”。这寂寞而深锁的，不只是梧桐，正如那残缺如钩的，不只是明月。

下阕因景抒情，“剪不断，理还乱，是离愁”。这里的比喻文思巧妙，不仅将无形的离愁写得具体可观可感，更是以“丝”来喻愁，而词中却不显“丝”字。若说离愁之多，千丝万缕，也不一定就不可剪断，因而此喻极言其愁之纷繁复杂，无法可想。过去充满悔恨，却又无法弥补，如今满目疮痍，却又无计可施，而未来……亡国之君，还妄谈什么未来！世人常说，人生三起三落，但落差如此之大者，莫过于李煜，然而多少愁苦，却又只能哽咽在喉头，这等滋味，寻常人等怎可能感同身受，于是“别是一般滋味在心头”。

末句将前句以实写虚的离愁，再次形容得虚无缥缈，难以名状。正如沈际飞《草堂诗余续集》言：“七情所至，浅尝者说破，深尝者说不破。破之浅，不破之深。‘别是一般滋味在心头’句妙。”李煜的愁苦，自然与寻常滋味不同，但这种不同最终也未能道出，仍是如人饮水冷暖自知。难以说破，更不愿说破，这便是痛极。而词人至此，却不说“痛”也不言“愁”，只用了“滋味”二字，微妙异常。正是不可言传，只能意会。此番滋味，究竟恨几分苦几许，断肠若何死心与否，无法痛哭流涕，亦不能长啸抒怀，委实真切而独特。

纵观全词，以近乎白描的手法，毫无雕饰的文辞，写出了最深重真实的感受，其中震颤人心的魅力，千年不衰，是为绝唱。

相见欢

林花谢了春红，太匆匆。无奈朝来寒雨晚来风。
胭脂泪[①]，相留[②]醉[③]，几时重[④]？自是人生长恨水长东。

【词译】

林间红花已谢，纵使知道花开花落素有时，但春光尚未流尽，花却去得实在匆忙。无奈啊，这凄风冷雨的昼夜摧残，让花儿如何忍受得住？就仿佛渺小的个人，在命运的波涛汹涌中沉浮起落，好生煎熬。那些凋败的红花，在风雨中飞红阵阵，像极美人的眼泪，和着胭脂，慢慢满满地洒落一地。人怜花败，花为人亡，此中迷醉，何时再能重逢？人生恨长，长如流水东去。

【评析】

这首即景抒情的小令，用语清新，性情真挚，乃天然去雕饰之作。以描绘春花凋零的景象，抒发词人伤春的哀婉心情，表达词人对无可奈何的时间流逝、美好不存的遗恨。这首词的成功与“别是一番滋味在心头”的特殊性不同，而是有着更为广阔的普遍意义，“人生长恨水长东”是共通而必然的悲哀与无奈。于是整首词义便不再是只针对李煜一人的意义，或是某一类天涯沦落人的感同

注

① 胭脂泪：原指女子的眼泪，这里是指林花着雨的样子。

② 留：遗留，给以。

③ 醉：悲伤凄迷。

④ 重：再重逢、再相会。

身受，而是具有一定哲理性质的人事无常、悔恨诸多的人类共同悲剧。

上阕以惜花伤春起笔，“林花谢了春红”早不是什么新鲜事了，春去春来花开花落的景致，词人见得多了，但恐怕却从来没有任何一次，让他觉得一切竟是如此匆匆。“太匆匆”，三字哀婉的感情之强烈，正因其直白而如当头棒喝。曾经春风得意马蹄疾，如今“日夕以泪洗面”，一朝一夕之间，人生竟能有此种天差地别。昨日的九五之尊，今夜的落魄囚徒……匆匆，如何不匆匆！由此“林花”“春红”也不再是简单的春物，而成了词人的自况，物我一体。后句中的无奈之叹，也就有了更深一层的含义。

“朝来寒雨晚来风”，乃是互文的写作手法，又运用叠字衔联法，使之无论在内容还是音律上都具有了加倍的感染力。这一句写出春花凋零的必然性，早晚的风雨摧残，花朵自然是无力与之抗衡的。正因必然，才生“无奈”。可见人生的愁苦，并非全都能自行化解，所谓尽人事而听天命，叫人唏嘘。纵观上阕，先从惋惜起笔，再是太息之语，最终又落于必然无奈之情，细细分析之下乃是非常精妙的一波三折，而若粗略读来又觉是浑然天成之笔，词人的功底可见一斑。

下阕抒发因景而起的怨恨。首句“胭脂泪”化用杜甫《曲江对雨》中的一句，“林花着雨胭脂湿”。虽然句意与少陵相当，但化“湿”为“泪”的一笔却绝非出自凡夫之手，又兼将此句分于上下两片之内，更有词的风骨。林花被雨打湿，这是景象，但“泪”字却成功将林花拟人化了，毕竟花何曾哭过，都是人移情于景，让那雨中春红为自己默默垂泪罢了。“泪”已然妙极，而之后的一个“醉”字亦有神韵。这一醉，不因酒浓，不是陶醉，而是悲切之语，心乱迷醉。

词人在这乱红迷乱之时，却在遥想风停雨住，春花重开的日子几时再回。这一想一问，实为一悲一叹。因为“几时重”也是词人对自己将来的发问，那些金樽玉马的日子可会再来？答案当然是否定的，所以这一问已是一恨。对此，词人也心知肚明，所以才有了最末的千古名句，“自是人生长恨水长东”！唐圭璋评之：“以水必然长东，以喻人之必然长恨，沉痛已极。”以水喻恨愁，李煜本人就写过不少，诸如“恰似一江春水向东流”，但两相比较，本句中的必然与浩大之势，显然更高一层，委实“濡染大笔”。

清平乐

别来春半，触目柔肠断。砌[①]下落梅如雪乱，拂了一身还满。

雁来音信无凭，路遥归梦难成。离恨恰如春草，更[②]行更远还[③]生。

【词译】

与你一别，未曾想这短暂的春光都已去尽了一半。触目惊心，这里的春景已足以令人柔肠寸断。开放较晚的白梅，如今东风一拂，便落满阶下，如白雪般在眼前凌乱纷飞，一片一片，仿佛在风中颤抖的白纱。而我不知不觉间到底在这里伫立了多久，自己竟也答不上来，只知道那满身满头的花瓣，拂了一身又一身。

你离开之后，我多次望见大雁南归，只可惜雁归人不归，音讯全无。世上最远的路恐怕便是归乡之路了，远到那在外的游子，连梦魂都难以飞回故土。这般离恨就似生命力最旺盛的春草，在每一段山水兼程，繁芜，延伸。

【评析】

这是一首借景抒情，抒发离愁别恨的怀人之作。一说是作于开宝五年春，即李从善入宋朝贡未归的第二年。据《新五代史》载，“开宝四年，煜遣其弟韩

注

① 砌：台阶。

② 更：渐。

③ 还：仍然，还是。

王从善朝京师，遂留不遣。煜手疏求从善还国，太祖皇帝不许。煜尝怏怏以国蹙为忧，日与臣下酣宴，愁思悲歌不已”。那么依此一说，这首《清平乐》所怀念的离人，便是李煜之弟，为思念他而写下的。但这种说法是否属实，仍有待考证。

上阕直抒胸臆，情感流露自然且真挚。起首“别来春半”，总起全篇，既点明事件也说清季节。“春半”一解为相离已有半春之久，一解为春已过半，两者皆可取，但若能证实本词确实是怀念李从善的话，这里的春便是次年春季，前一种解释就不再合理了。“触目柔肠断”皆是因“别来”而起，这是承上；“触目”又引出下文的“砌下落梅如雪乱”，这是启下。“柔肠断”在这里起到奠定全词情感基调的作用，说是触目，因景而肠断，实际上仍是因情断肠。

“砌下落梅如雪乱”，写最令词人触目惊心的景象，即是在这春景之中，最能勾起词人怀人心绪的景象。纷纷扬扬的白梅如雪，从视觉上给人生寒之意，更兼这晚开的春花也开始凋零了，春将不久矣，烘托伤感情思。“乱”字非常巧妙，既是实写落梅在风中凌乱飞舞的样子，也暗示着词人心中思绪万般，杂乱无章，“剪不断，理还乱，是离愁”。或因心情杂陈，或因春景伤人，词人久久伫立阶下，以至于“拂了一身还满”。不仅写出花落之众、人立之久，更有着词人的愁闷也如身上落花一般，勉强拂拭掉一层，迅而又生一片，正是“才下眉头，却上心头”。如此情景交融，怎不叫人“柔肠断”？

下阕首句用典雁足系书的故事，《汉书·苏武传》载：“教使者谓单于，言天子射上林中，得雁，足有系帛书，言武等在荒泽中。”天汉元年，苏武奉命出使匈奴，结果被扣。直至汉昭帝登基数年后，与匈奴和亲，并要求释放苏武。匈奴谎称苏武已死。汉使得常惠谋策，对单于假言汉天子射猎上苑，得苏武等人的鸿雁传书，于是漂泊异乡十九年之久的苏武一行方才得以归国。而词人这里便是借用这一典故，言自己没能得到离人的雁足书，而更添惆怅。“路遥归梦难成”，俞平伯解此句说：“梦的成否原不在乎路的远近，却说路远以至归梦难成，语婉而意悲。”这样的解析确实无理而妙，情思悱恻。但古人为表天涯路远，而托以梦魂都无法相通的言辞，实际上也有许多，如小说《品花宝鉴》中的一句送别词，“若虑梦魂飞不到，试宵宵彼此将名唤”。在这个意义上也足见词人相思之切，既然不能相见，便寄托于鸿雁传书，若鸿雁也不能完成使命，便盼望着梦里重逢，怎奈到最后竟连归梦也恐路遥。一波三折，层层递进，情深意重。

“离恨恰如春草，更行更远还生”，最后词人将自己的离恨比作生命力旺盛的春草，以写出离愁的无法摆脱，毕竟“野火烧不尽，春风吹又生”。漫山遍野，更行更远，满目孑然，越是极目远眺，离恨便越是延展不尽，有一种“此恨绵绵无绝期”之感。这样的煞笔也使得全词意蕴悠长。

捣练子令

深院静，小庭空，断续寒砧[①]断续风。无奈夜长人不寐，数声和[②]月到帘栊[③]。

【词译】

夜深人静，窗枢外的小院内也空无一人。但我却知道，此时此刻并非只有我一人长夜不寐。时强时弱的晚风，断续送来一下一下击打在砧石上的捣练声，那声音在远方。

虽只闻声，但我却仿佛已经看见了妇人身影。她独自在清冷的月光下，在浸染了寒气的砧石上，捣洗煮过的熟绢。而每一下动作，都伴随着心内的一个名字。那将会穿上寒衣的郎啊，以后可会想象起这清苦的长夜……

注

① 寒砧：指秋天寒夜中的捣练声。古代风俗，在秋季捣练丝帛为他乡游子准备寒衣。砧，捣衣石。

② 和：伴随。

③ 栊：有横直格子的窗户。

月光和着砧声穿进我的帘栊，此中离恨，令人心悸。

【评析】

这是一首怀人念远的本义词，词牌亦是词题。杨慎《词品》有云："李后主词，词名'捣练子'，即咏捣练，乃唐词本体也。"以李煜此作为伊始，此调方见于词。所谓捣练，即是捣洗煮过的熟绢。练是一种丝织品，初成时质地坚硬，须经沸煮、漂白，再历杵捣，才能变得柔软洁白。唐代画家张萱便曾画得一幅仕女捣练图，李白《子夜吴歌》也有"长安一片月，万户捣衣声"的诗句。而李煜的这首《捣练子令》便是通过风中的捣练声，空寂的庭院与清冷的月色，烘托出一种幽怨的意境，让人不禁身临其境般地感受到，词中人物的长夜不寐的幽幽情思。诚如唐圭璋在《唐宋词简释》中所评："夜既长，人又不寐，而砧声、月影，得并赴目前，此境凄迷，此情难堪矣。"

提笔两句"深院静，小庭空"，渲染出环境的幽寂无人。一"静"一"空"分别从听觉与视觉处落笔，所以两句各有侧重，并不重复。再有"深庭"显僻，如欧阳修《蝶恋花》云"庭院深深深几许"。而"小庭"则是指人物所在之处，是层层重重亭台楼阁中的一个独立小院，一个空空荡荡的小小天井而已。于是这看似简单直白的六字，却有着远近相异的层次感。

"断续寒砧断续风"是本词的核心句，这里重复两次"断续"含义也是不尽相同的。砧声虽有节奏感，其中间隔应是差不离的，但力道却不一定能得到保证，也就是说砧声有强有弱。更复有无常多变的夜风，时断时续，时起时驻，那裹挟在风中的砧声自然也就越发的杂乱。这种凌乱自然也伴随着词中人心境的起伏不安，否则为何"无奈夜长人不寐"？因为不能成寐而夜听寒砧，又复因寒夜砧声而长夜无眠。

另外，捣衣这一意象在诗词创作中也常有怀人之意，妇人为远游或征战的游子离人缝制寒衣前，就得先捣练丝帛。如杜甫《捣衣》诗云："亦知戍不返，秋至拭清砧。已近苦寒月，况经长别心。宁辞捣衣倦，一寄塞垣深。用尽闺中力，君听空外音。"沈佺期《古意呈补阙乔知之》一诗，亦云"九月寒砧催木叶，十月征戍忆辽阳"。因而，砧声本就有其情感象征，已然是一个诗词符号。由此这位听砧人的心事已被掀起了一个袍角，实属含蓄别致的手笔。

“无奈夜长人不寐，数声和月到帘栊”，最末两句收束于听砧人本身，既觉夜长，又不能安眠，便随意倚靠着窗棂，任凭寒冷的月光倾倒在薄衣上，任凭东风送来一声声捣衣音。

没有明写愁思或怀人，而是将深情厚意淡笔写来，寓意绵长，有着独特的朦胧之美。或许词人确有所指，又或许只是莫名感伤，究竟如何，惹人遐想无限，留白的布局精妙得紧，有“饶烟水迷离之致”。

浪淘沙令

帘外雨潺潺[①]，春意阑珊[②]，罗衾[③]不耐五更寒。梦里不知身是客，一晌[④]贪欢。

独自莫凭栏，无限江山，别时容易见时难。流水落花春去也，天上人间。

【词译】

猛地从梦中惊醒，更漏将尽，已是五更天。帘外传来潺潺雨声，想必一夜风雨过后，春意也快要衰残了吧。思及此，春寒顿生，这绸被也凉得浸人。梦醒春色迟暮，月夜生寒，唯有在梦中才有片刻的欢歌笑语，在梦中才不会发现自己已是断肠之客。

注

① 潺潺：拟声词，这里形容雨声。

② 阑珊：将尽、衰落。

③ 罗衾：绸被。

④ 一晌：霎时、片刻。

一个人的时候，就不要再登楼望远了吧。因为那目不能及的远方，正是故国所在。一个人的时候，怎能不登高远眺呢。那远在天际回不去的故土，日日夜夜仍令我魂牵梦绕。人生聚少离多，江山易别难见，这一切就像流水落花、春去物非一般。今非昔比，天上人间。

【评析】

据胡仔《苕溪渔隐丛话》前集卷二十九《西清诗话》言，“南唐李后主归朝后，每怀江国，且念嫔妾散落，郁郁不自聊，尝作长短句云‘帘外雨潺潺’云云，含思凄惋，未几下世”。即是说，这首《浪淘沙令》不仅作于李煜降宋以后，更是殒身他乡前不久的作品，也算得绝笔之作。哀歌一曲，实为伤心人语。

上阕先写梦醒之萧瑟，再言梦中之欢娱，是用倒叙的手法写梦，以反衬的手法抒情。“帘外雨潺潺，春意阑珊，罗衾不耐五更寒”，这三句状景。五更梦回，帘外听得潺潺夜雨，便想起明朝春色一定更加暗淡，正有李清照“应是绿肥红瘦”之叹。一个“寒”字既指雨夜的阴冷，更是词人内心的凄凉，毕竟春尽夏至，恐怕天气也并非真有多冷，而是寒心人的寒心语。

现世凄苦，那么梦中又如何呢？“梦里不知身是客，一晌贪欢”，可见梦里倒是欢娱喧阗，但如今的词人却更是因之而倍感煎熬。“客”字点明词人现在的身份，是“违命侯”，是亡国君，金陵已彻底离他而去了。“一晌”显出时间之短，快乐的时光匆匆过去，既是说梦太仓促，更是说曾经的帝王岁月转瞬即逝。“贪欢”道出词人对往昔的沉迷与追恋，放不下那样的生活、那样的过去，于是只能被现实折磨致死。以乐写悲，追昔言今，倍感悲痛。沈际飞在《草堂诗余正集》中说：“‘梦觉’语妙，那知半生富贵，醒亦是梦耶？”李煜说梦见前半生的富贵年华，这是实写，而更深一层的意思，或许也正暗示着前半生本就像是一场春秋大梦。词人在那一场梦里，贵为一国之君，本以为是“主”，一切都尽在掌握，但怎知一朝出降，便从天堂掉到了地狱，而他也终于惊觉，他是“客”，是曾扮演着“天子”角色的生之过客。

过片三句以虚拟手法写实抒情。“独自莫凭栏”，为何词人有此一叹？恐怕古今独自登高之人都能体会个中凄凉境况。“凭栏”若见得“无限江山”，见得“四十年来家国，三千里地山河”，便会引发“别时容易见时难”的哀叹，不过徒增悲伤。金陵一朝失守，肉袒而降，被拒汴京，这等电光火石般的离别，一个朝代一个国家就此覆灭，“别时容易”，对李煜来说着实也太过容易了。而若见不得昔日山河，更有“见时难”的绝望，此生已无复国之日，不忍见，无限恨。

末两句又说回了春景，以“流水落花春去也”照应开篇的“春意阑珊”。但这里的“流水”、“落花”与“春”，经过词义的层层铺垫，已不再是只指春色，更是词人的自怨自艾，诉说着自身的不幸，感叹着春风得意的年岁已一去不返，而此残生恐也濒临结束之日。最后“天上人间”语出白居易《长恨歌》中的一句，“但教心似金钿坚，天上人间会相见”。

纵览本词可以看出李煜词作中的诸多普遍特点，一是擅长白描，并没有什么艰深或华丽的辞藻，而是近乎明白如话的自然之语。二是书写自己的切身经历，抒发真挚的赤子之情，毫不矫揉造作，本性明净澄澈。三是感慨深沉，所悟所想虽是因一己之事而起，但落在笔下却往往有了高度的概括性，是人类的共通体验与慨叹，因而即便是帝王之作，却仍有许多共鸣之音。无怪王国维有言，“词至李后主而眼界始大，感慨遂深”。

柳　永

（约984—1053）

初名柳三变，字景庄，后名柳永，字耆卿，又因家中行七，人称柳七。出身官宦世家，年少时流连都市繁华，出入烟花巷柳。屡试不第，直至景祐元年，宋仁宗特开恩科，才中进士。皇祐二年，终以屯田员外郎致仕，故世称柳屯田。柳永尤善慢词，一改唐五代以来小令为主的词坛格局，不仅如此，柳永还是两宋词坛创用词调最多的词人，对后来的词学发展影响极大。柳词有俚雅两类，语言明畅，章法委婉，音律谐美，多写羁旅生涯与离愁别绪。著有《乐章集》传世，收词两百零六首，集外传词六首。

雨霖铃

寒蝉[①]凄切，对长亭晚，骤雨初歇。都门[②]帐饮无绪，留恋处，兰舟催发。执手相看泪眼，竟无语凝噎。念去去[③]，千里烟波，暮霭沉沉楚天[④]阔。

多情自古伤离别，更那堪冷落清秋节[⑤]。今宵酒醒何处？杨柳岸，晓风残月。此去经年，应是良辰好景虚设。便纵有千种

注

① 寒蝉：似蝉而小，入秋始鸣，又名寒蜩、寒螿。

② 都门：国都之门，这里指北宋首都汴京。

③ 去去：在此表路途遥远。

④ 楚天：战国时楚国占有今鄂、湘、江、浙一带，故云。这里泛指南方的天空。

⑤ 清秋节：清冷萧瑟的深秋节气。

风情[7]，更与何人说！

【词译】

傍晚暴雨初停，秋虫便嘶鸣得那般凄楚而急切，我们在京都城外的长亭对面设帐饯别，然而一想到即将来临的分离，这杯中酒便难以下咽。正是难解难分之时，江岸上的舟子却不解风情地催个不停。而他们一催，你我相携的双手竟又握紧一分，两双彼此相看的眼竟兀地盈满泪水。一时间，千言万语不知从何说起，最终全都哽咽在喉。真是流泪眼看流泪眼，断肠人送断肠人。我此去南方，山长水远，烟波瀚渺，远望暮霭下的楚地苍穹，空辽一片，仿佛我未卜的前途。

自古多情人伤离别，更何况是在这寂寞萧索的深秋时节，哎，要分离，千万不要在秋季啊！离别在即，谁知我今夜酒醒时身在何处？想必也只有在那寂寂杨柳岸边，与黎明寒冷的风月为伴了。你不在身边，良辰美景仅虚设，纵有满心满腹的风月情意，又能与谁共赏？

【评析】

天圣二年，柳永第四次科举不中，愤而离开京都，顺水路南下，于是不得不与情人分离，遂成这首著名的《雨霖铃》。“雨霖铃”这个词牌最早起源于唐玄宗，《明皇杂录》载，“明皇既幸蜀，西南行，初入斜谷，霖雨弥旬，于栈道雨中闻铃，音与山相应。上既悼念贵妃，采其声为《雨霖铃》曲，以寄恨焉”。但双调慢词的《雨霖铃》，最早便是柳永的这首，所以本词调也是柳永的首用。

“寒蝉凄切，对长亭晚，骤雨初歇”，开篇三句描写送别的场景。“寒蝉”点明时令，《礼记·月令》载：“孟秋之月，寒蝉鸣。”孟秋是秋季的第一个月，即农历七月。“对长亭晚”则写明时间乃是傍晚，地点是面对着十里长亭的地

注

① 风情：情意，指男女相爱的深情蜜意。

方。“骤雨初歇”表明天气，雨已经停了，人也该上路了。而没有太阳的阴云天，又为离情更添一分压抑。“都门帐饮无绪”，开始具体写离别的场景，美酒佳肴成虚设，食之无味，满腹离愁，是谓“无绪”。江淹《别赋》云，“帐饮东都，送客金谷”便是头一句的语出之处。“留恋处，兰舟催发”，与刘克庄《长相思》中“烟迢迢，水迢迢，准拟江边驻画挠，舟人频报潮”有异曲同工之妙。这两句是在写实，刻画出离人主观上的不忍别离，与客观上的不得不别之间的矛盾。因为这种激烈的冲突，从而自然迸发出“执手相看泪眼，竟无语凝噎”一句，情出必然，令人感同身受。与苏轼《江城子》中的一句“相顾无言，惟有泪千行”同是感情深沉，无声低泣，此时更比号啕大哭来得微妙且悲切。“念去去，千里烟波，暮霭沉沉楚天阔”，这三句便是词人对别后光景的假想了。“千里”“沉沉”“阔”这些字眼都显示出词人此去必是天涯望断归路，苍苍茫茫，从此与佳人各在一方。虚实相映的手笔，再加之“去去”叠字的用法，衬托出词人空虚惆怅之情，远方与他的仕途一样，未可卜未可知。

下片“多情自古伤离别”，先宕开一笔，写古今多情人都被离伤，暗示自己也不能幸免，而且不仅如此，“更那堪冷落清秋节”。千不该万不该，离别不该发生在这冷冷清清的秋季，叫人神伤得不堪重负。“今宵酒醒何处？杨柳岸，晓风残月”，由此开始主要写别后的痛苦。兰舟夜发，都门帐内所饮之酒也随夜消散，迷蒙醒来，便已是另一番天地，十里长亭换了堤岸垂柳，执手佳人换了寒风残月，怎不凄凉？无怪乎贺裳评此句为“古今俊句”。“此去经年，应是良辰好景虚设。便纵有千种风情，更与何人说”，结尾词人便顺着思绪想得更远了，并不是挨过这晓风残月的一昼夜便能解脱，而是“此去经年”，如此寂寞光景，会年复一年、夜复一夜地重复。无人相伴，无人相谈，或“千种风情”，或“良辰美景”，全化作了浮光泡影，故唐圭璋评词末乃是“余恨无穷，余味不尽”。

蝶恋花

伫倚危楼风细细，望极春愁，黯黯[1]生天际。草色烟光残照里，无言谁会[2]凭阑意。

拟把疏狂图一醉，对酒当歌，强乐还无味。衣带渐宽终不悔，为伊消得[3]人憔悴。

【词译】

高楼独倚，迎面春风习习吹拂，眼前萋萋芳草向着天地一线之际，缓缓地铺陈开去。夕阳的余晖将远方的草色照得朦胧黯然，仿如我的愁绪，越往深处越是沉重灰暗。而我的这腔心绪，这次远眺，其中真意何人能懂?

“何以解忧，唯有杜康”，不如狂放一醉，以消愁闷。但当我真的在歌舞声色的场合中，欢笑买醉之时，却发现强颜欢笑索然无味，竟比孤寂愁苦更加悲哀。“情不知所起，一往而深。”既然我钟情于她，既然我思之如狂，那便弃了虚假欢娱，心甘情愿地为她形销骨立，终不悔矣!

【评析】

这首《蝶恋花》写得含蓄蕴藉，虽是怀人之作，但并不直言相思之苦，而是将词人自身孤旅漂泊的寂寥心情融入其中，感人肺腑。上片写词人登楼远望

注

① 黯黯：心情沮丧忧伤。

② 会：理解。

③ 消得：值得。

的所感所想。“伫倚危楼风细细”，前写词人登楼一事，后写天气景象，“细细”二字具有一定的动感，画面并不是定格在一个寂寥的背影上，而是避免了呆滞，有微风过境。“望极春愁，黯黯生天际”，这一句除点明时节以外，还言词人的愁绪从水天一色的远方黯然丛生，但到底词人为何“望极”，缘何生“春愁”，却暂且含而不吐。“草色烟光残照里”，这句写词人望极天际所看见的凄凉景象，绿草虽成茵，但暗淡的夕阳，却为其蒙上了一层烟雾光景。一个“残”字，既写出词人注目的时间之长，已至黄昏，又写出韶光将逝的感伤。“无言谁会凭栏意”，“凭栏意”即是前番所言的“春愁”，词人不言，亦无人可解，而即便词人愿言，又无人可与诉说，如此更加愁浓。因有“意”有“愁”而登楼望远，所见所感却只是加重了愁苦滋味。

下片“拟把疏狂图一醉，对酒当歌，强乐还无味”，这三句词人笔锋一转，仍没有揭开愁绪的真面目，不仅闪烁其词，更兼抽刀断水，可惜“举杯销愁愁更愁”。“对酒当歌”出自曹操《短歌行》“对酒当歌，人生几何”。词人以为这等愁闷，只需一醉便可消泯，但却又在喝醉之前，便顿觉索然无味了。如此更说明心中愁怀的难以排遣。既然不能逃避，那不如便接受吧承认吧，于是“衣带渐宽终不悔，为伊消得人憔悴”。前句出自《古诗》，“相去日已远，衣带日已缓”。后句欧阳修《蝶恋花》亦有一言，“肌肤拚为伊销瘦”，虽不比柳词委婉，但仍是绝妙，同是执着的痴情人语。这里的“春愁”，不外是“相思”，而词人几经躲闪，不肯言明，行笔一波三折，加深了结句给人的震撼与感染，真是“求之古今人词中，曾不多见”。

而这种执着炽烈的追求精神，不仅为痴情人所有，求学求道者亦是同类人，所以王国维才在《人间词话》中将此结句作为治学乃至成事的第二境，其言“古今之成大事业、大学问者，必经过三种之境界：‘昨夜西风凋碧树，独上高楼，望尽天涯路’，此第一境也。‘衣带渐宽终不悔，为伊消得人憔悴’，此第二境也。‘众里寻他千百度，蓦然回首，那人却在，灯火阑珊处’，此第三境也”。

定风波

自春来、惨绿愁红，芳心是事可可[1]。日上花梢，莺穿柳带，犹压香衾卧。暖酥[2]消、腻云[3]亸[4]，终日厌厌倦梳裹。无那[5]。恨薄情一去，音书无个。

早知恁么[6]，悔当初、不把雕鞍锁。向鸡窗，只与蛮笺[7]象管[8]，拘束教吟课。镇[9]相随、莫抛躲，针线闲拈伴伊坐。和[10]我，免使年少，光阴虚过。

【词译】

入春以来，虽是花红叶绿，朝阳悬于花枝头，黄莺穿梭在垂柳之间，如此这般艳丽春光，在我眼中却是既惨又愁。事事无心，怎样都可。拥着锦被迟迟

注

① 可可：无关紧要，毫不在意。

② 暖酥：皮肤温暖滑腻。酥：油脂。

③ 腻云：指女子乌黑油亮的头发。

④ 亸：堕的俗体字，意为散乱下垂貌。

⑤ 无那：无可奈何。

⑥ 恁么：如此，这么。

⑦ 蛮笺：古代蜀地产的彩色笺纸，因蜀地偏僻，而被蔑称为“蛮”。

⑧ 象管：象牙做的笔管。罗隐《清溪江令公宅》诗云“蛮笺象管夜深时”。

⑨ 镇：终日，整日。

⑩ 和：允诺，许诺。

不肯起床，而即便起床，也无心对镜梳髻，任凭一头黑发慵懒低垂，任凭一身嫩肤日渐消瘦，恹恹终日，一颗芳心，竟无处安放。哎……无可奈何啊！我那薄情郎一去不返，连书信也未曾寄得一封。

早知今日，我真是悔不该当初，为何我当日没将他的鞍马锁住，为何我当日没死命将他挽留？若是如此，今日他便能在书房安心治学，与笔墨为伍，只管吟诗作对。而我也势必整日相伴，寸步不离，就坐在他身侧缝缝补补。如此岁月静好，琴瑟和谐。许我如斯光景，方能不负青春，免我独自枯等，虚度光阴。

【评析】

这首《定风波》是柳永"俚词"中的代表作，采用市井口语，保留民间风味，并不使用抽象的比喻或者刻画诗意的意象，而是直抒胸臆地白描出一位青年歌妓苦等良人归来的相思之情。

词中感情真挚且奔放，毫不掩饰躲闪，但又有非常强烈的市井气息，没有封建礼教束缚下矫揉造作的含蓄，而是直接表达了少女的心声，想和情郎"镇相随、莫抛躲，针线闲拈伴伊坐"，甚而敢于设想"锁住"情郎。这样热切地追求夫妻相伴的日常生活，追求真挚爱情的朝朝暮暮，自然与讲究含蓄文雅的小令格格不入。柳永这种对传统词风的通俗化，也并不能得到传统文人雅士的认同。据宋人张舜民《画墁录》载，"晏公曰：'贤俊（柳永）作曲子么？'三变曰：'只如相公亦作曲子'。公曰：'殊虽作曲子，不曾道'彩线慵拈伴伊坐'。'柳遂退"。这是发生于柳永与"宰相词人"晏殊之间的轶事，可见在晏殊等正统士大夫文人眼中，柳永的这种"俚词"根本算不得词曲。但另一方面，柳永的这种创作却深得民心，以至于"凡有井水处，皆能歌柳词"，而后世如关汉卿在杂剧《谢天香》中，便把这首《定风波》搬上了戏台，让戏中的柳永以此赠别歌妓谢天香。

上片通过描写思妇的起居神态与明媚春光的反差，烘托出思妇的寂寞无奈。"惨绿愁红"，着一"惨"一"愁"，一下子将思妇之心融于春景，人与景皆黯然。"芳心是事可可"，这种随便无所谓，毫不关心的心态，在下文中以"犹压香衾卧""暖酥消、腻云亸，终日厌厌倦梳裹"，加以具体的阐释。尽管风和日丽，莺啼燕翔，却让人想起朱自清《荷塘月色》中的一句“热闹是他们的，我什么也没有”。又仿如《诗经·卫风·伯兮》，“自伯之东，首如飞蓬，岂无膏沐，谁适为容”。而这一切却全都只因“恨薄情一去，音书无个”。思妇的一声“无那”叹息，仿佛打开了情感洪水泄闸的阀门，道出了自己烦恼的根源，从而引出下片的悔恨。

下片以一个“悔”字点睛，让思妇直言其心，一念是悔恨过去让情郎轻易离去，一念是描绘了自己心中理想的恩爱生活，郎是“向鸡窗，只与蛮笺象管，拘束教吟课”，妾乃“镇相随、莫抛躲，针线闲拈伴伊坐”。这里的“鸡窗”指的便是书房，《幽明录》载：“晋兖州刺史沛国宋处宗尝得一长鸣鸡，爱养甚至，恒笼著窗间。鸡遂作人语，与处宗谈论极有言智，终日不辍。处宗因此言巧大进。”结尾处“和我，免使年少，光阴虚过”，运用通俗易懂的语言，酣畅淋漓地发出思妇心中的呼声，足见其性情的热辣与爱情的真挚。而思妇所愿也并非是五花马、千金裘一类的锦衣玉食，不过是寻常人家的一点温馨生活，相伴相守而已。足见柳永对于世俗人情的体察，对歌妓妇人的了解，对她们的追求向往、悔恨痛苦都把握得真真切切。

玉蝴蝶

望处雨收云断，凭阑悄悄，目送秋光。晚景萧疏，堪动宋玉[1]悲凉。水风轻、蘋花[2]渐老，月露冷、梧叶飘黄。遣[3]情伤。故人何在，烟水茫茫。

注

① 宋玉：因《九辩》而被历代文人尊为悲秋之祖。

② 蘋花：一种夏秋之间开花的浮萍，花朵白且小。

③ 遣：使得。

难忘，文期酒会，几孤[1]风月，屡变星霜[2]。海阔山遥，未知何处是潇湘[3]！念双燕、难凭远信，指暮天、空识归航。黯相望。断鸿声里，立尽斜阳。

【词译】

雨霁初晴，我独自一人忧愁地凭栏远望，目送秋光逐渐消失于天际，即将换上夜晚的黑衣，我不禁忆起宋玉悲秋的千古兴叹。你看那，秋风过处激起水面圈圈涟漪，摇曳其中的浮萍日益衰败，秋月冰凉霜重露寒，一叶知秋梧桐飘黄。见此种种，不禁悲从中来。遥想旧日，如今安在？一抬眼，只见烟水茫茫，哪有什么归人……

难忘昔日与众多诗朋酒友传杯递盏，吟诗作对。一旦离别，便不知独自辜负了多少大好年华，经历了多少斗转星移。山长水远，何处才是我们重逢之地？想那双宿双飞的燕儿，无法传达我们千山万水的音信，遥望天边的归舟，却过尽千帆皆不是。此情无计可相知，我只能黯然独立，寂寥相望，在飞鸿的断肠声声中，空待余晖散尽。

【评析】

柳永早年曾到过湘中，这首《玉蝴蝶》便是后来其在秋日登高望远，思念湘中故友之作。

上片三句“望处雨收云断，凭阑悄悄，目送秋光”总领全文，写风雨过后，词人登高远望秋光。一个“望”字，便为下文的详写秋景做好铺垫。“晚景萧疏，堪动宋玉悲凉”，秋日黄昏的萧索景象，令词人伤宋玉之伤，悲宋玉之悲。宋玉《九辩》中有“悲哉！秋之为气也，萧瑟兮草木摇落而变衰”等悲秋的句子。而

注

① 孤：通“辜”，意为辜负。

② 星霜：星一年一周转，霜每年依时而降，故一年为一星霜，以指代年岁。

③ 潇湘：潇水与湘水的合称，在今湖南南部，这里代指故人之所在。

词人在此以宋玉自况，便奠定了全词的情感基础。其后便融情于景，情景交叠，描绘出一幅凄凉的清秋图。“水风轻、蘋花渐老”，宋玉《风赋》有言：“夫风生于地，起于青蘋之末。”风生而蘋败，大有岁月更迭，年华荏苒之悲。“月露冷、梧叶飘黄”，诗云“山僧不解甲子数，一叶落知天下秋”，李子卿《听秋虫赋》也曾言“时不与兮岁不留，一叶落兮天下秋”。所以落叶在描写秋季的诗文创作中是非常典型的意象。词人选取了“蘋花”“月露”“梧叶”这类代表性秋物，述之以“老”“冷”“黄”字，落败完尽之感勾勒得淋漓尽致。由此“遣情伤”一句转折，总束上文。“故人何在，烟水茫茫”，则是全词主旨所在，下笔浑厚大气，给人往事悠悠，人生苍茫之感。

下片“难忘”二字承上启下，引出过去与故人欢聚的美好回忆。“文期酒会”越是美好越是怀念，后面的分离之叹，便越是深沉越是断肠。“几孤”“屡变”显出离别之久，只知辜负青春、时光飞逝，不知到底岁月已几经更替，愈发惆怅。这是从时间上写离情，而“海阔山遥”便是写空间上相距甚远。“未知何处是潇湘”的感叹，顺势将情感推向高潮。不知何日何地才能再见，那么双燕可能传信？

《开元天宝遗事》记载着一则传书燕的故事，言巨商任宗，为贾于湘中，数年不归，音书不达。其妻绍兰睹堂中有双燕戏于梁间，长吁而语于燕曰：“我闻燕子自海东来，往复必径由于湘中。我婿离家不归数岁，生死存亡弗可知也。欲凭尔附书。尔若相允，常当我怀中。”燕飞于兰膝上，兰遂书诗一首，系于燕足上，燕飞鸣而去。任宗时在荆州，有燕泊于肩上，又见有一小封系在足上。宗解而视之，乃妻所寄之诗。宗感而泣下，次年归首，出诗示兰。

“念双燕、难凭远信，指暮天、空识归航。”开元年间的故事，在柳永这里却并未成真，词人眼前的双燕尽数飞去，没有一只愿意停下为他传信。音信不达，便转盼故人归来，然而却是“过尽千帆皆不是，斜晖脉脉水悠悠，肠断白蘋洲”。前面一“念”一“指”，写出词人盼信情挚，望归心切。但其后的一个“空”便将这一腔心血全化作了怅然。

“黯相望。断鸿声里，立尽斜阳。”收拍处写词人心怀思念，却又毫无办法，只能继续良久伫立的场景，与开篇的“望处”“凭阑”相呼应，同时也写出词人怀人之深，久久不愿离去，始终沉浸在对故人的思念与离情之中。而“断鸿声”与“斜阳”更从听觉与视觉上双双契合词人的怅惘之情，以致末尾隽永有味，余音不绝。

范仲淹

（989—1052）

字希文，谥文正。幼年丧父，勤勉自励，大中祥符八年，苦读及第，授广德军司理参军。庆历三年，仁宗授以枢密副使，同年八月，再拜参知政事，乃庆历新政的倡导者、发起人，改革虽以失败告终，却为后来王安石的熙宁变法打下基础。纪昀评其人言："行求无愧于圣贤，学求有济于天下，古之所谓大儒者，有体有用，不过如此。"在创作上，其散文名篇《岳阳楼记》名震古今；诗歌成果颇丰，存诗三百余首，内容丰富，言之有物；词作虽仅存五首，但每一首都脍炙人口，为苏、辛二人之先导。有《范文正公文集》传世。

苏幕遮

碧云天，黄叶地，秋色连波，波上寒烟翠。山映斜阳天接水，芳草无情，更在斜阳外。

黯[①]乡魂，追[②]旅思，夜夜除非，好梦留人睡。明月楼高休独倚，酒入愁肠，化作相思泪。

【词译】

天高气爽的深秋，碧云随心所欲地在蓝天上飘飘荡荡，衰败的黄叶铺满大地，一脚踩上去咔咔作响。在这样的天地之间，是广袤无垠的秋色连秋波，江

注

① 黯：忧郁伤怀之情。

② 追：此处有纠缠不休之意。

水上的烟雾迷蒙呈现出凉寒的秋意。远山如黛，被斜阳勾勒出一圈深红的轮廓，延绵至水天一色的远方。芳草萋萋，不解人情，疯长到了连夕阳也照不到的远方，由翠绿变得灰暗。

去国神伤，羁旅愁思时刻相随。除非夜夜都能梦见故乡与故人，否则便难以得到片刻的安抚。浓得化不开的乡愁，让我不敢在月圆之夜，高楼独倚，远望那根本望不见的故土。原本足以解忧的杜康，到了这里也全数失效，不仅如此，一杯杯喝下，却又一滴滴流作了相思泪。

【评析】

宝元元年，李元昊称帝，建立了历史上的西夏国，定都兴庆，与宋朝的外交关系就此彻底破裂。宝元二年，李元昊率兵犯境，欲以武力逼迫宋朝承认西夏的地位。于是康定元年至庆历三年间，范仲淹皆戍边西北，主持抵御西夏的边防战事。这首《苏幕遮》便是写于这一时期，黄昇《花庵词选》中以本词题作“别恨”，主要抒发词人因远离故乡、羁旅在外而乡愁难遣的去国之恨。

上阕主要以大手笔描写秋光秋景。“碧云天，黄叶地”，开篇两句便是一天一地，一上一下，将秋的气韵扩散到最为宽广宏大的场景中进行渲染。不仅是山水之秋，更是天地之秋，万物之秋，非常壮阔大气。后人评此：“范文正公《苏幕遮》‘碧云天’云云，公之正气塞天地，而情语入妙至此。”元代王实甫《长亭送别》便是化用此二句，“碧云天，黄花地，西风紧。北雁南飞。晓来谁染霜林醉？总是离人泪”。

“秋色连波，波上寒烟翠”，先说天地，再写到位于其间的山水景致。这里的“秋色”所指便是上文的“碧云天，黄叶地”，充盈于天地间无处不在的秋色。碧天黄地一直延伸到天地一线的远方，与浩瀚江河融汇在一起的远方，烟波浩渺看不真切的远方……碧云、黄叶、绿波、翠烟，构成一幅以黄翠为主的斑驳秋景图。从而侧面写出词人所在地的开阔空旷，人迹罕至却景色壮丽。

“山映斜阳天接水，芳草无情，更在斜阳外”，这三句将天地山水与离情意味深重的芳草联系了起来，为下阕抒发思乡之情做了极好的铺垫，如此自然地完成从景到情的过渡转换，委实高妙。词人言“芳草无情”，一句埋怨之语，已显出词人自身的多情、重情，掀起一点去国之恨的袍角。唐圭璋在《唐宋词简释》总评上阕为，“写天连水，水连山，山连芳草；天带碧云，水带寒烟，山带斜阳。自上及下，自近及远，纯是一片空灵境界，即画亦难到”。

“黯乡魂，追旅思”，承接上文芳草的意象，点明词人的离恨是因被迫羁旅他乡而起。“黯”字突出情绪的低迷，“追”字凸显此等愁思无法排解，随时随地都可能涌上心头，令人猝不及防。两者互文见义，更加深了乡愁的浓重，层层叠叠。

“夜夜除非，好梦留人睡”，此二句字面之意虽是说唯有夜来好梦，才能使词人暂时忘却思乡之苦。但实际上“除非”二字，已将这种情况否定掉了。正是长夜难眠，好梦不寻，才认为魂梦之间足以解忧。但怎奈心中愁苦之人，从来与睡眠将息无缘。所以才有下文的明月倚楼，酒入愁肠。说是“休独倚”，可见词人早已饱受高楼独上，望断天涯路的苦楚。

歇拍“酒入愁肠，化作相思泪”，比之好梦不得，高楼独倚，又更进一层，三段式地缓缓深入，将愁情在末尾处推向高潮。如沈际飞所言：“‘郁结愁肠还是酒，奈酒至愁还又’，似此注脚。”本来是解愁忘忧之物，若是愁浓恨深，无用也就罢了，在词人这里却反变成了伤情之物，甚至化作了相思泪，用语既新颖又情重。情至顶峰，突然收束，留余韵无穷，个中销魂滋味叫人久品不绝。

御街行

纷纷坠叶飘香砌，夜寂静，寒声[①]碎[②]。真珠帘卷玉楼空，天淡银河垂地。年年今夜，月华如练[③]，长是人千里。

注

① 寒声：指秋风扫落叶的声响。

② 碎：指声音微弱且断续。

③ 练：素白未染色的熟绢。

愁肠已断无由醉，酒未到，先成泪。残灯明灭枕头敧[①]，谙尽[②]孤眠滋味。都来[③]此事，眉间心上，无计相回避。

【词译】

早前被落红染香的石阶，如今又纷纷扬扬地落满败叶，杂乱又繁多。寂静寒夜，唯有秋风扫落叶的细微碎响萦绕耳际。秋的气息，可观、可感、可闻。华屋内珠帘高卷，人在室外，一回首，只觉屋内的空旷寂寥扑面而来。一抬头，天高月远，银河在天地一线的尽头，星星点点地垂坠下来。年年今夜，月色都如白绸般皎洁明亮，唯有人永远都在千里之外，难团圆。

酒还没有饮，泪便先成了线。因愁而寸断的肝肠，早无法借酒消愁。夜里孤灯明明灭灭，寒枕斜倚，一宿宿尝尽孤独滋味。想必古往今来，离愁别怨都是无计可回避的，不是显露在眉间，便是涌上了心头。

【评析】

这首《御街行》题为“秋日怀旧”，上阕描写秋天的夜景虽安静唯美，却又会因无人共赏而寂寥凄清，景中透情。下阕抒发词人孤枕难眠的秋夜愁思，言说断肠之离恨与愁苦之煎熬，层层递进，以情应景。

“纷纷坠叶飘香砌”，“坠叶”点明时节，“山僧不解数甲子，一叶落知天下秋”，枯黄的落叶纷扬坠下，不言秋而写秋。“香砌”证明台阶上也有落红，夏花凋零，黄叶枯萎，全是秋的特质。而在这动静之中，不仅有“香”这一嗅觉，“坠”这一视觉，更兼“纷纷”二字富有听觉上落叶缤纷的沙沙声。

“夜寂静，寒声碎”，此二句以声衬静，与“蝉噪林逾静，鸟鸣山更幽”有相似的意蕴。正因秋夜静得出奇，才能清晰地听见断续秋叶坠落与风扫残叶的

注

① 敧：通“倚”，斜靠、倾斜。

② 谙尽：尝尽、十分熟悉。

③ 都来：算来。

声响。而这声音不仅反衬了夜静，甚至更加深了夜的寂寥。“碎”字贴切地描写了落叶声响的轻盈与不连贯，不禁叫人萌生出画面感。而“寒”字更为巧妙，词人由声音竟能感知温度，由此不仅写出了深秋的气韵，更反映了词人内心的孤寒之情。与上文的“纷纷”二字暗合，情景交融，笔触委婉细腻。

“真珠帘卷玉楼空，天淡银河垂地”，珠帘高卷，华丽的室内没了阻隔，一眼望去，竟是那般空荡荡冷清清，仿佛这楼台早已人去楼空。远方，天清气朗，夜色如洗，星河如瀑，与地平线远远相汇。原来人是活在如此广阔的天地间，是这般渺小的存在。于是词人的缥缈情思便从这里开始，从眼前的此情此景，蔓延到千里之外的人事上去了。“天淡银河垂地”，这里“垂”字的妙用，常有词评人以之不逊色于杜甫《旅夜书怀》中的名句，“星垂平野阔，月涌大江流”。两者皆大处着笔，意境高远，但到底范仲淹有花间遗风，比之杜甫，自然于豪迈中又多一份婉约、空灵。

“年年今夜，月华如练，长是人千里”，上阕的末三句便是在描写词人身处星河浩渺的秋夜之中，所奔涌而出的情感。“月华如练”，月越圆，色越洁，仿佛也越容易勾起人的离愁别绪，古往今来，多情之人概莫能外。这里在写作技巧上，也为下阕直抒胸臆言愁说苦做好了铺垫，过渡自然。

“愁肠已断无由醉，酒未到，先成泪”，三句以夸张手法加深愁情的苦楚，肠断酒无用，未饮泪先流。比之词人《苏幕遮》中的“酒入愁肠，化作相思泪”。这里在情感深度上又更进一层，前者酒化泪，酒便是泪；而后者无需借助酒力，便已然泪眼迷蒙，泪深于酒。

“残灯明灭枕头攲，谙尽孤眠滋味。”室外“月华如练”，室内“残灯明灭”，好不凄凉意。前番借酒浇愁不成，此时好梦更难有，辗转反侧。“谙尽”二字直抒胸臆尽显愁情，孤枕难眠的痛苦，词人夜复一夜，已然尝尽，已然受够。与上阕中的“年年今夜”，遥相呼应，诉说此愁此恨由来已久，却又一直无解，因而备受折磨。

“都来此事，眉间心上，无计相回避”，煞尾三句最为著名，王士祯《花草蒙拾》曾载：“俞仲茅小词云：‘轮到相思没处辞，眉间露一丝。’视易安‘才下眉头，却上心头’，可谓此儿善盗。然易安亦从希文‘都来此事，眉间心上，无计相回避’语脱胎，李特工耳。”李清照《一剪梅》中的佳句便是由此而来，二者都是用眉间心上的说法，表达出情感深刻已极，根本无法排遣，感人肺腑。

张 先

（990—1078）

字子野，世称“张三影”。仁宗天圣八年进士，先后任吴江知县、嘉禾判官、永兴军通判、渝州、虢州知州，治平元年以尚书都官郎中致仕。张先高寿，晚年退居吴兴、杭州一带，与苏轼、李常等诸名士时有往来。其词作早年以小令与晏殊、欧阳修齐名，晚年以慢词与柳永齐名。陈廷焯评其词风：“张子野词，古今一大转移也……含蓄不似温、韦，发越亦不似豪苏腻柳。规模虽隘，气格却近古。自子野后一千年来、温、韦之风不作矣。亦令我思子野不置。”现有《张子野词》一卷，存词一百八十余首。

天仙子

水调[①]数声持酒听，午醉醒来愁未醒。送春春去几时回？临晚镜，伤流景[②]，往事后期空记省[③]。

沙上并禽池上瞑[④]，云破月来花弄影。重重帘幕密遮灯，风不定，人初静，明日落红应满径。

注

① 水调：曲调名。《隋唐嘉话》载：“炀帝凿汴河，自制水调歌。”

② 景：日光。

③ 记省：思念醒悟。

④ 瞑：这里指夜幕降临。

【词译】

水调声声催减杯中佳酿，一醉便是整整一个上午。午间酒醒愁未醒，借酒浇愁越发无用了。又是一年春尽时，我半生已过，年年送走的春光，却从没有再回来过。傍晚时分，独自对镜哀叹，时光易逝流年匆忙，往事如烟，再回首也只是徒然空记。

滩上池边鸳鸯交颈而眠，流云随风消散，皎洁的明月光辉重现，花枝趁着月色摆弄着自己的倩影，顾影自怜。罢了，我回到房中，放下重重帘幕遮守着残灯一盏。夜风不歇，人声却渐渐消泯，想必明日晨起落红已铺满园中幽径。

【评析】

这首《天仙子》词牌后原有一句小序，“时为嘉禾小倅，以病眠，不赴府会”。倅，乃是州郡的副职。于是后人多以此序断定本词作于宋仁宗庆历元年，张先任嘉禾判官时期。彼时年寿已高，五十有二，因卧病不能赴会而成。词人自觉心力憔悴，人生已进暮年，追忆往昔，又适逢暮春，描写低回疲惫的心绪。但沈祖棻却在《宋词赏析》中提出了不同的看法，以词中所描写的情与事，和小序内容无甚相干，而怀疑此序为后人添补，只为记述词是何时何地而作，并非词题。以讹传讹至今，反而被保留了下来。

“水调数声持酒听”，首句词人把酒听曲，明明府会不赴，却独自在家自饮自酌，听歌解闷。不知是韶华已逝，心境上已不喜欢热闹场合，还是虽然病重，但愁苦郁结得紧，遂不顾体弱，硬是要想尽办法聊以自慰。但终归“午醉醒来愁未醒”，落入了“举杯销愁愁更愁”的窘境。这两句在叙事中言情，萧索之感渐生。

“送春春去几时回？”承接上文，联系时节，伤春惜春之情于此流露。而这里的“春”字也有两层含义，既是说春天的濒临完尽，更是影射词人的大好年华、生命之春，一天天流走，便再不回来。因而这一问，实际上不是设问，是反问，是感叹。与下文的“往事后期空记省”联系密切，“春”已成“往事”。

“临晚镜，伤流景”，化用杜牧《代吴兴妓春初寄薛军事》，“自悲临晓镜，谁与惜流年”？一个“晚”字，不仅指明时间上的变化，由朝至午，由午至晚。白昼将尽，词人的伤感情绪，却毫无缓释。傍晚借着夕阳的余晖，对镜自顾，竟又连连摇头，叹息自己的人生也已步入暮年，是即将西落的斜阳。“往事后期空记省”，这一叹虽显朴拙，但自然委婉。既然春已去，景已流，人已晚，那么不论往事是甜是苦，事后的心心念念都是枉然。再美也不能再经历一遍，就像回不来的春光；而再遗憾也不能弥补一二，错过后的追悔尽数落空。失望灰暗的情绪，全都隐藏在了这个“空”字背后。

“沙上并禽池上暝”，互文见义，反衬词人的孤独寂寞。“云破月来花弄影”，这句是历代文人共同激赏的名句，王国维在《人间词话》中评：“‘红杏枝头春意闹’，著一‘闹’字而境界全出；‘云破月来花弄影’，著一‘弄’字而境界全出矣。”“云破月”，虽无风字却写出了有风的场景，也正因风散云见月，花枝才会有影，而“弄”字又再度从侧面写出风未停的景象。而这股风，也是后来词人“遮灯”之举，“落红满径”之想的依据。这种种意境皆因一两个关键字而流畅地串联起来，委实高妙，且又是真正一字不可易。张先素来以写影闻名，甚至还因此得了个“张三影”的绰号。《古今诗话》载：“有客谓子野曰：‘人皆谓公张三中，即心中事、眼中泪、意中人也’。子野曰：‘何不曰之为张三影？’客不晓。公曰：‘云破月来花弄影’‘娇柔懒起，帘幕卷花影’‘柳径无人，堕絮飞无影’，此余生平所得意也。”

“重重帘幕密遮灯”，因风大而放帘遮灯，也因“风不定”，而“人初静”。一来风声或已掩住稀稀疏疏的人声，二来风疾夜深，人恐也散尽。“明日落红应满径”结句收束于惜春之情，暗示着好景无常，仅一夜风起，便能摧毁满园花卉。而人生竟也是如此，匆匆一场，永不再来。

全词由朝至暮，由室外写到室内，顺序井然，动静相辅。而词人在这一天之中，所产生的情感体验，也通过这等曲折委婉的意象展露无遗。不仅词句精巧，所描绘的场景，抒发的感情也都极尽婉约之能。

醉垂鞭

双蝶绣罗裙，东池宴，初相见。朱粉不深匀，闲花[①]淡淡春[②]。
细看诸处好，人人道，柳腰身。昨日乱山昏[③]，来时衣上云。

【词译】

那一袭绣着双飞蝶的罗裙，在池东的酒宴上最是与众不同。初见你时，一眼便知你与普通的莺莺燕燕迥异相别。在这诸歌妓都浓妆艳抹的场合，唯有你脂粉淡施，像是一朵素雅的野花，美得恬淡自然。众人的目光都不由自主地被你吸引，他们都称赞你腰细如柳。我也细细地将你打量，越看越美，如无暇美玉。你……莫不是从昏暗的巫山深处款步而来的神女？为何你的裙带之间还萦绕着如梦似幻的白云？

【评析】

这首《醉垂鞭》是词人于酒宴上的赠妓之作，表面上全词都在着力描写女子的外貌美，脂粉轻施、衣袂翩然、娉婷婀娜，然而这其中实际上也摹写出了女子的内在美，服饰衣着衬托美人风韵，而美人自身由内而外的气质，也与扮相交相辉映。

“双蝶绣罗裙，东池宴，初相见”，上阕前三句交代与女子相见的地点，乃

注

① 闲花：素雅的花朵，比喻女子的清新脱俗。

② 春：喻美人，如元稹城越州妓刘采春为“鉴湖春色”。

③ 乱山昏：昏暗的乱山。

是池东的酒宴之上，暗中点明女子歌妓的身份。首句以服饰落笔写人，奠定下全词主要描摹女子衣饰妆容的基调，“双蝶”是衣服上的图案，“绣罗”是衣服的材质，虽不直接写女子的貌美，也因衣裙的精致有所衬托。

“朱粉不深匀，闲花淡淡春”，这两句便从侧面描写转化成了正面着墨，承接上文的“初相见”，写词人对女子的第一印象。主要突出女子淡妆雅致的模样，又因两人相逢的场合是莺歌燕舞的酒会，可以想见在场的女子多浓妆艳抹，因此这位歌妓反倒显得与众不同。“闲花淡淡春”，这里的“闲”字便是与艳相对，更兼“淡淡”，便好似牡丹丛中的一朵白莲，竟有些出淤泥而不染的风韵。以此也在暗中勾勒了女子的品性，既“闲”且“淡”。

“细看诸处好，人人道，柳腰身”，过片三句，又更进一层。“细看”与上文的“初相见”相照应，写出女子不仅给人第一印象很好，而且耐看、经得起细细打量。“人人道”转变欣赏的视角，假借旁人的眼光言辞，描写女子之独特有目共睹，尤其是腰肢细柔如杨柳，更是为众人称赏。以柳枝比喻美人腰肢的诗词众多，如温庭筠《杨柳枝》，“宜春苑外最长条，闲袅东风伴舞腰”。又如《南歌子》，“转盼如波眼，娉婷似柳腰”。再若杜甫《绝句漫兴》，“隔户杨柳弱袅袅，恰似十五女儿腰”。“诸处好”是词人的评价，这里有所倒装，即是依词人看来，女子不仅腰美，更是没有瑕疵的，处处皆可赏。

结句“昨日乱山昏，来时衣上云”，是全词最出彩的地方。虽是写衣，呼应首句的“双蝶绣罗裙”，实际上又比首句有了更多的含义与意境，所创造的如梦似幻之感，更加重要的作用是衬托女子的冰肌玉骨、非凡间所有。上阕说衣裙上绣有双蝶，煞笔又补足除此之外，尚画有大片大片的白云，而“乱山昏”给人以云雾缭绕之感，仿佛能看见女子的衣上云，绝非工笔，而是写意。而这位女子恍若神女的风采神韵，也就描绘得淋漓尽致，好似从昏暗的乱山之中，走出的白衣仙女，连衣裙上都沾染着还未来得及飘散的云彩。

纵观全词，可见词人的审美情趣乃是淡雅、素洁，不食人间烟火的美。题材并无甚可赞的地方，但写人的笔法多变、高妙，有时间顺序的变化，自己与旁人的角度变化，衣饰到容颜的变化，下笔有神，周济赞之“横绝”。

一丛花令

伤高怀远几时穷？无物似情浓。离愁正引千丝[1]乱，更东陌[2]、飞絮蒙蒙。嘶骑渐遥，征尘不断，何处认郎踪？

双鸳池沼水溶溶[3]，南北小桡[4]通。梯横[5]画阁黄昏后，又还是、斜月帘栊。沉恨细思，不如桃杏，犹解[6]嫁东风。

【词译】

登高怀远的伤感何时才是个尽头？是不是只能等到远游人归来的那一天为止？可见这世间已没有比情更加深重的存在了。我心中的离愁仿佛牵连着千丝万缕的柳枝，在东风中缭绕凌乱。而东边的小路上，柳絮已漫天飞舞，更加迷蒙。我还记得你的坐骑载着你一路远去，它高亢的嘶鸣声混杂着纷扬的尘土，时至今日仍千百次地出现在我眼前……可是，我的爱人，如今我要去哪里才能找到你的踪迹呢？

池中春水溶溶，鸳鸯戏水，小船来往频繁。黄昏后，我收起通往画阁的小梯，又一夜呆望着斜月穿帘栊。幽恨难当，细思之下，自己或许还不如那桃杏，

注

① 千丝：指柳条众多的样子。

② 东陌：本义是东边的道路，这里暗指离别处。

③ 溶溶：形容池水流动的样子。

④ 桡：本义是船桨，这里指小船。

⑤ 梯横：指撤掉了通往画阁的梯子，将其横放下来。

⑥ 解：知道，能。

尚且还能嫁与东风，一道飘远。

【评析】

这首写闺怨的《一丛花令》是张先的代表作，已选入《宋词三百首》。全词尤以结尾句最受激赏，连文坛巨擘欧阳修都为之深深折服。据《过庭录》载："子野郎中《一丛花》词云：'沉恨细思，不如桃杏，犹解嫁东风。'一时盛传，永叔尤爱之，恨未识其人。子野家南地，以故至都谒永叔，阍者以通，永叔倒屣迎之，曰：'此乃桃杏嫁东风郎中。'"由此，足见本作在当时已有极大的影响力与感染力。

反问起笔，如李后主的"春花秋月何时了"一般，带着浓厚的感情色彩，"伤高怀远几时穷"？这一问，足可看出词中人因伤高怀远所受的煎熬折磨，不可谓不多矣！对此等难以摆脱的愁苦已是不堪重负。略去种种繁冗的叙事与回忆，横空飞来的一句，掷地有声，诘问有力。然而"问世间情是何物，直教人生死相许"，词中人一方面想摆脱伤怀，而另一方面却也因伤怀而感悟到"无物似情浓"，如此深重的情感，自是无法摆脱的。

"离愁正引千丝乱"，由上文引发的感慨议论，写出词中人眼前的景象，虚实相映。柳与愁，在诗词中常被联系起来，但这里词人的用法仍旧是有新意的，比之常见的"撩乱春愁如柳絮"，这等以柳丝或柳絮的纷杂比喻愁绪的千千万万。张先此语则反其道而行之，是说词中人的离愁，仿佛牵动了万千柳条般，一起在东风里摇曳交缠。如此反客为主，虽是无理之言，但却强调了词中人情感的巨大力量，景因人而动，非人因景而伤。"更东陌、飞絮蒙蒙"，"千丝乱"已写出离愁的千头万绪，又有飞絮蒙蒙，更加触景伤情。

"嘶骑渐遥，征尘不断"写当年与爱人分别的场景，回忆中的马儿依旧嘶鸣不止，纷飞的尘土依旧不肯落下，一切的一切，因不断被想起而历久弥新。"何处认郎踪"一问道破题旨，词中人离恨的源头就在于此，与他分别后音讯全无，茫茫天涯，正若大海捞针。首句"几时穷"，末句"何处认"，两个诘问遥遥呼应，全是至情之语。

"双鸳池沼水溶溶，南北小桡通"，过片从回忆转回眼前之景，继续写词中人登楼所见。船只南来北往，却都不是归舟，鸳鸯戏水成双成对，人不如物，为煞笔的慨叹埋下伏笔。

“梯横画阁黄昏后，又还是、斜月帘栊”，这三句时间上已从白昼来到了黄昏，而至月夜。“梯横”暗指词中人已不再登高望远，而是回到了自己的闺阁之内。“斜月帘栊”四字，勾勒出一幅凄凉景象，如晏殊所云“明月不谙离恨苦，斜光到晓穿朱户”。更有“又还是”三字点明这样的孤身对月已不是第一次了，从别后，恐便是夜夜如此。白日“伤高怀远”，夜晚“斜月帘栊”，这怕便是词中人生活的全部。

既然如此难挨，便自然常有“沉恨细思”之时，然而这一默想，竟得出了“不如桃杏，犹解嫁东风”的结论，足见词中人对自身命运的痛恶，对现状的绝望。末二句反用李贺《南园》诗意，“可怜日暮嫣香落，嫁与东风不用媒”，认为自己尚不如桃花杏花，能在青春将逝之时，嫁与东风。自己却连这个机会也没有，命运无法掌握，如李益诗“嫁得瞿塘贾，朝朝误妾期。早知潮有信，嫁与弄潮儿”。

青门引

乍暖还轻冷，风雨晚来方定。庭轩[1]寂寞近清明，残花中酒[2]，又是去年病。

楼头画角[3]风吹醒，入夜重门静。那堪更被明月，隔墙送过秋千影。

注

① 庭轩：庭院与长廊。

② 中酒：酣饮而醉。

③ 画角：古代军中乐器，以竹木制成，偶有皮革与铜制者，外形如角，绘有彩画，声音高亢凄厉。

【词译】

节近清明，天气却仍旧乍暖还寒、阴晴不定，今天这风雨直到傍晚才停歇下来。雨后的庭院更显寂寥，潮湿得阴冷阵阵。我伴着一地的落红畅饮而醉，而心头的苦闷竟仍与去年一模一样。时间流逝，而人却仿佛不肯跟着前进。

入夜后，城楼上画角声声，借着东风猛地将我惊醒，酒醒愁未醒，园中重门紧掩，静，静得可怕，静得人心神不宁。一片冰冷的月光，隔墙送来秋千的暗影，物是人非。

【评析】

起笔两句“乍暖还轻冷，风雨晚来方定”，交代季节与天气，同时也从侧面写出词人心境的微妙与敏感。天暖是“乍”暖，天冷是“轻”冷，风雨是“方”定。词汇的巧妙运用，虽是蜻蜓点水，却能给人恰到好处之感。天气的一日三变，也常易引起人的情感波动，为下文抒发感触埋下伏笔。“庭轩寂寞近清明”，点明时节与词人所处的地点，乃是一个人在清明前夕，守着阒寂庭院，如何不“寂寞”。

于是花因风雨而残，人因寂寞而“中酒”，人与花同病相怜，黄苏曾评，“落寞情怀，写来幽隽无匹，不得志于时者，往往借闺情以写其幽思”。“中酒”便是喝醉，如杜牧《睦州四韵》，“残春杜陵客，中酒落花前”。而《汉书》中颜师古的注，与这个意思稍有差异，“饮酒之中也，不醉不醒故谓之中。中音竹仲反”。但在本词中，结合下阕的“吹醒”二字，可见词人确实是因醉酒花间而昏昏睡去了。“又是去年病”一句，如俞陛云所评：“残春病酒，已觉堪伤，况情怀依旧，愁与年增，乃加倍写法。”虽然此愁由来已久，但这里词人浅言辄止，轻轻点收，因克制而含蓄深远。上阕的意境心情与李清照《声声慢》倒有几分相似，“乍暖还寒时候，最难将息。三杯两盏淡酒，怎敌他、晚来风急”？

过片与上阕联系紧密，“楼头画角风吹醒，入夜重门静”，“吹醒”照应“中酒”，“入夜”照应“晚来”，“重门静”照应“庭轩寂寞”。黄苏对前句中的“醒”最为赞赏，言“角声而曰风吹醒‘醒’字极尖刻”。这一醒，确实有着被迫与惊醒的意味在里面，但更为巧妙的是，词人不说自己是被画角声吹醒，而是被风吹醒，于是便有了视觉与触觉双重感受。凄厉的城楼角声，阴冷的夜来寒风，词人一醒来面对的就是这样的景象，白日里借酒浇灭的愁绪，顿然再起，叫人猝不及防。

本词的煞尾也是精妙所在，“那堪更被明月，隔墙送过秋千影”。俞陛云评，“结句之意，一见深夜寂寥之景，一见别院欣戚之殊。梦窗因秋千而忆凝香纤手，此则因隔院秋千而触绪有怀，别有人在，乃侧面写法”。黄苏评，“末句那堪送影，真见描神之笔，极希微窅渺之致”。虽是伤春怀人，却不见所怀之人，唯有秋千暗影，含蓄已极，反倒让读者浮想联翩。词人所怀之人，究竟与秋千有何联系？他是否也曾为她轻推秋千，见她裙裾飘扬，闻她笑声连连。又或者还有一解，以这里的秋千影中实际上暗含人影，即是有人在明月高悬的夜晚独自打着秋千，而这个人影是不是与词人所怀者有那么几分相似？总归未有道破，揣测连连，却全都是寂寞心情，毕竟物是人非，空怀念罢了。

纵观全词，由白日写到深夜，从院中景写到心中情，动用多种细微感官，将词人的心思缜密与多愁善感烘托而出。虽是情深意重，但在表达上却又克制有度，唯美蕴藉。

晏 殊

（991—1055）

字同叔，谥元献，世称晏元献，抚州临川人。七岁能文，十四岁以神童召试，与千余进士并试廷中，得皇帝赏识，赐进士出身。历经真宗、仁宗两朝，公元一〇五五年病逝京中，享年六十五岁。晏殊一生好贤，当世之英杰如范仲淹、欧阳修等辈皆出自他的门下。在诗词创作上，晏殊著作颇丰，但大部分作品均已散佚，仅有《珠玉词》《晏元献遗文》《类要》残本传世。尤善小令，有“宰相词人”之美称，行文风流蕴藉，温润秀洁。

浣溪沙

一曲新词酒一杯，去年天气旧亭台。夕阳西下几时回？
无可奈何花落去，似曾相识[1]燕归来。小园香径[2]独徘徊。

【词译】

衣不如新，人不如旧。可惜着新衣之喜，多半是抵挡不住思旧人之寒的。伤春悲秋、睹物思人之苦楚，即便是“富贵宰相”也不能幸免。分明是举杯听曲的快慰，一恍惚，却又想起了去年的旧日亭台。可见，叫人无可奈何的远不只花开花落、燕离燕归，更有这玩弄人心的记忆啊——自以为早已忘却的，会

注

① 似曾相识：成语，形容见过的事物再度出现。典出于此。

② 香径：落花满地的小径，或指花香满溢的小径。

冷不丁地浮出水面；自以为绝不遗忘的，却就在念念不忘中烟消云散。时光易逝，转眼今朝换往昔，无计可施地徘徊，徘徊在清幽无人的小径上，徘徊在一去不复返的岁月里，徘徊在永难释怀的怅惘中……

【评析】

这首《浣溪沙》可以说是晏殊的代表作，含蓄婉约地表达了因春景不长在，而对岁月匆匆产生的惆怅之感。全词辞藻清丽，意蕴却深沉悠长，读起来晓畅流利，易于传诵。词中情景交融，且复藏哲思与美感。

上阕“一曲新词酒一杯”，实写晏殊的生活情景，首句的心情实际上还颇有几分轻松惬意，毕竟晏殊得享荣华，又好舞文弄墨，如此大好春光自然少不了新词良曲、清酒佳酿。本句化用白居易《长安道》中的一句，“花枝缺入青楼开，艳歌一曲酒一杯”。“去年天气旧亭台”，听曲饮酒间，倒兀自生出几丝伤感，仿佛这摇曳的杯酒里，冲兑着昔日流逝的时间。时节、天气乃至地点，都与去年一模一样，更兼“新词”与“旧亭”，将物是人非之感刻画得入木三分。此句化用了郑谷《和知己秋日伤怀》诗中的“流水歌声共不回，去年天气旧池台”。“夕阳西下几时回”，日升日落看似循环往复，实则又日日不同，晏殊此间乃无限伤感的喟叹。细细思之，除了情，亦有理，毕竟如夕阳者注定西下，这是无力更改的事实，于是仿佛只能寄希望于明日的日出东山。而那些时过境迁的人情世故，又何尝不是如此？此情此景，倒多少有一点曹操“对酒当歌，人生几何”的意味。不过晏殊终究是晏殊，毕竟短了豪情，但又添了许多深婉。

下阕一直被奉为经典，这三句在晏殊的《假中示张寺丞王校勘》也有出现，诗云“元巳清明假未开，小园幽径独徘徊。春寒不定斑斑雨，宿酒难禁滟滟杯。无可奈何花落去，似曾相识燕归来。游梁赋客多风味，莫惜青钱万选才”。全诗仅将“香”字换做了“幽”字，但这首七律委实没有本词流传之广，张宗橚在《词林纪事》中一语道破原因，言“细玩‘无可奈何’一联，情致缠绵，音调谐婉，的是倚声家语。若作七律，未免软弱矣”。而“无可奈何花落去，似曾相识燕归来”两句，几乎可谓是整首词美名千古的原因所在。清人刘熙载在《艺概》中曾言：“词中句与字有似触著者，所谓极炼如不炼也。晏元献‘无可奈何花落去，似曾相识燕归来’二句，触著之句也。”即是赞此句天然奇偶，对仗工整又浑然天成，不露斧凿之痕。送“花落去”，迎“燕归来”，既是实写眼前暮春的景致，也是回应上文“夕阳西下几时回”的发问。一切终有完尽，但完尽也意味着开始，花落燕归，就像那些在生命中来去匆匆过客一般，聚散因缘，即使没有完全相同的缘分，但悲欢离合的戏码却从未间断。“无可奈何”与“似曾相识”，不仅和谐工整，更重要的是将此处复杂的感情深化，一边冲淡消逝带来的失望，一边却加深了昨日不再来的哀婉。如此纠缠难解的心绪，真叫人无法可想，唯有“小园香径独徘徊”。末尾一句将抽象飘渺的惆怅具象化，集中在了一个孤独又怅惘的背影之上，真是余韵悠长。

浣溪沙

一向[①]年光有限身，等闲[②]离别易销魂，酒筵歌席莫辞频[③]。
满目山河空念远，落花风雨更伤春，不如怜取[④]眼前人。

【词译】

杜甫诗云：“人生七十古来稀。”七十年，究竟是怎样短暂的光阴，不忍细思。因为这意味着佳人髻上的翠钿金钗，会比红颜更加常驻；英雄腰间的名剑宝鞘，会在主人百年之后仍寒光凛凛。即是说，我们现在手边的许多东西，都会比我们自身更受时间老人的青睐。而这种“有限”与“离别”一样，在词人

注

① 一向：一晌；一瞬。

② 等闲：平常，动辄轻分之意。

③ 莫辞频：勿要因为频繁而推辞。

④ 怜取：爱怜之意，“取”为语气助词。

眼中，不过是等闲之事。因等闲而无奈，也因等闲而洒脱。所以流连这觥筹交错之所在，“何以解忧？唯有杜康”。

登高望远，也莫过山河永寂，而日思夜想的人儿却只能天涯望断。更复有风雨飘摇春红满地之景，心中的苦水便似涨潮一般，到底不如珍惜眼前人。免得他日又一次追悔，时光复过，人再错。

【评析】

这首《浣溪沙》气度不凡，落笔沉厚，虽为宴席之上的即兴之作，但所写的事绝非一时之事，所发之感也绝非一时之感。词中提及人生有限、好景不长、离别等闲等广泛意义上的哲思，又有山河望远、风雨交加等视角开阔的取景，因而与词人通常的婉约词作并不全然相同，虽然伤春念远的情怀仍袒露着婉柔的质感，但整阕词却没有落入惨惨戚戚的格调之中，甚至于上片中还能联想到诗仙太白“将进酒，杯莫停”的高洁明快、洒脱自在。

上片提笔不做铺垫，一句“一向年光有限身”有着直抒胸臆的飒爽，纵然词意是在感叹青春易逝，盛年不再的遗憾，但比之哀婉愁苦之感，更多的是劈面而来的震颤。精炼健笔，寄予深沉厚重之感，醍醐灌顶。紧接着“等闲离别易销魂”中的“等闲”二字颇为耐人寻味，若说离别是如吃饭睡觉一般的生活琐碎，又何须为此“销魂”？江淹《别赋》之“黯然销魂者，唯别而已矣”又从何说起？殊不知，正是这“等闲”伤人最深，实为不等闲也。在有限的年光中，一次又一次地忍受离别，这等痛苦，竟无法可解。为此，词人的洒脱有二，一是“酒筵歌席莫辞频”；二是“不如怜取眼前人”。及时行乐，却又并非挥霍，倒要去珍惜这一“时”一“乐”。这也是家底殷实的晏殊一贯的生活方式，叶梦得的《避暑录话》载其“惟喜宾客，未尝一日不宴饮，每有嘉客必留，留亦必以歌乐相佐”“日以饮酒赋诗为乐，佳时胜日，未尝辄废”。可见这个“频”字绝非虚言。

下片与上片一样，乃从大处着笔，上片中“一向年光有限身”是时间之说，而下片开篇的“满目山河空念远”便是广袤的空间景象，相互呼应，浑然一体。隔山隔水的思念，终究是徒劳无功，又平白增添伤怀之举。更复有“落花风雨更伤春”的情怀，频频催人断肠。这两句可谓是刚柔并济，景深情厚，抒发出失物不可复得之感，而既然昨日不再现，人就只能继续往前走、往前看。吴梅在《词学通论》中针对晏殊两首《浣溪沙》的比较，一直以来备受瞩目，其评曰："惟'满目山河空念远，落花风雨更伤春'二语，较'无可奈何'胜过十倍，而人未尽知之，可云陋矣。"不过"满目"两句是否真有先生所评般绝妙，委实是仁者见仁智者见智之事。毕竟诗词一类，多以性情所近，近李则好李，近杜则好杜。虽同是出自晏殊之手的《浣溪沙》，亦复如是。结句，词人收回了远望的视线，"不如"一词将话锋一转，重又照应上文的"酒筵歌席"。此句语出元稹《会真记》中载崔莺莺的诗作："还将旧时意，怜取眼前人。"本词中的"怜取眼前人"表达词人与其空伤怀，不如珍惜眼前唱歌陪饮的佳人的生活态度。这一态度可视之为词人的洒脱飒爽，亦可以之为词人无奈之下的暗自遣怀，无奈之下的理性超脱。毕竟若日复一日为消逝的昨天而痛苦，那么所有的今天明天都将成为充满悲愁的昨天。年华荏苒，莫轻误。

玉楼春

绿杨芳草长亭路，年少抛人容易去。楼头残梦五更钟[1]，花底离愁三月雨[2]。

无情不似多情苦，一寸[3]还成千万缕。天涯地角有穷时，只有相思无尽处。

注

① 五更钟：指怀人之时，李商隐《无题》诗云："来是空言去绝踪，月斜楼上五更钟。"

② 三月雨：与"五更钟"相似，也指思念的时候。

③ 一寸：指愁肠、心绪，何逊《夜梦故人》诗云："相思不可寄，直在寸心中。"

【词译】

长亭芳草，总是离人处。那年少的情郎，怎知她心中愁苦，轻易相离，只留给她这永远不变的十里长亭与日渐模糊的一个背影。残梦易碎，碎在孤枕难眠的凉寒深夜，只一声钟响便再难以入眠，再难以到梦中去寻那个背影。相比这夜复一夜的残梦，那一日的离别，于她而言，才是真正无法苏醒的噩梦。这梦里的离愁竟是那样的凉，被早春三月的雨浇淋得透湿，沉甸甸地搭在心上，再无可摆脱。

她怨他无情，也怨自己多情。若不是他无情相别，若不是她多情相守，又怎会有今日的凄苦。一寸的相思便有千千万万的忧愁，无穷无尽，到地老天荒，到海枯石烂，到此身消陨……

【评析】

这首《玉楼春》题为“春恨”，实写闺怨，以夸张和白描的手法描绘了妇人相思之苦。字里行间看似颇有些怨言，但实则是妇人饱含的爱意与思念，舍弃了需刻意雕琢的华丽辞藻，却换来了最情真意切的情感传达，直入人心。

上片首句“绿杨芳草长亭路”，此中意象全是典型的送别景物。如纳兰性德词“又到绿杨曾折处，不语垂鞭，踏遍清秋路”，这里就提及了古人折柳相送的离别习俗。至于长亭，秦汉时期每隔十里便建亭一座，供来往行人休憩饯别，《白孔六帖》卷九载：“十里一长亭，五里一短亭。”而后词人便以妇人的口吻道出情郎对离别的轻率，“年少抛人容易去”。据赵与时《宾退录》记载，晏殊之子晏几道（字叔原）曾就这句词是否是“妇人语”和蒲传正起过争论，晏几道试图曲讳之，载云“晏叔原见蒲传正曰：‘先君平日小词虽多，未尝作妇人语也。’传正曰：‘绿杨芳草长亭路，年少抛人容易去，岂非妇人语乎？’叔原曰：‘公谓年少为所欢乎，因公言，遂解得乐天诗两句：欲留所欢待富贵，富贵不来所欢去。’传正笔而悟。余按全篇云云，盖真谓所欢者，与乐天‘欲留年少待富贵，富贵不来年少去’之句不同，叔原之言失之。”

“楼头残梦五更钟，花底离愁三月雨”，仍承接上文情郎的薄情，以情郎去后，妇人之日思夜梦为反衬。此二句互文见义，对仗工整，“五更钟”惊醒“残梦”，“三月底”浇凉“离愁”，可见妇人心情之阴郁，神经之脆弱。凄迷凝重的愁苦跃然纸上，将真情真意寄托于典型的诗词意象之上，入木三分。陈廷焯在《白雨斋词话》中评之“婉转缠绵，深情一往，丽而有则，耐人寻味”，实不为过。清代黄蓼园《蓼园词选》中亦有评云：“言近旨远，善言也。年少抛人，凡罗雀之门、枯鱼之泣，皆可作如是观。‘楼头’二语，意致凄然，挈起多情苦来。”

下片起笔“无情不似多情苦”更加直接地写明了妇人与情郎之间感情的强烈对比，一曰“无情”，一曰“多情”，果真是印证了柳永的一句“自古多情伤离别”。妇人因多情而苦，“一寸还成千万缕”，就这样的一颗心，却能生出千千万万的相思愁苦。词意化用李煜《蝶恋花》之“一片芳心千万绪，人间没个安排处”。但妇人也因多情而痴，并没有因为情爱的苦涩而真正地心生怨恨，而是“只有相思无尽处”，最终妇人仍道出了最长情的表白。如《蓼园词选》中所言，“末二句总见情之苦耳，妙在意思忠厚，无怨怼口角”。结尾两句真可谓是愁长情深，有一寸情，便有一寸相思，有一寸相思，便有一寸离愁，环环相生，果真“天长地久有时尽，此恨绵绵无绝期”。幸福能与他人分享，唯有这苦情，只能独自销魂。

清平乐

金风[①]细细，叶叶梧桐坠。绿酒[②]初尝人易醉，一枕小窗浓睡。

紫薇朱槿花残，斜阳却照[③]阑干。双燕欲归时节，银屏[④]昨夜微寒。

注

① 金风：即秋风。古代认为在金木水火土五行中，西方为秋而属金，故称秋风为金风。

② 绿酒：即美酒。古代土法酿酒，酒呈黄绿色，谓之绿酒。

③ 却照：正照。

④ 银屏：屏风上以云母石等物镶嵌，洁白如银，又称云屏。

【词译】

春是凉薄的绿，绿了江岸杨柳，绿了漫山野草，催心底的种子萌芽；夏是火热的红，红了一池芙蕖，红了冉冉朝阳，灼欲念的枝桠繁茂；冬是无垠的白，白了远山峰峦，白了旧日城垣，泯年少的轻狂放肆。季节仿佛也有各自的使命，唯有这秋，这金黄之秋，从宋玉开始便再难逃萧瑟的愁苦。

摇摇欲坠的枯萎梧桐叶在秋风中，一拂一败，仿佛每一阵风过，它便又被催老了一岁，微微颤动，低吟着听不真切的时日无多、时日无多。紫薇木槿也已是一分在枝头，九分化春泥。夕阳一斜，倦鸟便双双归巢，而人却孤枕难眠，寒意幽然。愁绪不多不少，恰是不足以叫人丧气，又无法排遣地萦绕。

秋物悄悄地凋敝，人是浅浅地醉，浓浓地睡。

【评析】

闲愁，无端而来，不期而至，这一主题在晏殊的词中是比较重要的题材。含蓄飘渺、捕风捉影的情感，说不清道不明，却将所见之景全都浸染上了同样的色彩，或浓或淡，总归无法可解。

若究其原因，一来从大的时代背景着眼，北宋政权稳固之后，政局稳定，经济也日渐恢复，正是休养生息之时，安定的大环境为晏殊的“闲愁”提供了物质保证。二来从晏殊个人的经历看去，没有“国破山河在，城春草木深”的遽变，也没有“饥来驱我去，不知竟何之。行行至斯里，叩门拙言辞”的潦倒，终归身居要职、家资殷实，所以即使忧愁也多不沉重，反而唯美闲淡，诗词中自然也难有摧枯拉朽的破坏力，或是天崩地裂的狂热激情。

词评人多以晏殊的闲愁为富贵闲愁，意思是既雍容华贵，又含蓄典雅。这看似两相矛盾的韵味，晏殊是如何协调表达的呢？据传晏殊曾自云道：“余每吟咏富贵，不言金玉锦绣，而悦其气象。”因而晏殊的华丽并非辞藻上的镶金带银，而是追求意境胜于形貌。如晏殊的一首律诗《寓意》，“梨花院落溶溶月，柳絮池塘淡淡风”；或是词作《采桑子》，“须知一盏花前酒，占得韶光。莫话匆忙。梦里浮生足断肠”，均不落于庸俗，却也“不生在三家村中也”。

本词上片写词人秋日饮酒后沉睡的情景，总体的情绪只是淡淡的一层纱雾，缓缓渲染开去。“金风细细，叶叶梧桐坠”中，“细细”与“叶叶”两组叠字的运用，不仅音律和谐，更给人轻盈之感，所以词作的悲秋之情并不凝重，而是如溪涧流水一般灵动。秋之肃杀凄凉，一代代文人描写的不在少数，如杜甫《登高》“无边落木萧萧下”，温庭筠《更漏子》“梧桐树，三更雨，不道离情正苦。一叶叶，一声声，空阶滴到明”。而如晏殊这般二三微风，几许落叶的平静，倒也算得另辟蹊径。“绿酒初尝人易醉，一枕小窗浓睡”，“绿酒”是“初尝”且“易醉”，却能换得一枕“浓睡”，到底是酒不醉人人自醉。这一句点明词人内心多少是有些闲愁的，虽不可尽数排遣，倒也不至于辗转难眠。

下片描写日薄西山之时，词人浓睡初醒后的所见所思。一场秋梦终，斜阳已抚上阑干，窗外夏花败、秋花残，倒正与斜阳相仿，都趋于终了之际，无聊无奈。“双燕欲归时节，银屏昨夜微寒”，燕子双双归巢的景象，竟勾起了词人心中的一丝寒意，点明酒后初醒，愁情却没有随酒精一同挥发掉，只须一丝丝线索，便又叫词人心寒。唐圭璋先生曾评本词：“此首以景纬情，妙在不着意为之，而自然温婉。‘金风’两句，写节候景物。‘绿酒’两句，写醉卧情事。‘紫薇’两句，紧承上片，写醒来景象，庭院萧条，秋花都残，痴望斜阳映阑，亦无聊之极。‘双燕’两句，既惜燕归，又伤人独，语不说尽，而韵特胜。”

纵观全词，仿佛能看到晏殊这位富贵宰相，那颗属于文人雅士的纤细的心。

踏莎行

小径红稀，芳郊绿遍，高台树色阴阴①见。春风不解②禁杨花，濛濛③乱扑行人面。

注

① 阴阴：隐隐约约，若隐若现。

② 不解：不懂得，不明白。

③ 濛濛：形容细雨纷飞状。

翠叶藏莺，朱帘隔燕，炉香静逐游丝转[①]。一场愁梦酒醒时，斜阳却照深深院。

【词译】

小径两旁的红花稀稀落落，漫山遍野的芳草却茵茵绿绿，正是晚春初夏的时节，花稀草盛的交替更迭，轮回流转。一种完尽又是另一种的开始，既美且伤。健硕的树木茂盛生长，遮挡着远处的亭台楼阁若隐若现，总归翠色逼人。春风不懂拘束，放任柳絮纷飞，放任杨花散漫，路上行人就在这样飞絮飘花的道路上来来往往，时而被阻了视线，便轻轻搅动春风，让如雨的杨花散在别处，散在肩头，散在水上。

院内，莺莺燕燕不堪寂寞，要享受春光，却又小心翼翼掩人耳目，或躲在碧绿的繁叶间，或隐于朱色的帘帐外。屋内静静燃烧的炉香，升起袅袅青烟，恍若游丝，互相缠绕争逐，如梦似幻，看得见却抓不住。醉酒之后只换得一场愁梦，梦醒时分，斜阳照进这深深庭院。

【评析】

这首《踏莎行》素来被认为是单纯写景的伤春词作，淡淡的愁绪隐匿于通篇的春景之中，不言明不说破，莫名无端的心绪全靠读者自行揣测，委实神妙。

不过，黄蓼园《蓼园词选》中却提出了不同的看法，其言“首三句言花稀叶盛，喻君子少、小人多也。高台指帝阍。‘东风’二句，言小人如杨花轻薄，易动摇君心也。‘翠叶’二句，喻事多阻隔。‘炉香’句，喻己心郁纡也。斜阳照深深院，言不明之日，难照此渊也。”俞陛云在《唐五代两宋词选释》中也曾言，“此词或有白氏讽谏之意。杨花乱扑，喻谗人之高张；燕隔莺藏，喻堂帘之远隔，宜结句之日暮兴嗟也”。张惠言曰：“此词亦有所兴，其欧公《蝶恋花》之流乎？”谭献曰：“刺词。‘高台树色阴阴见’，正与‘斜阳’相近。”由此看

注

① 游丝转：比喻烟气像游动的青丝一般，回旋上升。

来，以本词另有深意的词评人也不在少数，但终究都乏了证据，停留于猜测的阶段，事实如何，莫衷一是，在此仍将这首《踏莎行》以伤春词作解。

上片写郊外春景。“小径红稀，芳郊绿遍，高台树色阴阴见”，其中“红稀”“绿遍”“树色阴阴”都显示出此时正是春夏之交，春意阑珊，勾出了词人一点春愁，下句便自然将这份情思融入景色里。这三句描写的虽都是静景，但仍有从低至高的观赏顺序，也算得静中有动，整幅春郊图并不呆滞死板，而是错落有序。“春风不解禁杨花，濛濛乱扑行人面”，词人将春风拟人化，注入自己的主观感情，责备其不知约束杨花，整句空灵有味。那么约束杨花有何意义呢？只是为了不随意乱扑行人面吗？显而易见，不仅如此，这里更暗含了词人留春不住的惋惜心态。仿佛只要春风吹得柔一点、缓一点，杨花就能多于枝头停留数日，于是乎春光的流逝也暂缓了脚步，杨花的烂漫飞舞，实际上是在送别这朗朗春日。

过片“翠叶藏莺，朱帘隔燕”承上启下，十分自然地从郊外游春之景过渡到词人院内的一方春色。“翠叶藏莺”照应上片提及的“树色阴阴”，草木的枝繁叶茂已能掩藏黄莺的身形。“朱帘隔燕”则将场景转换为室内，既然燕子隔了帘子无法飞入室内，那么屋里除了这孤寂的人儿外还有什么呢？莫过于“炉香静逐游丝转”了。香炉里烟雾缓缓弥散开来，飘荡于半空中，又相互撩拨，恍若游丝。可见飞不进室内的不只燕子，这静寂的屋子连春风也未曾吹到。写至此处，一个有着几分压抑的寂寥之室，已勾勒而出。而那室中人自然是百无聊赖，厌厌睡起，夕阳已斜。一杯酒一场梦一个人的生活，即便送走短暂的春天，还有炙热而漫长的夏日的煎熬。但最后结局，词人却并不落于实处，“斜阳却照深深院”，更烘托出寥落的心情。沈际飞在《草堂诗余正集》中评之，“结‘深深’妙，着不得实字”。诚如其所评，这便是晏殊笔下的闲愁，愁不仅仅是含在景中，更可谓是已然化于景中。

全词重神不重貌，以不言胜直言，以藏为露。

宋祁

（998—1061）

字子京，小字选郎，卒谥景文。仁宗天圣二年进士，与兄宋庠同年及第，奏名第一，章献皇后以弟不可先兄，乃定宋庠为头名状元，宋祁位居第十。二人并有文名，人称“二宋”“双状元”，以大小宋区别。历任知制诰、国子监直讲、太常博士、工部尚书、翰林学士承旨，与欧阳修、范镇等人合修《新唐书》。宋祁曾自为墓志铭言，“学不名家，文章仅及中人，不足垂后”。但实际上宋祁的词作中不乏佳句，如其“红杏枝头春意闹”一句，便为人称道至今。清人辑有《宋景文集》；近人辑有《宋景文公集》；赵万里辑有《宋景文公长短句》。

玉楼春

东城渐觉风光好，縠[①]皱波纹迎客棹。绿杨烟外晓寒轻，红杏枝头春意闹。

浮生[②]长恨欢娱少，肯爱[③]千金轻一笑。为君持酒劝斜阳，且向花间留晚照。

【词译】

春光正好，乘一叶轻舟去往城东水纹层叠的池塘深处觅春。来往客船浅浅

注

① 縠：绉纱一类的丝织品。

② 浮生：飘浮无定的人生。

③ 肯爱：岂肯吝惜。

地荡漾在细纱一般的水面之上，徐徐缓缓。杨柳堆烟，初晓的薄暮泛着微微寒气，被枝头上花团锦簇的红杏一闹，又迅速散尽，春意随之扑面而来。

常言人生三起三落，三是谓多矣，故而浮生没有定数，无常又恨多。欢娱的时光本就稀少而短促，怎肯吝惜金钱而乏了欢笑？正若太白所歌，“钟鼓馔玉不足贵”！且将酒杯再斟满，举杯劝斜阳，别匆匆西去，不如多留些时间，将夜晚的百花也一并照亮吧。

【评析】

这首《玉楼春》是宋祁的代表作，他因此词而被世人称作“红杏尚书”。词的上阕主要描写春景，色彩明艳，生机勃勃。下阕抒发惜时惜春之情，春光短人生亦短，劝君珍惜，从而表达词人自己对美好人生与春天的眷恋。

“东城渐觉风光好”，开篇名义写城东踏春风光正好，一个“渐”字突出春天缓缓到来的感觉，如杜甫《春夜喜雨》所写的春雨也是轻轻缓缓，无声无息地滋润万物，“好雨知时节，当春乃发生，随风潜入夜，润物细无声”。“縠皱波纹迎客棹”，紧承上句，详细描写春景的明媚。“縠皱波纹”虽不比“吹皱一池春水”来得巧妙，但也将碧波盈盈，风过水漾的场景写得栩栩如生。“迎”字将水波拟人化，平添几分俏皮可爱，亲切感也从中生起。

“绿杨烟外晓寒轻”，水中波光粼粼，岸边杨柳依依，上文有春的生气，这句则凸显春的柔情。“晓寒轻”证明尚在初春时节，清晨仍有些寒意，但却很轻薄，是流于肌肤上的一层微凉罢了。“红杏枝头春意闹”，这句专写杏花的千古名句，王士祯《花草蒙拾》载：‘红杏枝头春意闹尚书’，当时传为美谈。吾友极叹之，以为卓绝千古。然实本花间‘暖觉杏梢红’，特有青蓝、冰水之妙耳。”王国维《人间词话》亦评：“着一‘闹’字而境界全出。”黄苏在《蓼园词选》中说：“春意闹三字，尤奇辟。”凡此种种，足见“闹”这个动词的运用委实巧妙，虽用于杏花，但却将整个春天的繁盛境况一并写出，百花齐放的壮景尽在一字之内。或可与“鸟宿池边树，僧敲月下门”的“敲”字比肩，幽居的寂静也是藏在了这个动词之中，字字珠玑。

下片转入对浮生短促，及时行乐的感慨。“浮生长恨欢娱少，肯爱千金轻一笑”，前一句直抒胸臆，后一句化用《七依》中“回顾百万，一笑千金”的句意。

“肯爱”使用反诘语气，加强情感表达。词人深知年华荏苒，不能辜负，宁掷千金博一笑，如太白诗云，“五花马、千金裘，呼儿将出换美酒”。足见词人直率性情，毫不扭捏造作，亦大气抒怀。

“为君持酒劝斜阳，且向花间留晚照”，末二句由尽兴抒怀重新变回情浓意深的婉约语，收放自如，更显填词功底。与踏春的友人一道举杯对夕阳，共邀夕阳多多流连花间，延长春光，留恋之情，溢于言表。

鹧鸪天

画毂[①]雕鞍狭路逢，一声肠断绣帘中。身无彩凤双飞翼，心有灵犀[②]一点通。

金作屋，玉为笼，车如流水马如龙。刘郎已恨蓬山[③]远，更隔蓬山几万重。

【词译】

她乘坐的车高大华美，车上绘着的彩饰，精巧雕琢的马鞍，都显示出她是属于深深宫墙之内的女子。我与她在狭窄的街道匆匆而过，绣帘中她的一声轻唤，令我牵挂至今。原来，她竟是认得我的。虽然无法像彩凤那般长出比翼齐飞的翅膀，但我们的心却似犀牛灵通的双角，心心相印。

可她却是如金丝雀般的女子，生活在金屋玉笼之内，生活在这车水马龙的

注

① 毂：车轮中心的圆木，周围与车辐的一端相接，中有圆孔，可以插轴，这里代指车。

② 灵犀：据传有犀牛名为通天犀，双角上有一条白色的线贯通两头，故称灵犀。

③ 蓬山：传说中的仙山。

京城中最难以企及的地方。刘郎已暗恨蓬山太远，但我心上人的所在，竟更比蓬山远了好几万重，今生今世，恐已是再见无期了吧。

【评析】

据载宋祁的一段姻缘，便是因此阕《鹧鸪天》而结下的。《花庵词选》记："子京过繁台街，逢内家车子。中有褰帘者曰：'小宋也。'于京归，遂作此词。都下传唱，达于禁中。仁宗知之，问内人第几车子，何人呼小宋？有内人自陈：'顷侍御宴，见宣翰林学士，左右内臣曰，小宋也。时在车子偶见之，呼一声尔。'上召子京从容语及。子京惶惧无地。上笑曰：'蓬山不远。'因以内人赐之。"可见本词记述的正是词人与这位宫女的一面之缘，她的一声轻唤，叫词人念念不忘，甚至填词记之。本以为自此之后定是天涯各一方，毕竟是"更隔蓬山几万重"的缘分，词人不敢奢望。怎料想词作巧妙，竟成了红线，传入了宋仁宗的耳朵里，一句"蓬山不远"，成就一段良辰佳缘，更落下一个千古美谈。

"画毂雕鞍狭路逢，一声肠断绣帘中"，实写二人的相逢，前句突出女子的内人身份，后句正是女子掀起车帘，唤词人"小宋"的一幕。当时词人与其哥哥宋庠齐名，世人以"大宋""小宋"的称呼区分二人。"肠断"二字可见词人对女子乃是一见钟情，不禁让人想象女子掀起车帘后是怎样一幅花容月貌，又是怎样地柔声轻呼，最后又留给词人一个怎样的嫣然一笑，以致让词人昼思夜想。何况还不只肠断，仅此一面，便觉两人心有灵犀。

"身无彩凤双飞翼，心有灵犀一点通"，这两句直接借用李商隐《无题》的诗句，化诗为词，也用得恰到好处。原诗为"夜星辰昨夜风，画楼西畔桂堂东。身无彩凤双飞翼，心有灵犀一点通。隔座送钩春酒暖，分曹射覆蜡灯红。嗟余听鼓应官去，走马兰台类转蓬"。无翼可双飞，暗示着二人因宫闱阻隔，注定无法在一起的命运。而心有灵犀，却又表达出词人对女子的中意与不舍。虽是借用别句，但语意却情深意切。

"金作屋，玉为笼，车如流水马如龙"，金屋玉笼都在暗示女子受困深宫，典出汉武帝刘彻"若得阿娇为妇，当以金屋贮之"。第三句借用后主李煜的词句，"多少恨，昨夜梦魂中，还似旧时游上苑，车如流水马如龙。花月正春风"。本句意在描写当日相逢时的京城盛况，车马众多，却仍于人山人海中与之相遇，若不是缘，又是如何？

“刘郎已恨蓬山远，更隔蓬山几万重”，末二句抒情，词人的相思之痛、求不得的苦楚皆于此登峰造极。这两句也是化用李商隐的诗句，“来是空言去绝踪，月斜楼上五更钟。梦为远别啼难唤，书被催成墨未浓。蜡照半笼金翡翠，麝熏微度绣芙蓉。刘郎已恨蓬山远，更隔蓬山一万重”。词人将“一”字改为了“几”字，更显绝望，两人要再想重逢几乎已是不可能的事情了。这里的“刘郎”指的是传说中在天台山采药偶遇仙女，成就佳缘的刘晨与阮肇。后世遂以此泛指情郎。然而，本词的结尾确是悲戚，但可幸词人与这位宫女的结局能够圆满。词人看上皇帝的侍女，不仅未遭责罚，竟能如愿以偿，果如王士祯所言，“令人妒煞”！

纵观全词，虽然主要的词句皆是借用前人名句，但于情于理都毫无牵强附会之感，恐也正因朗朗上口，易于流传，才能为宋仁宗知晓其中因由吧。

“蓬山不远”，几多奇遇、浪漫。

梅尧臣

（1002—1060）

字圣俞，世称宛陵先生。皇祐三年，蒙宋仁宗赐同进士出身。后欧阳修荐之为国子监直讲，再迁尚书都官员外郎，故世称“梅直讲”“梅都官”。梅尧臣在诗作上的成就最高，诗坛名盛与苏舜钦、欧阳修齐名，世称“苏梅”“梅欧”。欧阳修甚至曾自认诗作造诣不及梅公，陆游曾评二者为“各自名家”。“作诗无古今，惟造平淡难”，梅尧臣在作诗作文上皆追求含蓄的意境、摹写平淡真实的景象，却能达到淡而不枯、言外之意无穷的诗境。有《宛陵集》传世，至于词作，在《全宋词》中辑有三首。

苏幕遮

露堤平，烟墅杳。乱碧萋萋，雨后江天晓。独有庾郎[1]年最少。窣地[2]春袍[3]，嫩色宜相照。

接长亭，迷远道。堪怨王孙，不记归期早。落尽梨花春又了。满地残阳，翠色和烟老。

【词译】

雨后初晴，天色重新明亮了起来，天边的那一抹鱼肚白，与江水汇成一色。

注

① 庾郎：本指梁代文士庾信，这里泛指离乡宦游的才子，有词人自况之意。

② 窣地：拂地，拖地。

③ 春袍：此处泛指官服，宋代六、七品服绿，八、九品服青。

堤坝上的草坪仍沾染着晶莹的水滴，一眼望去，萋萋芳草像是一块未经打理的巨大地毯，就这样一直延伸至远方。与小若芥豆的房屋田舍，一同隐化在春的烟雾朦胧之中。宦游的才子少年有成，褪下布衣，换上及地的青袍，春风得意，与翠烟嫩柳相映成彰。

芳草接连着长亭，一个又一个，见证一场又一场的洒泪而别，远方的阡陌是否正是因别而愈加迷离难辨？唯有铺天盖地的春草知道那些远行人的下落，埋怨他们早已忘了归期。一阵东风拂面，梨花又落了不少许，春日又将完尽。暮霭沉沉，残阳映地，仿佛满目的翠色都和着薄暮一同老去了。

【评析】

这首《苏幕遮》的词题是“草”，然而全篇却不露一个“草”字。上阕描写雨后春草的绮丽之美，更与少年得意郎相比拟，衬出人与景同样的生机勃勃、蒸蒸日上。下阕笔锋一转，词境又颇有些凄凉意，连天长亭、不归王孙，直至最终草与春俱老。不仅写出了惜春伤春的心情，更在深层次上隐射了词人自己的身世之感，以及人生白驹过隙的深刻喟叹。梅尧臣的艺术主张是“状难写之景如在目前，含不尽之意见于言外”，这阕词便是其观念的极佳体现。

“露堤平，烟墅杳。乱碧萋萋，雨后江天晓”，上阕写到这里全是在状眼前之景，雨后的江天草色，堤坝上沾水带露的萋萋芳草，远方的农田屋舍，虽然没有点出春草的存在，但“露”“平”“烟”“碧”“萋萋”等词都在摹写草的形态与色泽。或是一望无际，或是嫩绿新翠，又或是流光闪烁……雨后春物的澄澈清美，江天的辽阔无尘，都更为春草增色，脑海中的图像充盈着春的朝气与翠绿，而场景是开阔大气的天地之间。若说写到这里，春草的“形”已恍如亲见，那么后面三句，便赋予了春草“神”。

“独有庾郎年最少。窣地春袍，嫩色宜相照。”“庾郎”，说的是南朝梁代的诗人才子庾子山。庾子山少负才名，十五岁便入宫为太子萧统伴读，十九岁任抄撰博士。直至四十二岁出使西魏，江陵破，萧绎卒，庾子山滞留长安，永别江南。于是本词中以他来泛指早年成名又羁旅他乡的游子。青绿色的官服加身，春风得意、平步青云，由物及人，两两相映，也为下阕词境转哀，抒发身世感慨埋下了伏笔。

下阕抒发惜春叹春之情，同时暗示词人仕途上春天也悄然逝去，于言外留下不尽之意。“接长亭，迷远道”化用李白《菩萨蛮》词句，“何处是归程？长亭连短亭”。巧用春草接连长亭，一程又一程，一座又一座，表达出羁旅天涯的不安与思归，由“迷”字点出。“堪怨王孙，不记归期早”，表面上是将春草拟人化，埋怨“王孙”归期尽忘，实际上是抒发词人自身对宦海浮沉、久居他乡的厌倦。“落尽梨花春又了”化用李贺诗句“曲水飘香去不归，梨花落尽成秋苑”。春将尽，留不住，人已老，空回首。“满地残阳，翠色和烟老”，词人将这种人生的喟叹，些微融入实景中，虚实相映，巧妙地借托春草，写出词人早年得意，中年厌倦，晚景已垂垂老去的人生经历，和与之相应的心态变化。

纵观全词，契合地体现了作者对诗文词艺术的追求理念，而本首《苏幕遮》的文学地位也很高，王国维以之与和靖《点绛唇》、永叔《少年游》齐名，为咏春草的三首绝调。《能改斋漫录》中也曾记载着欧阳修对本词的赞赏，“梅圣俞欧阳公座，有以林逋词‘金谷年年，乱生春色准为主’为美者，圣俞因别为《苏幕遮》一阕云云。欧公击节赏之”。

欧阳修

（1007—1072）

字永叔，号醉翁，晚年自号六一居士，谥号文忠，世称欧阳文忠公。仁宗天圣八年进士，终以太子少师致仕。曾支持范仲淹的“庆历新政”，晚年因反对王安石的“青苗法”辞官归隐。一生爱贤，与梅尧臣等人均有诗文唱和，又提携过苏轼父子、苏舜钦、王安石等人，后世所称颂的“唐宋八大家”中就有五人出自他门下。欧阳修在诗、词、文上都有所成就，著作等身。其词风承五代风格，受冯延巳影响，与晏殊相似，但仍有所革新。著有《六一词》、《欧阳文忠公近体乐府》及《醉翁琴趣外篇》。

采桑子

群芳过后西湖[①]好，狼籍[②]残红，飞絮濛濛[③]。垂柳阑干[④]尽日风。

笙歌散尽游人去，始觉春空。垂下帘栊[⑤]，双燕归来细雨中。

注

① 西湖：指颍州西湖，在今安徽阜阳西北，颍水和诸水汇流处。

② 狼籍：同“狼藉”，散乱的样子。

③ 濛濛：细雨迷蒙的样子。

④ 阑干：纵横交错的样子。

⑤ 帘栊：泛指门窗的帘子。

【词译】

暮春时节的西湖美丽依旧，群芳已逝，落红遍野。湖面上零星败花，随碧波摇曳荡漾。岸边的垂柳下红紫色的花瓣发出残香，衬着嫩绿的杨柳，分外醒目。东风一来，柳絮濛濛，像纤细的春雨般洒落大地。风势轻柔，扬起柳枝无数，扬起残红万朵，扬起，又轻轻落下。

仲春的笙歌早已散尽，人迹稀少，这才察觉到暮春的一丝空寂。但我享受这份静谧，于是故意迟缓着步伐往回走去。刚一进院，春雨便接踵而至，待见双燕从细雨中归来，我才徐徐放下帘栊。

【评析】

欧阳修与颍州可谓是颇有缘分，许是为此，他本人也确乎十分喜爱这个小郡。早于皇祐元年，欧阳修从扬州移至颍州，据载历经一个月的长途跋涉，于二月十三日方到。从此欧阳修对颍州西湖的喜欢之情，便多次见于他的诗文之中。如作于同年四月的《西湖戏作示同游者》，“菡萏香清画舸浮，使君宁复忆扬州。都将二十四桥月，换得西湖十顷秋”。可见相比人人称道的扬州，欧阳修竟更偏爱颍州西湖。甚而早有打算在此终老，嘉祐六年，欧阳修在《内制集序》中写道：“予且老矣，方买田淮、颍之间。”直至熙宁四年夏，欧阳修因不满“青苗法”等政治原因，以太子少师的身份辞官归隐颍州。此后便常于西湖处游览，或临湖独步，或结伴乘舟，总归是留恋不已，情难自禁中写下组词《采桑子十首》，尽数歌咏西湖之美，每首皆以“西湖好”开篇，足见其激赏之情，而本作便是其中的第四首，描写暮春的西湖美景。

“群芳过后西湖好”，开篇点明时节与表达赞叹之情，虽是结构使然，但同时也表现出词人与众不同的审美观和心态。与年少得意的时候毕竟不同，此时的词人所欣赏的美，或已超越了枯荣，繁华热闹或是空寂无人，各有各的可赏之处。于是全词都透露着一种宁静的快意，也不用太过华丽的辞藻，白描而来，竟自有一份清淡，心境相同者自然能体会其中的情真意切，深情浅道，委实耐人寻味。

“狼籍残红，飞絮濛濛。垂柳阑干尽日风”，其后三句，详写群芳过后的西湖之好。好在落红遍野，好在东风拂柳，好在飞絮漫天……勾勒出一幅清淡疏远的暮春之景。“狼籍残红”诸景许在更多时候都易与伤春之情相系，什么样的景引发什么样的情，但反之却依旧如此，一片心情一片景，词人“心远地自偏”，暮春西湖又如何不美？

“笙歌散尽游人去，始觉春空。”过片由实景描写转入虚写过去的回忆，笙歌的盛况属于初春、仲春时节，见过“绿水逶迤，芳草长堤，隐隐笙歌处处随”的热闹，再目睹“笙歌散尽游人去”的空旷。词人这才觉得“春空”，表达出微妙的惜春之情，说是微妙，实因复杂，繁华后的落寞词人有所感知，但终归还是落在了最初的“好”字之上。“这样也挺好的”，到底是聊以自慰，还是确乎可赏，联系词人为官一生门庭若市，归隐后自然光景不在的身世，难免也觉悲凉，但悲凉之后……是看破。

煞拍“垂下帘栊，双燕归来细雨中”，结构上是倒装，燕先归来，而后垂帘。内容上表面上描写词人归家后的室内之景，细雨双燕，在结尾处又回复了平淡闲适的感觉，然而也在更深层次上表达出词人对自身的感叹，人生有起必然有落，到底“也无风雨也无晴”。

诉衷情

清晨帘幕卷轻霜，呵手[①]试梅妆[②]。都缘自有离恨，故画作远山长。

思往事，惜流芳[③]，易成伤。拟歌先敛[④]，欲笑还颦[⑤]，最断人肠。

注

① 呵手：呵气暖手。

② 梅妆：即梅花妆，古代年轻女子的一种面部化妆样式。

③ 流芳：如流水般逝去的年华。

④ 敛：敛容。

⑤ 颦：皱眉，此处形容歌女的愁容。

【词译】

天仍是寒，清晨的帘栊上还结着薄薄的一层霜雾，轻轻卷起，冻冷双手。恍若掬水般素手抬起，呵出的洁白雾气一点一点地让双手回暖，一会儿要试一试最近时新的梅花妆。粉已敷，胭脂抹，将至画眉时，却刻意将眉黛画得绵长，像望不到尽头的远山，带着心中说不完的离愁别恨。哎，一想到往事，就再也想不下去了。时光已过，人已错。除了空自伤怀以外，再无其他。欲歌一曲，容颜却先行收敛，欲强颜欢笑，眉端却自行蹙拢来。如斯岁月，最叫人断肠。

【评析】

全词描写一位歌女含羞带媚，却又暗自怀恨的生活片段。“清晨帘幕卷轻霜”，清晨的帘幕上还结着一层轻霜，可见天气寒冷，恐是冬日的早晨。歌女早早起床，梳妆打扮，也不为别的，只谋生计罢了。“卷”字既写出歌女的动态，又含有意味深长的别意，毕竟是独自讨生活的歌女，未有侍女替她卷帘，也未有爱人为她呵手。

“呵手试梅妆”，卷帘后的双手似也沾染了寒气，歌女轻轻呵暖，一见其娇羞之态，一承上句的“轻霜”。“梅妆”即梅花妆，相传始于南朝宋寿阳公主。《太平御览》有载，宋武帝的女儿寿阳公主，在正月初七日卧于含章殿檐下，恰逢梅花落于她的额上，成五出花，拂之不去。皇后留之，看得几日，终于三日后洗落。哪知宫女们竟以之为奇，竞相效仿，名曰梅花妆。后来渐渐传为年轻女子的一种固定妆容。而本句中的“试”字，则突出歌女对自己妆容的慎重，早起先试试此种妆容，若不合适，便会洗尽再画。

“都缘自有离恨，故画作远山长”，这两句作了一个特写，以眉写愁。“远山”在此处有双关之用，一则借远山表离情，如欧阳修《踏莎行》，“平芜尽处是春山，行人更在春山外”。二则借远山形容歌女眉形之美妙。但将二者联系起来的是词人的巧妙文思，将眉形画作渐行渐远的远山，不仅为求妆容好看，更是心事的暗暗写照，只是别人不懂，别人不知。歌女心事，全都默默藏在心底，正若下阕中她不得不强颜欢笑一般。不仅有愁，还不能为人所察觉，只能悄然将眉形画得比平日更长更黯。于是愁闷中，又添一笔可怜。

下阕由一举一动，写入歌女心中的一思一想。“思往事，惜流芳。易成伤”，这三句是歌女的内心独白，想起做歌女之前的快意往事，哀叹如今芳华正茂却又不能自已，只能将韶光空负，陪人欢笑歌舞，自然也就“易成伤”。一旦细想，愁就化作了伤，更叫人不堪忍受，于是自然引出末三句中，歌女的一反常态，歌不能歌，笑不能笑。

“拟歌先敛，欲笑还颦，最断人肠。”煞拍三句从歌女的自述自思，转换成了第三者的叙事角度。他观察到了歌女极力想要掩盖的那些小小细节，刚要开口高歌，却兀自先哽咽一下，刚要笑脸相迎，却不自然地蹙了蹙眉。由此“最断人肠”，实际上暗含着词人的同情，他也为这样的一个歌女而揪心。

纵观全词，运笔十分自然，表现力却很强烈，歌女的一颦一笑都栩栩如生，而她的心事却全都巧妙地隐藏在了一些细节之中，可是越是藏，却越是叫人痛心。词作构思新颖，视角独特，侧写传情，而又言简意赅。

踏莎行

候馆[①]梅残，溪桥柳细，草薰[②]风暖摇征辔[③]。离愁渐远渐无穷，迢迢不断如春水。

寸寸柔肠，盈盈粉泪[④]，楼高莫近危阑倚。平芜[⑤]尽处是春山，行人更在春山外。

注

① 候馆：出自《周礼·地官》“五十里有市，市有候馆”，指都市里迎候宾客的客舍。

② 薰：原意是香草，这里引申为香气袭人。此句化用江淹《别赋》“闺中风暖，陌上草薰”。

③ 征辔：本义是远行马匹上佩戴的嚼子和缰绳，此处代指马匹。

④ 粉泪：泪水流到脸上，溶解了粉妆。

⑤ 平芜：一望无垠的平坦草地。

【词译】

旅舍前的一树梅花已残败多日，溪上小桥畔的新柳却愈发翠绿细嫩，随风摇曳着纤细的身姿。和煦的暖风吹起遍地野草的芬芳，远行的人在风中抖动着缰绳，扬鞭远去。行一程，便多一层离愁，越远越没有穷尽，迢迢如春水。

而被留下的人，也是肝肠寸断，脂粉和泪簌簌地淌着。不敢登高倚楼，望着那萋萋芳草连绵至天际，又被座座起伏的春山阻挡，而想要眺望的人，却更在山水重重以外。

【评析】

这首写离愁的小令，上下阕分别从不同的视角入手，前写游人远行所见春景，后写闺中人盼游人归的离情。言辞婉转，意境含蓄深远，尤以最末两句为人激赏。

“候馆梅残，溪桥柳细，草薰风暖摇征辔”，开头三句写游人远行的春景，“候馆”“溪桥”都是行人一一走过的地方。“梅残”“柳细”“草薰风暖”都显示出正是初春时节，然而春景越美，离愁越浓。毕竟如此大好的春光，不能与所牵挂的人一同踏青游春，却得独自远行他方。可以想见，他牵着马匹离开候馆，在院前的一株残梅下又驻了驻足，若有所思的样子。片刻后，终是轻轻摇了摇头，骑上马儿，走过溪桥，东风一来，岸旁的细柳轻轻划过他的肩膀，却留不住他远去的身形。他嗅到春风中夹杂的芳草香，却就在此时猛地加鞭，让马儿忽地疾驰起来，仿佛不这么狠心，他便无法决意离开这温暖和煦的春景，奔赴一个人的天涯羁旅。所以词人不在萧瑟的秋景中写离愁，反是描绘了一幅生机勃勃的初春图，为的是以乐写愁，更添烦恼。

“离愁渐远渐无穷，迢迢不断如春水”，有了上文的铺垫，这两句由丽景转入离愁就显得极为自然了。离开候馆已是一愁，路过溪桥又添一愁，最终萋萋芳草连天，愁便无穷无尽地延展开去，走得越远，离愁蔓延的地方也就越多。将无穷离愁比作迢迢春水，化虚为实，正是“问君能有几多愁，恰似一江春水向东流”。

“寸寸柔肠，盈盈粉泪”，过片对仗工整，叠字契合，自然地完成了视角转换，从闺中人的角度写离愁，主要突出她对游子的思念与盼归。前者是不忍离，后者是盼早归。游子的感情不轻易外露，只从“摇征辔”的“摇”字上，看出情感的动摇与不舍。但闺中人就比较直白了，柔肠寸断，泪眼盈盈，足见相思之苦，已是终日以泪洗面。“楼高莫近危阑倚”句比较独特，既可看作是闺中人害怕登高望远的断肠之语，也可看作是游子隔着千山万水对思妇的一句叮咛，恐她相思成疾。以我心度你心，将两人的离愁合二为一，更显深重。

“平芜尽处是春山，行人更在春山外”，末句最为人称道，勾勒闺中人登高望远所见之景，而又由景写情，目之所及被春山所阻，是为有限。但一往情深却超越重重春山，总是无限，尺幅千里。行人远走多远多长，闺中人的情思便追随至海角天涯。虚虚实实，正是“似乎可画，却又画不到”。卓人月以此二句“不厌百回读”；王世贞则评“此淡语之有情者也”。再联系上文中的迢迢春水愁，沈际飞云“春水春山走对妙。望断江南山色，远人不见草连空，一望无际矣。尽处是春山，更在春山外，转望转远矣。当取以合看”；李攀龙言“春水写愁，春山骋望，极切极婉”。

生查子

去年元夜[①]时，花市[②]灯如昼。月上柳梢头，人约黄昏后。

今年元夜时，月与灯依旧。不见去年人，泪湿春衫[③]袖。

【词译】

去年的正月十五上元佳节，花市千灯万盏，将黑夜照彻为白昼一般。一轮圆月升上柳梢，与人间的灯火交相辉映。我与你相约在黄昏后游灯赏月，互诉衷肠。

注

① 元夜：元宵节的晚上。

② 花市：卖花、赏花的集市。

③ 春衫：年少时穿的衣服，代指当年风华正茂的自己。

今年的正月十五上元佳节，花市里的灯光依旧明亮璀璨，游览的青年男女依旧成双成对、嬉嬉笑笑，而那天上的明月也按约前来，与人间同乐。但我却见不到去年相约黄昏后的人儿，唯独自在这团圆热闹的节气中，长泪沾襟。

【评析】

这首《生查子》题为“元夕”，状写元宵佳节的情事，以“今年元夜”与“去年元夜”的对比，凸显出物是人非的沉重哀愁。曾有人误认为此词是朱淑真的作品，但在南宋初的《乐府雅词》与况周颐的《蕙风词话》中都对此有所纠正，以之为欧阳修词，更为可信。王士禛《池北偶谈》也记载：“今世所传女郎朱淑真‘去年元夜时，灯市花如昼’，见《欧阳文忠公集》一百三十一卷，不知何以讹为朱氏之作。世遂因此词，疑淑真失妇德，纪载不可不慎也。”《冷庐杂识》亦云：“‘去年元夜’一词，本欧阳公作。后人误编入《断肠集》，遂疑朱淑真为泆女，皆不可不辨。按‘去年元夜’词，非朱淑真作，信矣。”

另据学者考究，本词或作于景祐三年，为词人怀念其第二任妻子杨氏的词作。欧阳修一生前后三次婚娶，首次于天圣九年，娶胥偃的女儿为妻，育有一子。然而不幸两年后胥氏便因病去世，其子也于五年后染病夭折。景祐元年，欧阳修再婚，娶的是杨大雅的女儿。然而此女同样不幸于次年九月逝世，年仅十八岁。若此词真为杨氏所作，那便也算得悼亡词了。

“去年元夜时，花市灯如昼”，起首二句交代词人曾与恋人约会的时间、地点以及环境。上元佳节，自唐朝起便有夜观灯会的习俗，故又称“灯节”。北宋时更是从十四日便开放宵禁，直到十六日，通宵达旦，载歌载舞，正是年轻人约会的最佳节日。据孟元老《东京梦华录》载，元宵节“歌舞百戏，鳞鳞相切，乐声嘈杂十余里”“灯山上彩，金碧相射，锦绣交辉”，繁华至极，热闹非凡。虽是灯火通明，人山人海的空前盛况，但词人却一笔带过，只说“花市灯如昼”，是因有约在身的人，心不在景而在人上，再美的情景，也不如两人的约定扣人心弦。

“月上柳梢头，人约黄昏后”，与前面的繁华热闹不同，圆月下的等待，将场景转变为更加暗淡与安静的情况，仿佛他们二人在这万人空巷之日，寻得了一方幽会的安静所在。然而词人却不着力描写相见后的甜蜜，而是以“人约黄昏后”含蓄表达，刻画出一幅杨柳依依，月圆人聚的诗情画意。虽是短短一笔，但却情意绵绵，含有无尽的言外之意。

“今年元夜时，月与灯依旧”，下阕首句与上阕几乎一样，刻意地追求相仿，正是为了凸显出其中的相异。月、灯、时节……一切的一切都是一样，都尚未改变，可见时间之短，竟就此物是人非，令人始料未及，于是所受的打击也就非同一般。

“不见去年人”与“人约黄昏后”形成鲜明对比，点出“泪湿春衫袖”的原因。用语直白，颇有民歌的风格，然而情感却委实真挚感人。今昔、悲欢、闹静，一层层地对比深入，最终将情感爆发于一腔长泪。全篇构思与崔护《题都城南庄》相近，“去年今日此门中，人面桃花相映红。人面不知何处去，桃花依旧笑春风”。皆是利用今年去年的反差，表达出词人内心的大起大落，以及人生的世事无常不可预料，具有普遍意义的情感，总令人感同身受。

蝶恋花

庭院深深深几许？杨柳堆烟[①]，帘幕无重数。玉勒[②]雕鞍[③]游冶处[④]，楼高不见章台路[⑤]。

雨横风狂三月暮，门掩黄昏，无计留春住。泪眼问花花不语，乱红飞过秋千去。

注

① 堆烟：形容杨柳浓密成烟。

② 玉勒：镶玉的马衔。

③ 雕鞍：雕花的马鞍。

④ 游冶处：代指青楼妓院。

⑤ 章台路：汉代长安街名，代指歌妓聚居的游冶所。

【词译】

寂静庭院一眼望不穿，重门层层，竟不知庭院进深几许、房间几多？一排排杨柳如腾起的浓浓烟雾，碧云环绕。一重重帘幕遮蔽着同我一样的深闺，数不胜数。而他骑着那威武的骏马，配着精贵的马具，不知又到何处去寻欢作乐了？一片片屋宇，一座高过一座，我伸长了脖子也望不见章台路。

狂风暴雨的暮春三月，黄昏时我紧掩着门扉，却依旧没有办法将春天留住。眼泪便簌簌落下，在风雨中借问落红，落红不答，兀自乘了那东风飞过秋千，飞红溅目。

【评析】

这首闺怨词也见于冯延巳《阳春集》，然而宋人李清照在《临江仙》词序云："欧阳公作《蝶恋花》，有'深深深几许'之句，予酷爱之，用其语作'庭院深深'数阕。"另有黄昇等人皆以之为欧阳修作品，应当不误。

"庭院深深深几许"，首句三叠字的连用，多以为妙，不仅落笔独特，且写出深闺的寂寥与压抑。与世隔绝的深闺，仿佛望不到头的牢狱一般，连闺中人自己也说不清究竟何处是个头。纵使金屋银屋，也弥补不了禁锢于此后感情的空洞。"杨柳堆烟，帘幕无重数"，承接上文的问句，对"深几许"具体作答。然而答也不答，到底也不知深几许，只是随着词中人的视线，看见了一排排的杨柳，多得不胜枚举，远远望去竟如一丛丛团起的碧绿烟云。屋外是不知尽头的，然而屋内却仍旧是不知深底的。一重重帘幕严严实实地放下，每一幕背后，恐都有一位不如意的女子。究竟多少？只答"无重数"，多得惊心、多得无法计数。

然而庭院越深、杨柳越多、帘幕越重，闺中人的恨就越长越浓，对闺门之外的世界的揣测也越发缺乏希望，总是不免想着最坏的可能——"玉勒雕鞍游冶处"。他迟迟没有归来，恐不是身不由己，反而是在那烟花巷柳之所乐不思蜀吧。闺中人因寂寞而苦，因寂寞而怨，但不论是苦是怨都无人知晓，因为庭院深深，也因为"楼高不见章台路"。

汉代长安章台宫附近有章台街，据《汉书·张敞传》载，京兆尹张敞便时常"走马章台街"。复有唐尧佐《柳氏传》中记载的韩翃与歌姬柳氏的故事，词云“章台柳，章台柳！昔日青青今在否？纵使长条似旧垂，也应攀折他人手”。后世便多以“章台路”代指烟花巷柳等歌妓聚居之所。而闺中人身处重重庭院之内，目光却妄图穿越杨柳堆烟的深廊，穿过厚重的帘幕无数，张望心上人可能正游乐的花柳之地。“不见”二字，更加深了闺中人的怨恨，寂与乐的强烈对比，令人唏嘘。不说伴君天涯，就连望一眼他的乐不思蜀之所都难以企及。

下阕着重抒情，“雨横风狂三月暮”，如此暮春，花儿自然抵挡不住，正若闺中人的青春也经不起岁月的摧残。“门掩黄昏，无计留春住”，又是暴风骤雨，又是暮春时节，更复黄昏日落，层层逼近，仿佛屋漏偏逢连夜雨一般，到了最后，果真只能落得百般无奈、无计可施。这里闺中人想挽留的显然不仅是春日，更是青春年华，试图抵抗的也不仅是狂风暴雨，更是寂寞无奈的命运，是深深的庭院，是孤独老去的未来。

“泪眼问花花不语，乱红飞过秋千去”，煞拍历来最受称道，以毛先舒《古今词论引》之评最为代表，“词家意欲层深，语欲浑成。作词者大抵意层深者，语便刻画；语浑成者，意便肤浅，两难兼也。或欲举其似，偶拈永叔词云：‘泪眼问花花不语，乱红飞过秋千去。’此可谓层深而浑成。何也？因花而有泪，此一层意也；因泪而问花，此一层意也；花竟不语，此一层意也；不但不语，且又乱落，飞过秋千，此一层意也。人愈伤心，花愈恼人，语愈浅而意愈入，又绝无刻画费力之迹，谓非层深而浑成耶”？

然而，也有词评人主张此作并非单纯的闺怨词，更兼有词人郁郁不得志的喟叹。《蓼园词选》云：“首阕因杨柳烟多，若帘幕之重重者，庭院之深以此，即下旬章台不见，亦以此。总以见柳絮之迷人，加之雨横风狂，即拟闭门，而春已去矣。不见乱红之尽飞乎？语意如此，通首诋斥，看来必有所指。”《词选》中亦言：“庭院深深，闺中既以邃远也；楼高不见，哲王又不悟也。章台游冶，小人之径。雨横风狂，政令暴急也。乱红飞去，斥逐者非一人而已。”当然，即便词人原意并没有这等更为深入的内涵在其中，本词也当如黄苏所言：“第词旨浓丽，即不明所指，自是一首好词。”

阮郎归

南园春半踏青时，风和闻马嘶。青梅如豆柳如眉，日长蝴蝶飞。

花露重，草烟低，人家帘幕垂。秋千慵困解罗衣[①]，画堂双燕归。

【词译】

春时已过半，信步南郊园林踏青，和风送来远处的马匹的嘶鸣，方知游春的人仍不在少数。抬头望见梅树结着宛如豆粒般大小的青梅，口中泛涩生津。又见排排杨柳如美人眉黛般纤细，白日渐渐长了起来，蝴蝶纷飞的时间也更多了。

花瓣上露珠点点，压弯花径，低矮的青草丛愈发茂盛，远看成烟。时近傍晚，人家也放下了帘幕，将春日阻隔在屋外。我荡罢秋千竟生困倦，罗衣轻解，百无聊赖，不如趁早睡去，刚上床榻，又见梁上双燕齐齐归来。

【评析】

全词描述一位女子踏春所见，抒发了其难以排遣的春愁一种，相思几许。辞藻飘逸，用笔含蓄，始终没有点明女子所愁究竟为何，甚至也未在词中点出“愁”字，只是萦绕全篇的一种朦胧情绪，如纱似影，捉捕不得，却又委实可感，是非常典型的婉约小词。

注

① 罗衣：香罗衫。

上阕主要写游春所见，融情于景。“南园春半踏青时，风和闻马嘶”，春光过半，算日子或清明将至。“半”字比较巧妙，曾有小故事说，乐观者见半杯水言“半满”，悲观者见半杯水以为“半空”，此处亦然，女子心中有事，虽游春赏景不能排遣，自然在仲春时节，也以为春日将尽，恐怕这一春又不能与心上人一同游玩了。断续闻得马匹嘶鸣，证明游人如织，结伴者不在少数，而女子却孤单一人，心头不免愁闷。更兼春日盛景，应有黄莺鸣啭、丝竹管弦、欢声笑语，然而词人独独写马嘶，这分明不是春日特有的声音，所以这一笔兴许有更多内涵。女子是不是由此想到了人马远去，从此天各一方的过往？还是如“过尽千帆皆不是”一般，在等一匹特别的马送来特别的人？无论如何，足见马嘶实为愁思。

“青梅如豆柳如眉，日长蝴蝶飞”，继续状景，“豆”表明青梅尚小，“眉”写出柳条正新。白日渐长，蝴蝶也不知从何处飞来，流连春光。摹写了一幅春日动景，文笔虽淡，但比喻精巧，动词的使用也充满灵气。上阕将春景叙述得越是美丽，便越能反衬下阕女子身在其中却不知味的愁闷。

过片由上文的动景转入静景描写，一种“热闹是他们的，我什么也没有”的感情，悄然浮现。“花露重”，表明天气仍是有些寒冷的，而那些在夕阳下熠熠闪光的露水，在女子眼中不是流光溢彩，反而只显沉重，可见是心事沉沉，移情所致。“草烟低”写出一种迷蒙之感，像是女子对自己的未来，对思念中的人儿都无从知晓而产生的低迷情绪。“低”指萋萋芳草，也指女子心情。“人家帘幕垂”，别人家的帘幕已经低垂，不知那幕帐之中，是两个人的举案齐眉，还是一个人的孤灯枯坐？

“秋千慵困解罗衣，画堂双燕归”，女子在自己的院前荡罢秋千，却也未能笑声盈盈，玩耍之后仿佛更觉无趣——“慵困”。上阕言“日长蝴蝶飞”，是多么有生机动感的一幅画，然而女子在“日长”的时光里，却是欢乐无觉，厌倦有加。既然如此，不如解衣早睡，然而心力交瘁的女子，此时却又见双燕归画堂，再次被戳中痛处，心中波澜又起，正是“树欲静，而风不止”。

韩 缜

（1019—1097）

字玉汝，韩绛、韩维之弟，谥号庄敏，封司空崇国公。庆历二年进士，英宗时期任淮南转运使，神宗时期累官知枢密院事，哲宗时期官拜尚书右仆射，兼中书侍郎，出知颍昌府，终以太子太保致仕。传记见于《宋史》《东都事略》，存词一首，收录于《全宋词》，咏芳草抒别情，盛传一时。

凤箫吟

锁离愁、连绵无际，来时陌上初熏①。绣帏②人念远，暗垂珠露，泣送征轮。长行长在眼，更重重、远水孤云。但望极楼高，尽日目断王孙③。

销魂。池塘别后，曾行处、绿妒轻裙。恁时④携素手，乱花飞絮里，缓步香茵。朱颜空自改，向年年、芳意长新。遍绿野，喜游醉眼，莫负青春。

【词译】

夏草正茂，如烟如云延绵无边，两人的离愁便氤氲其中，想与游子重逢时

注

① 熏：同“薰”，指散发的香气。

② 绣帏：绣房、闺阁。

③ 王孙：指征人、远游人。

④ 恁时：即那时、彼时。

也不过是春草初熏，转眼又是分离日。她暗自垂泪，望着他渐行渐远的车骑，久久不肯离去，直至他的身影消逝天边，却又想着此去经年，群山重重，远水孤云要何处去寻？他日登高望远，一日日也只空余斜晖只影。

别后销魂无数，想当初他们携手同游，她青春的罗裙连芳草都嫉妒。他们漫步飞絮乱红中，走过如茵香草，恨不能将时间停住。而如今朱颜辞镜花辞树，竟换她羡草，一年一年春风吹又生，恒昌如新。人啊，不比草木，尚有无数来年。所以务必趁青春，遍游绿野，忘情嬉戏畅饮。

【评析】

据叶梦得《石林诗话》载，这首词乃因元丰初年，夏人来议地界，朝廷派韩缜担任大使出行，由此韩缜不得不与爱妾刘氏分离，因而作词留别。沈雄《古今词话》亦云："韩缜有爱姬能词，韩奉使时，姬作《蝶恋花》送之云：'香作风光浓着露，正恁双栖，又遣分飞去。密诉东君应不许，泪波一洒奴衷素。'神宗知之，遣使送行。……莫测中旨何自而出，后乃知姬人别曲传入内廷也。韩亦有《凤箫吟》词，咏芳草以留别。"

"锁离愁、连绵无际"，开篇点题，述说离愁，以芳草喻离情，贯穿全篇，却又不着一个"草"字。"来时陌上初熏"，化用江淹《别赋》句，"闺中风暖，陌上草熏"。游子来去匆匆引得那"绣帏人"感伤无限，更兼"暗垂珠露，泣送征轮"。春草泣露人垂泪，人与物似乎心心相通一般，都因游子的离开而涕泪涟涟。起兴作比，文思巧妙。化用王维诗句"挥泪逐前侣，含凄动征轮"而不着痕迹。

"长行长在眼，更重重、远水孤云"，写游子在"绣帏人"的视野中渐行渐远，不见其身影后，闺中人仍是恋恋不舍，甚而想象着她看不见的远景，想象他一个人的山水征程，辽阔天地间他即是那一朵孤云。"但望极楼高，尽日目断王孙"，摹写征人远去后，思妇日日登高望远，却不见王孙，唯有芳草萋萋，而那远游人许比芳草更远。正是"王孙游兮不归，芳草生兮萋萋"。

过片宕开一笔，并未再写离愁，而是转入对往昔两人恩爱相游的回忆。"销魂。池塘别后，曾行处、绿妒轻裙"，今日的离别地，也是曾经的同行处，遥想当初她那般娇颜，一袭绿罗裙，连春草都羡妒不已。"恁时携素手，乱花飞絮里，缓步香茵”，详写携手同游时的景致，飞絮乱花满目，芳草熏香扑鼻。“轻裙”“素手”谓人美，“乱花”“飞絮”“香茵”谓景丽，正是天时地利人和的幸福曾经，叫人怀念不已。

“朱颜空自改，向年年、芳意长新”，这三句又将语意反说，前言草妒人，如今人羡草，怎不令人感慨万千。一个“空”字显出闺中人如今因孤单而韶华虚度，人无再少年，草却春风吹又生，感情收束于此，恰到好处，与上文联系紧密，一气呵成。最后三句“遍绿野，喜游醉眼，莫负青春”，乃是劝人之语，语意近似“劝君莫惜金缕衣，劝君惜取少年时。有花堪折直须折，莫待无花空折枝”。

全词咏草言情，妙在遣词造句的清丽自然，毫无矫饰之嫌。咏草不露草，却又句句含情，人物合一，细针密缝，难分彼此。

王 观

（1035—1100）

字通叟，自号逐客。宋仁宗嘉佑二年进士，历任大理寺丞、江都知县等。其仕途可谓成也文章，败也文章。曾因《扬州赋》为神宗赏识，后又以《扬州芍药谱》得到重用。直到一阕招来祸害的《清平乐》，获亵渎神宗之罪，从此罢黜，白衣余生，逐客的自号也由此而来。其词集《冠柳集》，取才高柳永之意，但最终不传。代表作《卜算子》《临江仙》等，皆有可圈可点之处，《碧鸡漫志》中评，"王逐客才豪，其新丽处与轻狂处，皆足惊人"。但总体成就并不足以与柳永齐名。《全宋词》辑其词十六首，《全宋词补辑》再补十二首，共存词二十八首。

卜算子

水是眼波横，山是眉峰聚。欲问行人去那边？眉眼盈盈[①]处。
才始[②]送春归，又送君归去。若到江南赶上春，千万和春住。

【词译】

远方山光水色，澄澈万里。波光粼粼的水面宛若美人秋波闪烁，青黛色的远山轮廓又仿如美人微蹙的柳眉。若问我亲爱的友人将去往何处，你且看那眉眼相交处，山水一色，脉脉不语，兀自美丽。

注

① 盈盈：美好的样子。

② 才始：方才。

不久前才送走了春姑娘，如今又要送友人离去，短短时日，竟全是离别景象。但我的朋友，假如你到了江南，还能赶上早前离去的春天的话，那这一次你可千万将她留住啊！

【评析】

本词题为“送鲍浩然之浙东”，根据词中“才始送春归”一句，可知是词人王观在暮春时节，送鲍浩然归浙东。据考此时王观自己实际上也是羁旅在外，他本是如皋人，即今天的江苏南通人。虽是送友人归乡，自己却有家不得归，但全词并未表现出断肠之痛，而是以一颗真心祝福自己的好友一路顺风，到了浙东之后更是要春风得意，生活顺遂。

开篇两句历来最受称道，一般常用水比喻女子的眼，如“眼波流转”“暗送秋波”“昔时横波目”“双眸剪秋水”等等，以此描绘出女子双目的有神与有情。美人的眉毛也常用山作比，如“眉色如望远山”“山眉犹学黛娥娇”“山眉淡碧月眉黄”等等，以此形容女子眉形的美丽与眉色的深邃。久而久之，甚至专有“水眼山眉”或“山眉水眼”一词，专门形容女子容貌姣好的样子。而本作中词人却反其道而行之，匠心独运，将江南山水比作美人眉目，不仅对仗工整，更赋予无情之物以款款深情，用作送别语，何其恰当。而一“横”一“聚”，显出词人对鲍浩然虽心有不舍，但仍努力克制的情感，仍愿欢声笑语相送，不留遗憾地祝福友人。所以这两句也有移情之用，但表达得非常含蓄委婉。

“欲问行人去那边”，一问点明这是送别的场景。“眉眼盈盈处”，紧承上文的眉目，暗示鲍浩然此去，是要回到江南水乡那秀丽的湖光山色中去，是“以眉眼盈盈之处来显示浙东山水的清秀”。这里还有一个解法是说，鲍浩然此行归乡可能是与爱人重逢，于是这里的“眉眼盈盈”便是暗指他美丽的恋人。

“才始送春归，又送君归去”，这两句直写别情，正是一波未平一波又起，伤春的心情尚未来得及收拾好，友人又要远去。词人虽不明言，但短时间内的两番离别，仍让他深感惆怅。以淡语叙事，而不嗔怨，恐反倒是为了友人着想，希望对方走得轻松洒脱。

“若到江南赶上春，千万和春住”，结尾二句也是巧妙地将过片两句中的“送春”与“送君”联系了起来，将一重又一重的送别情交织于一。既然春去了，友也去了，那么友人会不会追赶上先走一步的春天呢？这等奇思妙想，委实语意活泼，却又耐人寻味。词人叮嘱友人与春同住，一来自然地流露出惜春之情，二来也有深深的祝福之意，希望友人回浙东后生活如沐春风，或与爱人相守相伴不负大好春光。既然自己这里春光已逝，若朋友得幸，也能快慰词人的心。

纵观全词，一是以轻松的笔调写离情别绪，古往今来都比较少见；二是词人上阕的比喻，与下阕的叮嘱皆是别具一格、与众不同，因而使得全词妙趣横生，联想无穷。

苏 轼

（1037—1101）

字子瞻，别字和仲，号东坡居士。嘉祐二年进士，神宗时期，因反对王安石变法，自请出京，历任杭州、密州、徐州知州。后因乌台诗案入狱，出狱后被贬黄州。哲宗即位后东山再起，以礼部郎中还朝，累迁中书舍人、翰林学士知制诰等职。绍圣年间，重论讪谤罪状，远贬惠州、儋州。徽宗登基后，被调廉州安置、永州安置。直至元符三年大赦，复任朝奉郎，卒于北归途中的常州。苏轼是文学大家，诗文并举，然其对于词作的贡献更具有历史性、开创性意义，突破词为“艳科”“小道”的传统。词风开阔大气，词境蕴含哲理，别立一宗。存词三百余首，著有《东坡乐府》等卷。

水龙吟

似花还似非花，也无人惜从教[1]坠。抛家傍路，思量却是，无情有思。萦损柔肠，困酣娇眼，欲开还闭。梦随风万里，寻郎去处，又还被、莺呼起。

不恨此花飞尽，恨西园、落红难缀[2]。晓来雨过，遗踪何在？一池萍碎。春色三分，二分尘土[3]，一分流水。细看来，不是杨花，点点是离人泪。

注

① 从教：任凭。

② 缀：连接。

③ 尘土：陆龟蒙诗“人寿期满百，花开唯一春。其间风雨至，旦夕旋为尘”。

【词译】

“花非花，雾非雾，夜半来，天明去。来如春梦几多时？去似朝云无觅处。”

这似花非花的杨花，也总给人飘渺之感，兀自坠落，却素来无人怜悯。抛却旧枝，就这样零落路旁，看似无情，细想却又觉情思悠悠。细长的柳丝如被愁思折磨得消损了柔肠一般，新出的嫩叶又如困倦娇憨的柳眼一般，想睁开又不自觉地闭拢来。东风一来，杨花便和思妇的美梦一样，随风万里欲寻郎，末了又被黄莺的啼啭惊醒。

不怨杨花无情散尽，只怪西园中，百花凋落再难重缀。清晨的一场春雨过后，哪里还能见得杨花点点遗踪？唯有那些落入池中者，化作了零星浮萍。此时的杨花已作了三分，两分化作春泥，一分随了流水。细细看来，竟又不是杨花，而是离人泪。

【评析】

这首词作于元丰四年，彼时的苏轼被贬黄州。本词词序为“次韵章质夫杨花词”，次韵，即是作词唱和时，依照对方的原韵填词，连韵脚的次序也完全相同，又称“步韵”。章质夫是苏轼的同僚兼好友，曾作得一首《水龙吟》，词云：“燕忙莺懒芳残，正堤上杨花飘坠。轻飞乱舞，点画青林，全无才思。闲趁游丝，静临深院，日长门闭。傍珠帘散漫，垂垂欲下，依前被风扶起。兰帐玉人睡觉，怪青衣，雪沾琼缀。绣床渐满，香球无数，才圆却碎。时见蜂儿，仰黏轻粉，鱼吞池水。望章台路杳，金鞍游荡，有盈盈泪。”同年四月章质夫出为荆湖北路提点刑狱，苏轼在寄给友人的信中有言：“《柳花》词妙绝，使来者何以措词。本不敢继作，又思公正柳花飞时出巡按，坐想四子，闭门愁断，故写其意，次韵一首寄云，亦告以不示人也。”

王国维在《人间词话》中有评说，“咏物之词，自以东坡《水龙吟》最工”。全词上阕描写杨花似花非花、无情有思的神态，采用拟人的手法，神形兼备。咏物之作，贵在有所寄托。下阕借由柳絮飘落，抒发惜春之情，将杨花落与离人泪合二为一，令人拍案称绝。苏轼虽是豪放派的代表，但诸如本首《水龙吟》一类的婉约词，却也拿捏精妙，缠绵悱恻。

“似花还似非花”，梁元帝《咏阳云楼檐柳》云“杨柳非花树”，苏轼所说的似花非花也正是杨花，即柳絮。杨花星星点点，色淡无香，自然“也无人惜从教坠”。虽与百花一同迎春送春，却无人为它的开落一喜一悲。但词中人却别解风情，说“无人惜”的时候，他实际上已是在怜惜杨花，甚而在下阕中待到雨霁，还要去寻杨花的下落。

“抛家傍路”，承接上文的“坠”字，将杨花拟人，恍如无家可归者，流落道旁又乏人怜悯。“思量却是，无情有思”，反用韩愈《晚春》“杨花榆荚无才思，惟解漫天作雪飞”的句意，与杜甫《白丝行》“落絮游丝亦有情”同义。那么杨花如何有情的呢？正是“萦损柔肠，困酣娇眼，欲开还闭”。此三句人柳合一，运笔独到，想象丰富，情物相生。柳条若柔肠，人物共萦损；柳叶如娇眼，春情两相倦。“梦随风万里，寻郎去处，又还被、莺呼起”，化用金昌绪《春怨》，“打起黄莺儿，莫教枝上啼。啼时惊妾梦，不得到辽西”。描画出柳絮随风飘落，因风势起起伏伏，宛如思妇在梦中寻郎一般，无法自控，却含有深深柔情。

下阕词人以退为进，宕开一笔，欲说杨花先写百花，“不恨此花飞尽，恨西园、落红难缀”，虽不恨杨花落，而恨百花难缀，但实际上百花都是杨花的陪衬。以其惜落红之心，曲笔传达杨花飞尽的长恨。“晓来雨过，遗踪何在？一池萍碎。”不见花踪，虽已知定是被雨打风吹去，但仍想要寻觅，心中遗恨，见得一池浮萍碎，便道是柳絮化成。苏轼《再次韵曾仲锦荔支》诗云，“杨花着水为浮萍”，自注云：“飞絮落水中经宿即为浮萍。”虽此见与事实不符，但仍写出了杨花落水后的景象，着一“碎”字更加含情。

“春色三分，二分尘土，一分流水”，紧承上文，仍在诉说飞絮归宿。叶清臣《贺圣朝》云：“三分春色二分愁，更一分风雨。”而词人此处三分春色便是代指杨花，流水轻尘，伤感不已。“细看来，不是杨花，点点是离人泪。”因伤落泪，而那泪水竟就是杨花本身，虚虚实实，确乎巧妙，有如神来之笔。王国维曾云：“东坡杨花词，和韵而似原唱；章质夫词原唱而似和韵。”

卜算子

缺月挂疏桐，漏断[1]人初静。谁见幽人独往来，缥缈孤鸿影。

惊起却回头，有恨无人省[2]。拣尽寒枝不肯栖，寂寞沙洲[3]冷。

【词译】

残月无声无息地悬挂在梧桐树稀疏的枝头之上，更漏已尽，夜是如此的深沉、黑暗，白日里的人声鼎沸恍若虚幻。谁曾见到那幽居之人深夜独来独往的背影，恐怕也只有天上的孤鸿了，而他的身影竟也缥缈如孤鸿一般。

深林中的鸿雁突然受惊腾飞，却又回头一望，心有怨恨却无人知晓。飞，继续飞，飞遍黑黝黝的丛林，飞尽广袤的银地，挑遍了每一株清寒的枝丫，却无一肯将就。既然如此，不栖息也罢，它心甘情愿地在沙洲忍受寂寞清冷。

【评析】

本词词序为“黄州定惠院寓居作”，可见这首《卜算子》是词人被贬黄州后幽居所作。神宗元丰二年，苏轼突遭逮捕，身陷囹圄，险遭杀头。这场被称作“乌台诗案”的灾祸，源于熙宁年间，苏轼为官一任时，见王安石推行的新法在

注

① 漏断：意指深夜。

② 省：理解，明白。

③ 沙洲：江河中由泥沙淤积而成的陆地。

执行中扰民情况严重，词人便在给皇上的一封《湖州谢表》中有所提及，不料触怒新党，被指讪谤朝廷。后经部分同僚救援，死罪已免，活罪难逃，贬为黄州团练副使，本州安置，受当地官员监视。这首词作便是词人当时的自况，抒发孤芳自赏、不愿同流合污的志向。黄庭坚曾评之“语意高妙，似非吃烟火食人语”。

首二句“缺月挂疏桐，漏断人初静”状景，突出词人所处环境的凄清幽静，实际上也是词人内心的一个侧写。稀疏梧桐间的几许清辉，更漏滴尽后的人语不闻，寥寥几笔，为词人独来独往，渲染了孤寂境界。“谁见幽人独往来，缥缈孤鸿影”，“幽人”这里是词人自况，他于夜深人静时独来独往，无人知晓，唯有踪迹缥缈的孤鸿，与他一样，不知从何而来，也不知将往何处去，但却都是孤独身影。于是写到这里，孤鸿即幽人，幽人即孤鸿，下阕拟写孤鸿作态，也就有了双关之意。

“惊起却回头”，独行于夜、独行于世难免受惊，而一回首，现实中唯有单一黑影相随，记忆中也是疮痍景象，此等孤独恨心“无人省”。然而即便无人懂得，幽人或是孤鸿的志向却不愿更改。幽人于京城受惊不已，本做好了必死打算，然而勉强留下一命，却仍不愿随声附和，即便是在偏远的黄州，守着“寂寞沙洲”，冷亦冷得甘愿。良禽择木而栖，孤鸿拣尽寒枝，最终也露宿于荒野沙洲，独自度过漫长黑夜。词人以拟人的手法自喻，将心事托付给孤鸿，造成一种惺惺相惜之感。在这万籁俱静的深夜，两个孤独的身影仿佛因志向相投，而重叠了起来。如黄蓼园《蓼园词选》所评：“语语双关，格奇而语隽，斯为超诣神品。”

苏轼为人向来豪迈大气，一生仕途起起落落，东奔西走的年岁不在少数，甚至最终也是客死异乡。然而在挫折中的苏轼，人格一直是坚强伟大的，为官又极为有操守与自持，也正因为此，苏轼后来更是到了新旧两党皆不相容的地步，唯有词人心中与众不同的孤志、奇志，自始至终支撑他，以致得到人格的升华。

江城子

十年生死两茫茫，不思量，自难忘。千里孤坟，无处话凄凉。纵使相逢应不识，尘满面，鬓如霜。

夜来幽梦忽还乡，小轩[1]窗，正梳妆。相顾无言，惟有泪千行。料得年年肠断处，明月夜，短松[2]冈。

【词译】

十年之久的幽明相隔，思念也惘然，忘却也惘然。人间别久不成悲，对她已不会思之太切，不会刻意回忆、刻意想念。曾相濡以沫，到底难忘。她的坟茔远在千里之外，我心中的凄苦已无处诉说。可即便我能与她再相逢，恐怕她也认不出我来了。这些年四处奔波，早是满面尘土、发鬓如霜了。

一夜梦回故乡，只见她独坐在小轩窗前，默默对镜梳妆。我隔着窗柩与她相望，千言万语竟一时无言，双泪涟涟，模糊了视线。醒来后，想起她那座在明月之下的孤坟，矮松株株，正是年复一年的断肠所在。

【评析】

这首《江城子》词序为“乙卯正月二十日夜记梦”，即熙宁八年乙卯，四十岁的苏轼在密州任知州时所作，因其梦见已逝爱妻王氏而记之。苏轼的第一任妻子王弗，十六岁嫁与十九岁的苏轼，生子苏迈。婚后十一年，即治平二年五月丁

注

① 小轩：有窗槛的小屋。

② 短松：矮松。

亥病逝于汴京，得年二十七，追封通义郡君。同年甲午，殡于京城之西。次年六月壬午，迁葬于眉之东北彭山县安镇乡可龙里先君、先夫人墓之西北八步。

虽是记梦，但上阕却不多言梦，而是突出词人对亡妻的不断思念与深沉感情。起首一句，彼我两写，既然天人永隔，亡者自然不知词人的近况，而词人也再无从寻觅对方的踪迹，正是“十年生死两茫茫”。虽道“不思量”，却又记得清清楚楚已是十年之久。而“茫茫”语足见这十年时间，词人都未能完全走出妻子亡故的痛苦，如今想起，仿佛仍是觉得她死后岁月浑噩，世事纷扰不清。“自难忘”与“不思量”并举，看似矛盾，却委实情深。王弗死后三年，苏轼娶王弗堂妹王闰之为妻，此举不知是否正因“不思量，自难忘”而生，最终又成了“不思量，自难忘”的根源。词人不能时时刻刻因悲伤而荒废了人生、家庭、事业，但到底他续娶的是王弗的堂妹，她的一举一动、一颦一笑里究竟有没有那么一些些像她的堂姐？而今逢忌辰，词人放任自己的感情，一点点细细思量，既有断肠之痛，又“无处话凄凉”。

“千里孤坟”，是指词人身在密州，而亡妻王氏归葬的祖茔远在四川。两人的距离不仅隔了生死，既使是躯壳竟也有千里之远。想见无法见，已是切肤之痛，但词人更展开想象道，“纵使相逢应不识，尘满面，鬓如霜”。由此悲痛又深一层，因“茫茫”而不识，因词人“凄凉”而不识。表达了凶年间，词人对自己身世浮沉的喟叹，更兼人到中年，物是人非，满是辛酸。这十年间词人由少年英才，已落得如此境地，风风雨雨一路走来，恐怕就连曾经最亲近，现在最想念的人，都已不认得自己了吧。

下阕转入记梦，“夜来幽梦忽还乡”，“忽”字足见词人的出乎意料以及暗自欣喜之情，竟然意外地梦见过去两人举案齐眉、恩爱有加的地方。“小轩窗，正梳妆”，这是对梦中亡妻的描写，越是平淡普通，越是叫人怀念。正是“此情可待成追忆，只是当时已惘然”，又是“赌书消得泼茶香，当时只道是寻常”。还是那扇窗，还是那面镜，还是那个人……然而夫妻重逢，却没有呼天抢地，也没有絮絮叨叨，只是“相顾无言，惟有泪千行”。这里的无言，将只属于夫妻之间的心意相通写得淋漓尽致，词人无处可话的“凄凉”，一个眼神，她似乎全都明白了。他的“尘满面、鬓如霜”，她看在眼里，痛在心里，于是成了滚滚热泪。而亡妻仍和过去一模一样的举动，苏轼的怀念之情，也是超越于言辞之外的感动。所以，谁都开不了口，谁都不会开口，但谁也都止不住泪流。

“料得年年肠断处，明月夜，短松冈”，由梦境写回显现实，“欲知肠断处，明月照孤坟”。凄清的所在，年年岁岁，长恨不尽，乃陈后山所谓“有声当彻天，有泪当彻泉”。

蝶恋花

花褪[1]残红青杏小。燕子飞时，绿水人家绕。枝上柳绵[2]吹又少，天涯何处无芳草。

墙里秋千墙外道。墙外行人，墙里佳人笑。笑渐不闻声渐悄，多情却被无情恼。

【词译】

花期将尽，姹紫嫣红渐褪，杏树上结出了青涩的豆大果实。燕子双双飞过天空，一闪而过的身影倒映在碧绿的河流中，绕着村落的人家缓缓流动。东风一来，柳絮也纷纷辞了旧枝，散落天涯，但不要忧愁不要伤怀，天涯之大，哪里又没有芳草漫山呢?

墙里秋千摇荡，墙外行人偶然路过，墙里佳人裙摆飘荡，欢声笑语传入行人耳中。这多情人竟放缓了脚步，嘴角也不自觉上扬。然而很快，笑声便渐渐悄然，行人若有所失，更加挪不动步了，仿佛自己因墙里人的无情而受到了伤害。

注

① 花褪：花色衰败。褪，脱去。

② 柳绵：即柳絮。韩偓诗：“往年同在莺桥上，见依朱阑咏柳绵。”

【评析】

这首《蝶恋花》词题为“春景”，但具体作于哪一年春末夏初时节无法可考，但凭《全宋词》收录的顺序推断，可能作于苏轼被贬密州期间。本作用词清新，所描绘的一场“单相思”的偶遇也十分清丽，甚至有些让人啼笑皆非，但又寓庄于谐，蕴含着独特的人生哲理。

“花褪残红青杏小”一句，开篇点明时节切题，正是暮春景色，百花都在逐渐枯萎，象征着春的浓墨重彩已逐渐淡去，“花褪残红”四字已有伤春之意。但苏轼生性大气，最终又没有落于普通的凄凉伤春意，“青杏小”三字立刻又写出了初夏已经到来，一衰一胜，乃是天地循环的常理所在，苏轼由此超脱出了一般文士的伤春悲秋。

“燕子飞时，绿水人家绕”，此二句点明所写的环境与地点。既然心情不为“花褪残红”所困，词人便将视野投向了更广阔的天地，但见燕子在空中匆匆飞过，绿水绕舍而走。苏轼的旷达，让悲悲戚戚的伤春与心安理得的赏美可以并举，从容自在。在紧凑的写景伤怀之中，融入一丝疏淡清朗，非达观者不能为之。在写作技巧上，也为下文的“墙里墙外”埋下伏笔，绿水所围绕的人家，多半就是一墙之隔的秋千佳人。

“枝上柳绵吹又少”这与首句“花褪残红”实际上是差不多的表义。欲扬先抑，柳绵被东风吹去，化作尘土，本来也和落红类似，是伤春的典型意象，而且还着一“又”字，可见此情此景也不是头一次勾起词人的心事了。“天涯何处无芳草”化用屈原《离骚》，“何所独无芳草兮，尔何怀乎故宇”。句义上承了“青杏小”之意，避免了重复，但词情真挚，词理深刻，历来是最为人称道的一句。百花残，自然芳草盛，天涯宇内怎可能寻不得一方好景？如此，上阕虽有感伤，却又达观，美好的逝去，并未带走词人追求美好的心性。

下阕由景及人，春色将尽，那么人呢？“墙里秋千墙外道，墙外行人，墙里佳人笑”，足见“绿水人家”仍是充满生气和欢快的。在写作手法上，构思也很巧妙，故意将佳人的妩媚活泼隐去，而让读者和行人一样，凭借着爽朗的笑声去想象墙内佳人的容颜红妆、衣饰打扮。从而也更写出佳人绝非一般的倾国倾城，仅凭笑声便可攫住行人的心，让他停下了脚步，不能自已。小词因篇幅所限，比较忌讳用词重复，但这里“墙里”“墙外”的运用，反而读起来朗朗上口，错落有致，有“大珠小珠落玉盘”之感。

“笑渐不闻声渐悄，多情却被无情恼”，行人因笑声而忘记了赶路，可佳人却像是不解风情一般，偏偏收敛了起来，以至于行人竟有懊恼之意，情感真挚又不轻浮。这仿佛就成了行人一厢情愿的一场闹剧，无端多情，又无端失恋一般。可以想象，笑声终止后，周遭寂静下来时，行人的怅然若失，以及内里包含的矛盾、错综复杂的感情。

上下两阕看似关系不大，一写春景，一写“多情却被无情恼”。但实际上佳人的淡漠收敛，正若一期一会的春景一般，都是不太容易留住的事物。人的一生中要遇见的“无情”之物，太多太多，怀才不遇、报国无门、相爱难相守等，而世人或以物喜，或以己悲，总归常是在不知不觉间就做了令人忍俊的“墙外行人”。俞陛云曾言，“絮飞花落，每易伤春，此独作旷达语。下阕墙内外之人，干卿底事，殆偶闻秋千笑语，发此妙想，多情而实无情，是色是空，公其有悟耶”，或可一思。

浣溪沙

细雨斜风作晓寒，淡烟疏柳媚[①]晴滩[②]。入淮清洛[③]渐漫漫[④]。

注

① 媚：此处是使动用法，使河滩显得美好动人之意。

② 滩：指南山近的十里滩。

③ 洛：指今安徽洛涧，源出合肥，北流至怀远入淮河，泗州在淮河北岸。

④ 漫漫：水势浩渺貌。

雪沫乳花[①]浮午盏[②]，蓼茸[③]蒿笋[④]试春盘[⑤]。人间有味是清欢。

【词译】

细雨斜风的早晨仍是有一丝丝清冷，山间的空气更显稀薄清新。远望山下河滩，淡烟疏柳在天空放晴后，自有一番妩媚。清澈的洛水缓缓北去，汇入水势浩大的淮河，仿佛尚能听见江水滔滔的声响。

午间，与友人一道品茗，茶色乳白，泛着浮泡些许，最为上乘。新嫩的蓼菜与蒿笋，盛放于应景应时的春盘之内。繁华世间，尝遍山珍海味，历经风雨飘摇，最有味的还属今日这样清淡的欢愉。

【评析】

这首《浣溪沙》的词序为"元丰七年十二月二十四日，从泗州刘倩叔游南山"。即元丰七年，苏轼离开黄州，奉旨赴汝州就任，途径泗州，与友人刘倩叔一同游赏南山所作。刘倩叔到底何许人也，今难考据，但所游览的南山，据考位于泗州东南，米芾曾称之为淮北第一山。

"细雨斜风"四字见于韦庄诗《题貂黄岭军官》："斜风细雨江亭上，尽日凭栏忆楚乡。"可见词人一行游山当日的天气一开始并不十分理想，残冬腊月，风雨兼备，但到底词人并不大在意，只道是"作晓寒"，反正是晨间有些冷罢了，并未影响游兴。也不知是不是受词人旷达的影响，渐渐也就雨停风驻了，"淡烟疏柳媚晴滩"，一个"晴"字，既是天气的变化，也形容淡烟疏柳中逐日萌发的

注

① 雪沫乳花：指煎茶时上浮的白色泡沫。

② 午盏：午间喝茶。

③ 蓼茸：蓼菜的嫩芽。

④ 蒿笋：莴苣笋。

⑤ 春盘：唐代以来风俗，立春日用春饼、生菜等装盘，馈赠亲友，称春盘。

生机。毕竟冬将尽，春天也不会远了。“媚”字也有融情于景的意味在里面，一说杨柳堆烟的妩媚美好，一说词人心中的欣喜之情，可见豁然开朗的不只天气。“入淮清洛渐漫漫”，清浅的洛水在渐行渐远的北方，汇入滚着黄沙的淮河。然而此句应为词人虚写之景，虽是登高望远，但洛水的源头远在合肥，流入淮河处却在怀远，到底距离太远，非目所能及。词人以此结尾，有苍茫浩大之感，兼用“漫漫”二字，若有滚滚水声入耳，寄兴深远。

下阕从写游览所见之景，转入游览所行之事，与友人喝茶闲谈，食用合乎时节的新鲜时蔬，两两呼应，既淡泊又有几分清高之意，确是清欢。“雪沫乳花”，以“雪”“乳”形容茶汤的颜色，既是夸张手笔，又写出茶的美好，似雪如乳。苏轼另有题为“茶词”的《西江月》云，“龙焙今年绝品，谷帘自古珍泉。雪芽双井散神仙。苗裔来从北苑。汤发云腴酽白，盏浮花乳轻圆。人间谁敢更争妍。斗取红窗粉面”。不仅可看出词人对茶道的精通，也能从“汤发”二句知晓，彼时宋人的茶道是以茶色白为贵。好茶配好菜，“蓼茸蒿笋试春盘”，好不惬意自在。春盘本是立春日使用的什物，现先暂用，所以是“试”春盘。同时也突出词人一行的心情高亢，对春天的殷切期盼，在腊月便先于世人一步，早早嗅到了春的气息。

“人间有味是清欢”，末句广为流传，在近乎白话的文辞中，蕴含了词人不俗的审美意趣与清旷的人生态度。人间之味，这是一个极具哲理性的命题，苏轼的词作中总是不乏这样的词句，这兴许是词人受禅宗影响的缘故。“清欢”，似有细水长流之意，是词人看破了盛极必衰这样的命运定律后的感悟。清欢，不狂不贪，或许是人生最易得的，最容易忽视的，但到底竟是最有味的快乐。

永遇乐

明月如霜，好风如水，清景无限。曲港跳鱼，圆荷泻露，寂寞无人见。紞[①]如[②]三鼓，铿然[③]一叶，黯黯梦云[④]惊断。夜茫茫，重寻无处，觉来小园行遍。

天涯倦客，山中归路，望断故园心眼[⑤]。燕子楼空，佳人何在，空锁楼中燕。古今如梦，何曾梦觉，但有旧欢新怨。异时对，黄楼[⑥]夜景，为余浩叹。

【词译】

月光皎洁，如霜似雪，夜风像水一般清冷，良辰美景，莫过于此。弯弯曲曲的溪流中，白鱼出水，在半空中划出一道银色的弧线。圆润的荷叶上，盈满露珠，随风摇曳下落，只可惜夜深人静，这样的美景只能孤芳自赏。三更的鼓声远远传来，鼓尽叶坠，掷地有声，竟能惊断美梦。醒来后，唯有夜色苍茫，行遍小园也美景难寻，一切都消逝了，除了无措的心绪。

终年在外的游子早已倦怠，望着山中的归路，身不由己，思乡断肠。燕子楼已空空荡荡，盼盼何在？空有双燕仍留恋画堂罢了。古今无别，春秋从来一

注

① 紞：击鼓声。

② 如：然也。《晋书·邓攸传》，“紞如打五鼓，鸡鸣天欲曙”。

③ 铿然：原指清越的金石之音。

④ 梦云：用典楚王夜梦神女朝云。此处以云喻盼盼。

⑤ 心眼：心愿。

⑥ 黄楼：在彭城东门，苏轼任徐州知州时建造。

场大梦。但真能从梦中醒来者，古往今来，又有几人？只有难以释怀的恩恩怨怨，永远缠身。想必后世也会有人，面对着这黄楼夜景，为我长叹吧。

【评析】

本词词序为“彭城夜宿燕子楼，梦盼盼，因作此词”。燕子楼，据传乃唐人张建封为其爱妾盼盼所建。白居易在《燕子楼三首》诗序中云：“徐州故张尚书有爱妓曰盼盼，善歌舞，雅多风态。余为校书郎时，游徐、泗间。张尚书宴余，酒酣，出盼盼以佐欢，欢甚。余因赠诗云：‘醉娇胜不得，风袅牡丹花。’一欢而去，尔后绝不相闻，追兹仅一纪矣……累年，颇知盼盼始末，云：‘尚书既殁，归葬东洛，而彭城有张氏旧第，第中有小楼名燕子。盼盼念旧爱而不嫁，居是楼十余年，幽独块然，于今尚在。’余爱绘之新咏，感彭城旧游，因同其题，作三绝句。”白居易于贞元二十年始任校书郎，而张建封卒于贞元十六年，所以此序中所提及的“张尚书”实际上是张建封的儿子张愔，张愔曾任检校工部尚书，后又征为兵部尚书，虽未就任即逝世，但其情况与诗序相合。

而由苏轼的词序可知，这首词大概是作于元丰元年，苏轼出任徐州知州，乃是记梦之作。但王文诰在《苏文忠公诗编注集成总案》中对此有所怀疑，云：“戊午十月，梦登燕子楼，翌日往寻其地作。”郑文焯更以词序不可信，或非苏轼所注，其于《手批东坡乐府》中言，“燕子楼未必可宿，盼盼何必入梦？东坡居士断不作此痴人说梦之题”。但不论苏轼究竟有没有夜宿燕子楼，有没有真的梦见盼盼，其借盼盼守节，托言自己身世的这首《永遇乐》，仍是别有深意的佳作。

开篇先写燕子楼前小园内的夜景，“明月如霜，好风如水，清景无限”，两个巧妙的比喻，勾勒出一幅清远的秋夜寂景。前三句全收束于一个“清”字上，月色银辉是清，夜风和煦是清，最重要的是词人的心境宁静清爽。“曲港跳鱼，圆荷泻露，寂寞无人见”，由静景转入动景，笔触也由大处渲染，变为细细描摹，鱼跃露泻，皆是细节特写。这三句最终收束于“寂寞”，照应上文的“清景”。因无人观赏而兀自清丽，却也因无人观赏而徒形寂寞。但以上种种实际上都是梦中所见，次写梦觉，“纨如三鼓，铿然一叶，黯黯梦云惊断”，三更鼓破云穿雾而来，一片落叶也足以扰人清梦。一写夜的幽静至极，二写词人醒后的怅然若失。由此甚至想要“重寻”失却的美梦，怎奈“夜茫茫”，“小园行遍”

也无处可寻。明月、好风、跳鱼、圆荷，通通不见，词人一时间也陷入了留恋与执着。然而梦终成空的失落，似乎也寄予了词人以启迪，所以下阕自然转入醒后所感的描写，语境也为之一换，颇为超然。

“天涯倦客，山中归路，望断故园心眼”，此三句化用杜甫诗句，“天畔登楼眼，随春入故园”。天涯羁旅，词人已厌倦了为客他乡的日子，以至于哪怕只是望着山中归路，也能勾起浓浓的思乡之情。料想当年，盼盼也是客死他乡，相似的经历似乎触发了词人的心中隐痛，丝毫不在意盼盼的名妓身份，追忆也不落于礼教，只是真挚地感到二人有颇多相似之处，“同是天涯沦落人”。心意相通之后，又自然而然地替曾经的佳人感到惋惜，“燕子楼空，佳人何在，空锁楼中燕”。这其中当然也包含词人的自况，一代佳人如今芳踪难觅，那么词人这个“天涯倦客”将来的归宿又在哪里？而词人的思绪并未就此终止，抚今追昔，由盼盼想到自己，更由自身想到普罗大众，谁又不是如此？谁又能彻底超脱于人生的浮沉起落之外？于是才有了“古今如梦，何曾梦觉，但有旧欢新怨”的哲思。其脱胎于《庄子·齐物论》：“方其梦也，不知其梦也，梦之中又占其梦焉，觉而后知其梦也。且有大觉而后知此其大梦也，而愚者自以为觉。”《金刚经》亦有偈语，“一切有为法，如梦幻泡影，如露亦如电，应作如是观”。苏轼的这番思考，使得全词具有了醒世之力，意味深藏。

“异时对，黄楼夜景，为余浩叹。”煞拍词人再次将思考的舞台放回历史的洪涛中去，由燕子楼想到黄楼，由自己浩叹盼盼，想到今后世人许也将为他浩叹，一种沧桑感油然而生，仿佛历史也是梦，而且是一场不断重复的大梦。此等禅意玄思出手不凡，隐藏着淡淡的归隐解脱之意，发人深思。

晏几道

（1038—1110）

字叔原，号小山，汉族，抚州临川人，晏殊第七子。生于钟鸣鼎食之家，然而晚年家道中落，沦为落魄贵族。晏几道性情孤傲，纵衣食堪忧，亦不践贵人之门。擅小令，工言情，词风与其父晏殊相近，然韵味各异。有《小山词》传世，存词二百六十首。黄庭坚为之作序，序中总结了晏几道一生四大痴绝之处：“仕宦连蹇，而不能一傍贵人之门，是一痴也；论文自有体，不肯作一新进士语，此又一痴也；费资千百万，家人寒饥，而面有孺子之色，此又一痴也；人百负之而不恨，己信人，终不疑其欺己，此又一痴也 。”

临江仙

梦后楼台高锁，酒醒帘幕低垂。去年春恨却来[①]时，落花人独立，微雨燕双飞。

记得小蘋[②]初见，两重心字罗衣。琵琶弦上说相思，当时明月在，曾照彩云[③]归。

【词译】

推开楼台之上那扇紧锁的朱门，一切逝去的色彩便都回来了，像涨潮的海

注

① 却来：又来，再次涌上心头。

② 小蘋：歌女名。

③ 彩云：比喻佳人，这里指小蘋。

水一般，像攀缘的藤蔓一般，沿着金丝楠木的桌脚，顺着缀满银珠的帘帐，将记忆还原，在很久很久之后，想念很久以前的记忆。

她仍穿着初见时的那件心字罗衣，抚弄着琵琶，弹着唱着绕指柔似的相思曲。她说她名唤小蘋，而我当时怎么也没想到，这两个字竟让我记了一辈子。想起去年春恨时，细雨打落红花，纷纷扬扬，寂寂寥寥。燕儿双双，就从我的头顶上低低地飞过，仿佛只要一伸手就能碰到它们的羽翼。我扬起手，扬起，又尴尬地放下，不是想触摸飞燕，而是想要指给她看，看那对幸福的神仙眷侣。这同当年一模一样的明月，总带给我她会像彩云般归来的错觉。

【评析】

晏几道在《小山词·自跋》中有言："始时沈十二廉叔、陈十君龙家有莲、鸿、苹、云，品清讴娱客。每得一解，即以草授诸儿，吾三人持酒听之，为一笑乐。已而君龙疾废卧家，廉叔下世，昔之狂篇醉句，遂与两家歌儿酒使，俱流转人间。"可见本词中提及的"小蘋"，便是晏几道当年相好的歌女之一。晏几道每填一词，便交付歌女们作曲演唱，三位友人便吃酒而听，且闻且乐。可惜世事难料，沈君早早过世，陈君又抱病不起，总归月暗星散。晏几道填词与这四位歌女关系深厚，如其《破阵子》，"记得春楼当日事，写向红窗夜月前。凭谁寄小莲"；《虞美人》"年年衣袖年年泪，总为今朝意。问谁同是忆花人，赚得小鸿眉黛，也低颦"；换之小云则是"双星旧约年年在，笑尽人情改。有期无定是无期，说与小云新恨，也低眉"。

起首两句"梦后楼台高锁，酒醒帘幕低垂"，采用互文的手法，写出词人所处环境的凄凉孤寂。而"梦后""酒醒"又赋予孤寂以迷离之感，朦朦胧胧，如晏殊《踏莎行》里的一句"一场秋梦酒醒时"。如今的"楼台高锁""帘幕低垂"，又暗示着曾经这里一度歌舞升平，而词人在这里享受过才子佳人的快慰。两相比较，如何不恨？"去年春恨却来时"，这一句承上启下，点明时间，下文回忆中的出现的"记得""当时""曾照"等词便不会无从说起。

而另一方面，虽说写的是去年春恨之景之情，但分离后的苦楚，年复一年，这般春恨便也就没了完尽。

"落花人独立，微雨燕双飞"，这两句谭献《谭评词辨》卷一评为："名句千古，不能有二。”但实际上这两句是摘自五代诗人翁宏的《春残》，“又是春残也，如何出翠帏？落花人独立，微雨燕双飞”。为何同样的两句，直到晏几道的这首《临江仙》才广为流传呢？究其原因之一，倒也与晏殊《浣溪沙》里的“无可奈何花落去，似曾相识燕归来”有些雷同，诗与词韵律不同，在言志与言情的侧重上也有所不同，所以即便是同一句，作诗与作词，也有用意至与不至的差别。“落花”“微雨”都在写春末的恼人之处，春意阑珊。“人独立”与“燕双飞”的反差，更叫人销魂。形单影只便足以令人心生寂寥，更复双飞燕，在寂寥上又添相思，总会想到现下最希望与之相伴的人。当然，用“双燕”这一意象来反衬人的孤独落寞，在古诗词中确是很常见的对比手法。晏几道自己就写过不少诸如此类的句子，如《踏莎行》“别来双燕又西飞，无端不寄相思字”，《喜团圆》“眠思梦想，不如双燕，得到兰房”。

下片提笔回忆，“记得小蘋初见，两重心字罗衣，琵琶弦上说相思”。杨慎《词品》卷二云：“所谓心字香者，以香末萦篆成心字也。‘心字罗衣’则谓心字香熏之尔。或谓女人衣曲领如心字，又与此别。”这里的“心字罗衣”到底是前者还是后者仍莫衷一是，但词人通过这个物象委实传达出了两人心心相印的感情。至于琵琶上的相思曲，一边显示出小蘋色艺双馨，一边也表达了两人心有灵犀一点通的默契。末句“当时明月在，曾照彩云归”，化用李白《宫中行乐词》中的“只愁歌舞散，化作彩云飞”。这个“彩云”的意象多少有些容易轻散的味道，所以即便是归也归得如梦似幻，并不真切，空余一种凄美的感觉。陈廷焯在《白雨斋词话》中评末句为“既闲婉，又沉着，当时更无敌手”。

蝶恋花

醉别西楼[①]醒不记，春梦秋云[②]，聚散真容易。斜月半窗还

注

① 西楼：指欢宴相聚之所。

② 春梦秋云：比喻昙花一现、无可寻觅的事物，此处系人生聚散无常之叹。

少睡，画屏闲展[①]吴山翠。

衣上酒痕诗里字，点点行行，总是凄凉意。红烛自怜无好计，夜寒空替人垂泪。

【词译】

何事云轻散？何处重相见？

人生，总是聚少离多。相聚仿若易醒的春梦，一醉一别，再难重现。而相离却似秋日的浮云，一转眼便了无踪迹。可惜并不是明白了这个道理，人就能从无可奈何的聚散苦楚中脱离出来，否则为何今夜我仍旧难以入眠，只能呆望着画屏之上吴山的青翠苍健。

昨夜于西楼醉别的情景，我已然记不真切，陈酒带走了我的记忆、我的时间，却独留下了凄凉的情意。衣服上的斑斑酒痕，宴席上的行行诗文，都是雪泥鸿爪。无眠的深夜，一盏红烛顾影自怜又无计可施，只能替人垂泪到天明……

【评析】

正如晏几道在《小山词·自跋》中所写的那样，“追惟往昔过从饮酒之人，或垅木已长，或病不偶，考其篇中所记，悲欢合离之事，如幻如电，如昨梦前尘，但能掩卷抚然，感光阴之易迁，叹境缘之无实也”。这首《蝶恋花》便充分体现了晏几道思想中如幻如电的人生观，抚今追昔，浑如一梦。

上片破空而出，直感叹人生无常，聚散都没有定数。首句“醉别西楼醒不记”，写昨夜于西楼欢聚畅饮，醒来后却浑然不记得最后分别的场景了。可见词人醉酒之深，也暗含着内心的痛苦，仿佛若不在分别到来前喝醉，便无法面对最终那分道扬镳的场景。“醒不记”，可能是不想记得，毕竟依依相别的情景，即便记得一清二楚，也莫过于平添忧愁。

“春梦秋云，聚散真容易”，这一句与晏殊《木兰花》中的“长于春梦几多

注

① 闲展：悠然地展示。

时，散似秋云无觅处”和白居易《花非花》中的“来如春梦不多时，去似秋云无觅处”，皆有异曲同工之妙。“梦”与“云”都是毫无稳定性的意象，用来比喻聚散无常委实切合。而此处提及的聚散乃是偏义复词，取“散”的意思。“醉别”一句看起来是写一次具体的聚散，但词人由之而生的感慨却是更广阔的。毕竟晏几道一生也历经大起大落，人生如露亦如电的感慨，绝非空穴来风。

“斜月半窗还少睡，画屏闲展吴山翠”，这两句由抽象的感慨，转为眼前的实景，写出怀着如此喟叹的词人，此刻究竟是何种状态，而同时又以此加深前面的聚散之叹。无眠之夜，借着红烛的微光，毫无目的地呆看画屏上青翠的吴山景色。可惜人生不是画，不可能永远翠绿，永不变更。

下片“衣上酒痕诗里字，点点行行，总是凄凉意”，写原本因醉酒而记不真切的筵席，因为这些属于过去的证据的存在，记忆又被拉扯了出来，点点滴滴地摊在眼前，怎不凄凉？自以为忘却了的，或者想忘却的，在毫无防备的情况下猛地苏醒，即便是美酒佳酿，即便是欢娱诗词，如今也只能倍增苦涩罢了。最后两句化用杜牧《赠别》中的诗句，“蜡烛有心还惜别，替人垂泪到天明”，但在本词中晏几道的“自怜无好计”显然更胜一筹。末句承接“凄凉意”，将其渲染，以拟人化的红烛来替词人堕泪，无计可施的愁与垂泪天明的哀，都由此处别出心裁地写至极致。

鹧鸪天

彩袖[1]殷勤捧玉钟[2]，当年拚却[3]醉颜红。舞低杨柳楼心月，

注

① 彩袖：代指身着彩衣的歌女。

② 捧玉钟：指劝酒。玉钟，指珍贵的酒杯，是一种美称。

③ 拚却：甘愿、任凭、不顾惜之意，却是语气助词。

歌尽桃花扇[①]底风。

从别后，忆相逢，几回魂梦与君同[②]。今宵剩[③]把银釭[④]照，犹恐相逢是梦中。

【词译】

从别后，江湖浩漫，唯有魂梦才能跋山涉水地飞至你身侧。无数次，无数次地将梦中的相会信以为真，毕竟那些梦境仿佛盗取了我的记忆一般，一颦一笑，真真切切。当年你身着彩衣，酥手捧玉钟，声声劝酒，朱唇若蕊。而我又怎忍拒绝，只心甘情愿地满饮一杯杯清酒，让我的面颊也染上你的唇色。那醉人的红，叫我怀念至今。你跳舞，跳至通宵达旦；你歌唱，歌至筋疲力竭。仿佛早知人生好景不长一般，要在一夜之间，耗尽一生一世的欢愉恩情。当年低垂柳梢的明月，停驻扇底的清风，都明了你我的款款深情。

一朝别离，曾经的一切都成为了我无法醒来的梦，我一度已放弃能与你再会的祈祷。而今宵这银灯之下，与我执手相看的你，究竟是不是梦？真也好，假也罢，只愿这夜灯不灭。

【评析】

这首《鹧鸪天》毫无疑问当属《小山词》中的名篇之一，讲述晏几道与一位歌女偶然的久别重逢。沈廉书逝世，陈君龙抱病以前，晏几道过着标准的纨绔子弟生活，衣食无忧，莺歌燕舞。但晏几道虽出身官宦世家，怎奈为人不知世故、性情疏放，在仕途上并无太大作为。加之其父晏殊亡故于仁宗至和二年，在此之后欧阳修

注

① 桃花扇：歌女的道具，扇面绘有桃花，唱歌时刻用于掩口轻挥，张先《师师令》云“不须回扇障清歌”。

② 同：相聚。

③ 剩：只管，尽情。

④ 银釭：银灯，银质的灯台。

又因反对新政逐渐失利，病故于熙宁五年。至此，晏几道可以依靠的政治背景几乎全盘倒塌，其生活境况自然也日益恶化。于是《小山词》中多有同这首《鹧鸪天》类似的今昔对比之作，与晏殊的富贵闲愁不同，晏几道词中的失意哀愁确为深重。

上片回忆当年，“彩袖殷勤捧玉钟。当年拚却醉颜红。舞低杨柳楼心月，歌尽桃花扇底风”四句，首先可以看出词人与这位歌女的情谊深厚，一个为了红颜不惜豪饮买醉，“拚却”二字足见其心之甘愿。而另一个亦为取悦才子不惜通宵歌舞，“殷勤”二字也可见其劝酒之诚笃。其次上片也显示出词人曾经生活之富贵奢华，如赵令时《侯鲭录》卷七所载，“叔原不蹈袭人语，而风调闲雅，自是一家。如‘舞低杨柳楼心月，歌尽桃花扇底风’，自可知此人不生在三家村中也”。正若人评曹雪芹《石头记》第十八回《荣国府归省庆元宵》一章，“画出内家风范，石头记最难之处，别书中摸不着”。若非曹家曾盛极一时，甚至于在康熙南巡之时接驾，又如何有这“内家风范”？

当然“舞低杨柳楼心月，歌尽桃花扇底风”这两句最为人赞赏，也实至名归。结构上对仗工整，音律灵动；内容上不仅择字精美，更采用夸张的手法，描写歌舞升平的时间之长久，更突显当时之热闹非凡，由此即便不多费笔墨刻画今日之萧条，也能产生今非昔比的强烈对比。“舞低”“歌尽”赋予画面动作感，再加之月升月落的外景与微微摇曳的桃花扇，令人浮想不尽。恰若韩愈所言，“欢愉之辞难工，而穷苦之言易好”，晏几道此笔委实独一无二。

下片既言相思之苦，也道重逢之喜。“从别后，忆相逢。几回魂梦与君同”，此句写词人对歌女的魂牵梦绕，与上文的温情欢乐形成对比，也为下文的疑真为梦做铺垫，有承上启下之用。正因往昔只能盼着夜夜梦中相逢，今宵才会害怕这相逢是梦，将久别重逢的乍惊乍喜之情，写得淋漓尽致。“今宵剩把银釭照，犹恐相逢是梦中”，化用杜甫《羌村》中的两句“夜阑更秉烛，相对如梦寐”。日有所思夜有所梦，好不容易梦中再会，一醒来便落得只见一盏孤灯，多少个夜，词人便是在这样的煎熬中度过。而今宵梦中人的身影，终于没有消失在银灯之下，怎不叫人难以置信，以致需要一次次地秉烛相看。此行此状，可想用情之深，相思之苦。

纵观全词，词人为写重逢之又惊又喜颇费了好些文思，先从回忆入手，再转入相思，最后才落于重逢的主题。比之直接描绘重逢的场景，这样的回环曲折，读之更为撩拨人心，其中深深浅浅的欢喜与苦涩，委实动人。

鹧鸪天

醉拍春衫惜旧香①。天将离恨恼疏狂②。年年陌上生秋草，日日楼中到夕阳。

云渺渺，水茫茫。征人归路许多长。相思本是无凭语③，莫向花笺费泪行。

【词译】

神智在微醺与清醒之间迷离，谁料随手拍拍春衫，竟也能让自己无端失落，只因这衣衫上尚残余着往日她的胭脂香味。于是，那微微抬起的手，再不能拍下第二次，不忍心，不忍心哪。若连这样的蛛丝马迹也断绝无踪的话，那我要凭何怀念过去？

上天似乎总有看破人心的神力，我本疏狂客，仕途富贵奈我何？可唯有这离恨，一箭正中我的软肋，为之恼来为之梦，为之恨来为之醉。

一年一年陌上秋草生生不息，一日一日楼中夕阳醉洒余晖，时间并没有因任何人的离开而停止，它仍旧不紧不慢，仿佛从未洞察离人的度日如年。天各一方，但见云水浩渺，不知归路几许。若相见无期，若相思无凭，又何必泪沾尺素千里传情？

注

① 旧香：泛指过去欢娱生活的遗痕。

② 疏狂：狂放不羁。疏，有阔略之意。

③ 无凭语：缺乏根据的话。

【评析】

“醉拍春衫惜旧香”，起首一句点明词人情绪及感慨的起因，有总领全词之用。首字“醉”发端便呈现出了词人的愁闷郁结，“惜”字则显出词人对往昔的念念不舍与情深意重，仅是衣衫上那若有似无的一点旧香也舍不得抹去。记得米兰·昆德拉在《生命不能承受之轻》中有过如下论述，“人类之时间不是循环转动的，而是直线前进。这就是为什么人类不可能幸福的缘故，因为幸福是对重复的渴望”。如晏几道般如此怀旧，大抵也是对重复的一种强烈渴望。而时间不会重来，所以便只剩下了永无止境的醉与梦。“醉”或“梦”的意象，在小晏词中确实频频出现，如《玉楼春》“醉中同尽一杯欢，醉后各成孤枕梦”；《踏莎行》“从来往事都如梦，伤心最是醉归时”；《蝶恋花》“醉别西楼醒不记，春梦秋云，聚散真容易”等。而涉及“梦”的词作，在《小山词》二百六十首中，据统计多达六十六首，而“酒”字出现了五十五次，“醉”字则为四十八词次，林林总总算起来也竟占据了全本的一半之多。

“天将离恨恼疏狂”，“离恨”二字可谓是本篇的词眼，全词便描写了这因“旧香”而起的“离恨”，离得天涯望断，恨得朝朝暮暮。句首的一个“天”字，颇有些无可奈何天注定之意，“疏狂”是词人自述自己的生活态度与个性，本是不拘于小节之人，但却仍难逃离恨之苦。可见离愁别绪是多么的无法抗拒、无力抵抗，即便是不羁之人，也被握住了心脏，一念一痛。

“年年陌上生秋草，日日楼中到夕阳”，这两句因情设景，词人选了非常有代表性的两个物象，“秋草”和“夕阳”，都有渐趋渐尽之感。但实际上虽濒临完尽，却又从未断绝，而是“年年”又“日日”，词人通过这两个表示时间的叠字，显示出离人久久不归，因而离恨之长，折磨之深。

下片开篇承接上文的离恨，描写一幅开阔视野下的相见无期之景，更加深了离愁，毕竟这样一来，那些日日年年的煎熬，全都没了实际意义。“云渺渺，水茫茫。征人归路许多长”，此句以云水意象，写出天地浩渺之感，自然离人归路难觅，每一次道别都有可能即是永别。“相思本是无凭语，莫向花笺费泪行”，结尾两句看似无情，实则至情。常言道“不如意事常八九，可与人言无二三”，而相思若久，自然便会成为那无法言说的二三事。而后一句虽是奉劝之语，却暗示着也曾三番五次将离恨化作相思泪，寄托于尺素的过往情事。然而花笺写与不写，却都是一往情深。写是因为相思得急了，而不写却是因为相思得苦了。

全词将离恨写得深入骨髓，同时也引出词人对往昔的追忆与对平生坎坷的无限喟叹，烟波茫茫者，既是归路，也是去路。由此，将伤感的境界提升，意蕴深远，有很强的艺术感染力。

菩萨蛮

哀筝一弄[①]湘江曲，声声写[②]尽湘波绿。纤指十三弦[③]，细将幽恨传。

当筵秋水慢[④]，玉柱斜飞雁。弹到断肠时，春山眉黛低。

【词译】

筵席之上，她竟没有选择欢娱的琴曲，而是兀自弹起了一首《湘江曲》。声声哀筝，仿佛掀起阵阵绿波，将这寻欢场湿得冷了寒了。玉指纤纤，拨弄着琴弦，透露着她的心事。蕴藏于心的幽幽孤恨，就这样透过指尖，与琴弦二合为一，一拨一颤一伤人。

筝曲已弹至高潮，她的眼波却仍旧流转得很慢很慢，仿若这一刻的时间一般，轻轻悄悄地流逝，生怕为人所察觉。筝柱排成一列即将远行的飞雁，终归

注

① 一弄：奏一曲之意。

② 写：通“泻”，倾泻之意。

③ 十三弦：唐宋时教坊用筝均为十三弦，唯清乐用十二弦。十二弦拟十二月，一弦拟闰月。

④ 慢：同“漫”，流动之意。

是愁人心事。弹到断肠时，她那如春日远山般轻缈的眉黛，微蹙低垂。她的心事，兴许瞒得过别人，却瞒不过这同样的天涯沦落人。

【评析】

这首《菩萨蛮》在作者的归属上，仍有些歧义。《宋词三百首》中本词被归入了张先词，而《全宋词》却以之为晏几道的作品，并言“案此首别误作张子野词，见《类编草堂诗余》卷一”。本词乃描写奏琴的佳作之一，虽是写弹琴佳人，却又不直言其情其愁，而是通过她弹琴的技艺情状，侧写而出，与白居易的《琵琶行》有异曲同工之妙。

“哀筝一弄湘江曲”，古筝是我国古老的汉民族乐器，最早可追溯至战国时期，即是说古筝大约已有两千五百年的历史了。“哀筝”一词是指古筝声色哀婉，后汉侯瑾《筝赋》称其声使人“感悲音而增叹，怆憔悴而怀愁”，故谓之哀筝。同时起篇的“哀”字也为全词奠定了情感基调。“湘江曲”有用典之意，唐沈亚之《湘中怨解》载，垂拱中，驾在上阳宫。太学进士郑生晨发铜驼里，乘晓月渡洛桥，遇艳女，自言养于兄，因嫂恶，欲投水。生载归，与之同居，号曰汜人。汜人能诵善吟，其词艳丽不凡。数年后，汜人自述本系蛟宫之娣，贬谪而从生，今已期满。遂啼泣离去。后十年，生登岳阳楼，见有画船彩楼，高百余尺，有弹弦鼓吹者，皆神仙蛾眉。其中一人，含颦凄怨，状类汜人。正当时猛然风涛崩怒，过后竟失其所在，不见踪影。而在诗词中常用汜人之典，比喻钟情艳女。当然，言及《湘江曲》也可能与娥皇、女英哭舜帝的典故有关。古琴曲中的《湘妃怨》便描绘了这一传说，舜帝崩于野，两位妃子娥皇与女英悲痛欲绝，泪洒青竹，竟在竹子上留下斑斑泪痕，后人谓之“湘妃竹”。总归无论取哪一个典故，《湘江曲》都暗含着女子的痴情卓绝与生离死别的彻骨之痛。

“声声写尽湘波绿”，“声声”与“写尽”暗含着佳人琴艺高超，每一声琴音都带有感染力。“湘波绿”则将看不见摸不着的这种感染力具象化，带来微凉的延绵不尽之感。旋律如波涛般起起伏伏，然后情感的色彩却始终有些暗淡、有些冰冷。“纤指十三弦，细将幽恨传”，唐宋时古筝尚为十三弦，现如今标准的二十一弦是后来逐渐增加的。“幽恨”二字算得本词情感的词眼了，前文的或“哀”或“绿”，后文的“断肠”“眉黛低”无一不在传达这种幽恨。此恨虽深，但却并不是如泉涌般滚滚而出，而是丝丝缕缕地慢慢奏出，甚为精妙。

下片由对琴声的描写转为对琴人的刻画，“当筵秋水慢”，形容眼波随琴音之流转，可见琴人的凝神专注。白居易《咏筝》诗亦有“双眸剪秋水，十指剥春葱”一句。“玉柱斜飞雁”，“玉柱”是指用于支撑琴弦和调节音高的筝柱，在演奏时可随需要左右移动，玉柱位高则弦紧，位低则弦缓。而在此将玉柱比喻为飞雁，自然也暗含幽恨，将此心不仅融入了琴声中，更融入了琴形里，不可不谓之高妙。

末句“弹到断肠处，春山眉黛低”，细写佳人弹至伤情处的情状，也正因弹得动情，才能让闻者亦为之神伤。《西京杂记》载，“文君姣好，眉色如望远山”，其后便有“远山眉”之说。而《赵飞燕外传》又载，赵飞燕的妹妹赵合德，为薄眉，号“远山黛”。李商隐诗云：“总指春山扫眉黛，不知共得几多愁。”所以这里也是如此，眉黛一低，愁便上了心头。黄蓼园在《蓼园词选》中评曰：“写筝耶？寄托耶？意至却极凄婉。末句意浓而韵远，妙在能蕴藉。”

思远人

红叶[①]黄花[②]秋意晚，千里念行客。飞云过尽，归鸿无信，何处寄书得？

泪弹不尽当窗滴，就砚旋研墨。渐写到别来[③]，此情深处，红笺[④]为无色。

注

① 红叶：变红了的枫叶。

② 黄花：指菊花。

③ 别来：离别之后。

④ 红笺：古时女子写情书的信纸，为红色。

【词译】

林叶渐红，菊花竞开，不知不觉又至暮秋。他走之后，季节仍在更迭，万物仍在流转，可为何唯有我的时间停滞不前，陷入永无止境的思念里，忘却了年月。他不归来，一天与一年又有何分别？

我在窗前守着一片片白云飘远，生命中的每一刻仿佛都被拉长，长得像那没有尽头的思念。而归来的秋雁也未能成为信使，连它们都无从得知他的影踪。既是如此，我又尺素何托？想到这里，泪水便断了线，临窗滴落，落在砚台里，濡湿了青墨。和泪为墨，写一封寄不到的长信，可一旦写到别离，就再也写不下去了……

红笺无色，墨耶？泪耶？情耶？

【评析】

这是晏几道的一首闺怨词，先由秋景引出怀人之愁，进而专以“寄书”为展开，层层递进，以夸张的手法，将思念之情写得深厚而真挚。

起笔“红叶黄花秋意晚，千里念行客”，点明时节正是怀人之秋，烘托主题。“红叶”“黄花”都是秋季比较有代表性的物象，唐宋传奇《流红记》中便记载了一个红叶传情的故事，被后世传为千古美谈。“一联佳句题流水，十载幽思满素怀。今日却成鸾凤友，方知红叶是良媒。”而“黄花”暗示着我国颇具代表性的怀旧思人之佳节，重阳。孟浩然诗云，“待到重阳日，还来就菊花”。“晚”字则暗示两人分离之久，“千里”又暗示两人分离之远，以时间与空间两条线来说明想要相见的不容易，与离愁的深重难消。“飞云过尽，归鸿无信，何处寄书得”，这三句承上启下，将主题过渡到“寄书”之上。“飞云过尽”，又有几分“过尽千帆皆不是”的味道，显出闺中人一直引颈而望的祈盼，然后终归是失望了，“归鸿无信”，莫说人盼不回来，就连信都没有收到一封。既然如此，思妇想将思念化作言语传递给对方，也是无法可想的事情了。随着词人笔墨的一点点深入，妇人因思念而绝望的心情也越发沉重。

由此下片“泪弹不尽当窗滴”也就在情理之中了，如此绝望，怎能忍得住泪水？“就砚旋研墨”，化用孟郊《归信吟》中“泪墨洒为书”的语意，然而细品之下，却又比孟郊的句子更为精妙。毕竟泪与墨俱下之景，较和泪为墨之情相比，还是轻浅了一些。有砚承泪，继而融泪于墨，晏几道的这一细节描写，让人深深地感受到词中女子确为情痴，痴得叫人心怜又心酸。“渐写到别来，此情深处，红笺为无色”，陈匪石在《宋词举》中评之曰：“‘渐’字极宛转，却激切。‘写到别来、此情深处’，墨中纸上，情与泪粘合为一，不辨何者为泪，何者为情。故不谓笺色之红因泪而淡，却谓红笺之色因情深而无。”泪水能让红笺褪色，淌出血泪一般的洇渍，然而唯有在如此深情面前，红笺夺目的颜色，也近乎于无。

晏几道这首《思远人》中的泪墨意象，可谓相融相生，文思绝妙。令人不禁联想起古往今来别词中对这两者的运用，虽无晏几道之入木三分、力透纸背，倒也值得把玩评赏一番。如“明朝送别长亭畔。忍牵衣、道声珍重，此心更乱。门外天涯何处是？但见江湖浩漫。也难浣，愁肠一半。若虑梦魂飞不到，试宵宵彼此将名唤。墨和泪，请君玩”。墨与泪，全都交付于君，正是恨不能将一颗真心捧出，让君带走。

黄庭坚

（1045—1105）

字鲁直，号山谷道人，晚号涪翁，又称豫章黄先生。幼年聪颖过人，宋英宗治平四年进士，王安石变法开始后，多遭牵连贬黜。与张耒、晁补之、秦观一同游学于苏轼门下，乃“苏门四学士”之一。在诗文方面，与杜甫、陈师道、陈与义合称为江西诗派的一祖三宗。诗与苏轼齐名，世称“苏黄”。在书法方面，尤擅行书、草书，与苏轼、蔡襄、米芾同为“宋四家”。在词作方面，与秦观齐名，人称“秦七黄九”，但到底成就不如秦观。其词作受苏轼影响，虽多为婉约清丽，但也不乏流宕豪迈之作。著有《山谷词》，又名《山谷琴趣外篇》。

清平乐

春归何处？寂寞无行路①。若有人知春去处，唤取归来同住。

春无踪迹谁知？除非问取黄鹂②。百啭无人能解，因风③飞过蔷薇④。

【词译】

一转眼，春光尽逝，可有人知道她回到何处去了？留下的只有一片寂寥，丢失了春来去的行踪。因而何起，又为何而泯？从何而来，又归去何方？若有

注

① 行路：这里指春天往来的痕迹。

② 黄鹂：即黄莺，声音悦耳。

③ 因风：趁着风势。

人知晓这些问题的答案，请将春唤来，再一次同宿同眠。

可是我们连春的线索都已断尽，要寻她的踪迹，恐怕只能去问黄鹂鸟了。它一遍遍地啼鸣，声线婉转动听，仿佛永不厌倦地在诉说着春的消息。可惜无人能解其意，只得趁了风势，飞过蔷薇丛去。

【评析】

据考这阕《清平乐》作于崇宁四年，彼时的黄庭坚已于两年前，以幸灾谤国罪除名，羁管宜州，而这个贬黜之地，最终也成了黄庭坚溘然长逝之所。绍圣初年，新党以黄庭坚修撰的《神宗实录》多诬陷不实之辞，被贬涪州别驾，安置黔州。后蔡京拜相，立元祐党人碑，黄庭坚自然再遭牵连，最终客死他乡。因而这首惜春之作，除了表面上的伤春之情外，更暗含影射时局之用，以及抒发词人自身暮年无为、羁旅在外的哀愁。

全词将春拟人化，“通体无一句不俏丽”，“归”“行路”“唤取”“同住”“踪迹”等辞藻的选用，平易近人而又富于变化，一方面体现春的活泼生动，另一方面也显出词人对春的深深不舍，因为留恋与喜爱，才能将春写得如同亲人一般，甚至要常与之同住，要寻她的踪迹，要去问取黄鹂，艺术感染力很强。

“春归何处？寂寞无行路”，起笔两句便写出了词人因春逝而产生的伤春之感，因为寂寞而想要寻春，因为寻春而发现她竟已杳无踪迹。如此一来，惆怅更深，开篇一句，便成了带有些许嗔怨的诘问。春天到底去了哪里呢？为什么竟毫无线索，走得如此干脆，也不顾这世间沉寂无趣了吗？“若有人知春去处，唤取归来同住”，此二句表达了词人留春之心甚为切切的意思，也暗含着词人的假想，若能将往昔春风得意的日子唤回，那该多好啊！

过片“春无踪迹谁知”紧承上文，由前面要唤回春，和春住的设想，回到现实中来，表达出假想破碎之意。词人自然是清楚没有人能将春唤回，甚至没有人知道春的去处，但一波未平一波又起，词意曲折起伏，词人追求执着。既然无人知，那索性就“问取黄鹂”吧。这种想法虽是无理，却十分有情趣。黄鹂总是与春同时出现，于是它仿佛就成了词人寻春的最后希望了。

“百啭无人能解，因风飞过蔷薇”，词人历经种种奇特设想之后，迎来的却是现实的残酷打击。蔷薇是夏花，象征着春天的黄鹂，因无人可解其意，而兀自随风飞过蔷薇，逐渐远去，这似乎也象征着春天将永不再回了。后人评结尾两句云：“不独妙语如环，而意境尤觉清逸，不着色相。为山谷词中最上上之作，即在两宋一切作家中，亦找不着此等隽美的作品。”

全词直至终音，接连走过了设想，希望，失望，再希望，最终绝望的这么一个心理过程，跌宕有致，富于变化，文思巧妙。虽然最终仍是无法可想，但或许是词人已近暮年心境的关系，倒也没有写得有断肠之痛，将时不再来的惆怅，浅浅写出，反倒能窥见词人的豁达与超凡。虽是惋惜，却不怨恨，自有一番清逸。“通首思路回环，笔情跳脱，全以神行出之，有峰回路转之妙”，确是中肯的评价。

秦观

（1049—1100）

早年字太虚，后改字少游，别号邗沟居士、淮海居士，著有《淮海集》《淮海居士长短句》。深受苏轼赏识，东坡赞其有屈原、宋玉之才，与黄庭坚、晁补之、张耒并称为“苏门四学士”。词作造诣极高，善于描摹凄清冷寂的感伤意象，慢词长调，余韵无穷，被尊为婉约派的一代词宗，代表作《鹊桥仙》妇孺皆知。词风独树一帜，“淮海即好丽字”，用字推敲，追求华美凝练，但词境却不露轻浮，自是含蓄深重、辞华气古。

满庭芳

山抹微云，天连衰草，画角[①]声断谯门[②]。暂停征棹[③]，聊共引离尊。多少蓬莱[④]旧事，空回首、烟霭纷纷。斜阳外，寒鸦数点，流水绕孤村。

销魂，当此际，香囊[⑤]暗解，罗带[⑥]轻分。谩赢得青楼薄幸[⑦]名存。此去何时见也？襟袖上、空惹啼痕。伤情处，高城望断，灯火已黄昏。

注

① 画角：西羌乐器，外涂彩绘，故名画角。

② 谯门：古代城门上瞭望用的警楼。

③ 征棹：指远行的船只。

④ 蓬莱：指蓬莱阁，五代钱公辅所建，故址在今浙江绍兴龙山麓。

⑤ 香囊：古时男女青年随身佩戴的香荷包，也是常与爱人交换的定情信物。

⑥ 罗带：古代女子所系丝罗带。结带象征两情相悦，“罗带轻分”在此则象征离别。

⑦ 薄幸：薄情之意。

【词译】

"黯然销魂者，唯别而已矣！"

离别，那声"珍重"说不出口，伊人不在，兀自保重，也不过是良辰美景虚设；而那声"再会"更难以启齿，此去何时再重逢，高楼望断，只恐归期杳杳。

且看那山间浮云，天边败草，且听那号角呜咽，寒鸦嘶鸣，天地皆知此情深重、此别愁浓。蓬莱阁内，眷眷柔情仍历历在目，纵然香囊解、罗带分，依依不舍的心绪却无法断绝。往事苍茫，更兼来去匆匆如白驹过隙，不禁喟叹为何人生总是聚少离多？

恍然间，轻舟已远，放眼满城灯火，心下凄然。

【评析】

秦观这首作于元丰二年的婉约词，以其诗情画景、情真意切，向来为人称道，更有东坡居士，取其首句，戏呼秦观为"山抹微云"君，可见苏轼对这首词的极度青睐。

严有翼《艺苑雌黄》有载："程公辟守会稽，少游客焉，馆之蓬莱阁。一日，席上有所悦，自尔眷眷不能忘情，因赋长短句，所谓'多少蓬莱旧事，空回首、烟霭纷纷'是也。"而秦观正是于同年春季，前往会稽访其祖父承议公与叔父秦定。郡守程公辟对秦观厚礼相待，邀之暂居蓬莱阁内，并有佳人为伴。秦观在此逗留有八月之久，然天下无不散之筵席，终于年底动身返乡，不得不与情人相别，遂有此千古绝唱。

上阕起笔便勾勒一幅寂寥空旷的离别之景，由此奠定全词凄凉婉转的情感基调。"山抹微云，天连衰草，画角声断谯门"，会稽山上，一抹淡云停蓄；越州城外，满目枯草接天。晚晴，一声声号角从城楼上断续响起，牵扯着离人的悲心，一鸣一痛，但号角声终要停歇，此情此恨却注定绵绵长长。此句中一"抹"一"连"两个动词的运用，历来最受人美誉，既将景致刻画得入木三分，又写出词人难以断绝的离愁别绪，正所谓"剪不断，理还乱"，将断难断，似连非连，愁与情就这样攀缘而上，纠缠不休。再来写饯别情景，"暂停征棹，聊共引离尊"。即将远行的船只，暂且停驻，权且再给离人们多一点执手相看的时间，但"征棹""离尊"，无一不显出分别在即，终须一别。"多少蓬莱旧事，空回首、烟霭纷纷。斜阳外，寒鸦数点，流水绕孤村。”“蓬莱旧事”，指的便是往昔蓬莱阁上的缱绻恋情，回首是空，眼前只有雾霭沉沉，寒鸦孤村，夕阳西下……

下阕开篇便是“销魂”二字，直抒胸臆，续写别后的无限伤怀。“当此际，香囊暗解，罗带轻分。谩赢得青楼薄幸名存。”香囊是“暗解”，罗带乃“轻分”，不足为外人道的柔情蜜意，尽在这两处点缀之中。杜牧《遣怀》一诗有云：“十年一觉扬州梦，赢得青楼薄幸名。”怎奈秦观亦有此叹，功名不就，空赢薄幸恶名，自怨自艾，又无可奈何。“此去何时见也？”这怕是离人最想知道的问题，却也是最无解的问题。“襟袖上、空惹啼痕”，正因无解，而啼痕空留，没有再会之期的别离，竟连哭泣都失去了意义。结尾“伤情处，高城望断，灯火已黄昏”，化用欧阳詹《初发太原途中寄太原所思》中的一句：“高城已不见，况复城中人。”词人轻舟已去，纵回首顾盼，高楼望断，却只见万家灯火，不见伊人倩影。

纵观全词，景如写意山水画，字如细密刺绣针，情如千尺桃花水，无怪令人唏嘘至今。

踏莎行

雾失楼台，月迷津渡，桃源[①]望断无寻处。可堪[②]孤馆闭春寒，杜鹃声里斜阳暮。

驿寄梅花，鱼传尺素，砌成此恨无重数[③]。郴江幸自[④]绕郴山，为谁流下潇湘去？

注

① 桃源：出自晋陶渊明《桃花源记》，象征安乐宁和、自由自在的避世之所。

② 可堪：怎堪，怎能经得住。

③ 无重数：数不尽。

④ 幸自：原来、本自。

【词译】

郴州本是灵秀之地，南岭与罗霄在此驻足，长江与珠江在此分流，山奇谷幽，水美泉灵。然而在惨遭贬谪的秦观眼中，同样的山水却蕴藏着完全不同的凄清冷雨。亭台楼阁迷失于大雾之中，朗朗皓月竟也朦胧异常，将来往的渡口隐匿。放眼望去，山不是山，水不成水，更何谈什么世外桃源？

客居孤馆，不闻丝竹管乐，唯有杜鹃啼血。值此春寒料峭时，日薄西山际，仿佛天地间的万事万物都在趋于完尽，渐渐倾颓。远道而来的无数“梅花”与“尺素”，全数化作无尽的长恨。而那流淌不绝的郴江啊，你又因何不绕郴山，偏下潇湘？

【评析】

这首词作于北宋绍圣四年，彼时的秦观再遭贬谪。绍圣元年，北宋新旧党之争波澜再起，宋哲宗亲政，恢复宋神宗新法，绝大部分反对新政的旧党党人连遭罢黜。苏轼失利，作为“苏门四学子”之一的秦观定然不能幸免。先贬杭州通判，旋贬处州监酒税，绍圣三年再贬郴州，次年二月编管横州，末了又徙雷州。直至宋徽宗即位，方才得以北归，怎奈天不遂人愿，最终逝于藤州。而这首词便是秦观赶赴横州之前所写，题为“郴州旅舍”。

开篇三句虚写词人孤居郴州的幽闭清冷之景。“雾失楼台，月迷津渡”，不仅对句工整，更兼情景交融。“失”“迷”二字，既描绘出楼台于大雾中的影影绰绰，月色恍惚的渡口若隐若现，勾勒一幅烟波浩渺之景，然而更为深意的是表达了词人内心的迷失，人生追求的无望，将处于低谷时期的心灰意冷融于脑海中的烟水朦胧。若进一步剖析，“楼台”与“津渡”也有着完全不同的象征意义。“楼台”乃向上堆叠的高处所在，正是词人追求的成功与崇高，是曾经梦想的高处。而“津渡”则有码头的意思，于困境中的秦观来说，码头或许更近乎于一个出口、一条出路，是当下困顿的解救。但此时“楼台”与“津渡”竟然都看不见了，正如清人黄苏在《蓼园词选》中所评，“雾失月迷，总是被谗写照”。同时也因“失”“迷”，所以下句必然“望断”。陶渊明笔下的桃花源，就位于毗邻郴州的武陵县，而桃花源本身作为古今文人心中共同神往的归隐避世之所，彼时郁郁不得志的秦观自然也是异代同心。但一个“断”字，将这唯一的寄托也无情碾碎。桃源不可寻，故乡不得归，只能深锁于这寒春孤馆，残阳下更不忍闻杜鹃声声啼鸣，“不如归去”“不如归去”……上片最末两句确实唯有“凄厉”两字可评说一二，王国维在《人间词话》中有言：“少游词境，最为凄婉。至‘可堪孤馆闭春寒，杜鹃声里斜阳暮’，则变而凄厉矣。”

下片一发端便连用两则亲友千里寄书的典故，“驿寄梅花，鱼传尺素”。寄梅见于《荆州记》陆凯赠范晔诗云：“折梅逢驿使，寄与陇头人。江南无所有，聊赠一枝春。”鱼传尺素则出自汉乐府《饮马长城窟行》：“客从远方来，遗我双鲤鱼，呼儿烹鲤鱼，中有尺素书。”亲友情深意重频频寄书，然而词人心中究竟是何滋味？下句笔锋一转，竟是“砌成此恨无重数”。每一封安抚慰问的书信，都是抽打在词人心上的一记猛鞭。“砌成”二字，更可见这些恨意，竟从未消散，新伤旧痛，堆堆叠叠，无穷无尽。秦观不愧为婉约词之大家，如此深恨末了也并不言透，仍旧曲婉表意，将一腔愁怨，全诘问了郴江。王士祯《花草蒙拾》有载：“‘郴江幸自绕郴山，为谁流下潇湘去？’千古绝唱。秦殁后坡公常书此于扇云：‘少游已矣，虽万人何赎！’高山流水之悲，千载而下，令人腹痛。”可见郴江一问，对于同是天涯沦落之人而言，实为千古天问……

浣溪沙

漠漠[①]轻寒上小楼，晓阴[②]无赖[③]似穷秋[④]，淡烟流水画屏幽。

注

① 漠漠：迷蒙清寒状，李白《菩萨蛮》有云：“平林漠漠烟如织。”

② 晓阴：阴寒的早晨。

③ 无赖：厌恶之语，无聊。

④ 穷秋：晚秋之意，鲍照《白纻歌》云：“穷秋九月荷叶黄。”

自在飞花轻似梦，无边丝雨细如愁，宝帘[①]闲挂[②]小银钩。

【词译】

人生苦短，唯数十春秋而已矣。何人不曾叹惋春光易逝，不曾哀怨深秋无情？

又是一年料峭寒春至，只身缓步上小楼，清晨满目的烟雾迷蒙、阴霾不开，恍若深秋之肃杀。怎不见春景蓬勃？一声长叹，百无聊赖。远方的天色使人愁闷，一回首，连画屏上竟也是淡烟流水，冷冷清清。

梦似飞花轻如絮，花似孤梦自在飞，花梦两不分。而那做梦人，却只愿长醉不复醒，不用醒来面对这一个人的寒春，一个人的晨雨，一个人的小楼独立。细雨沾飞花，也沾湿了登楼人的一腔春愁。可此心此愁，却若闲挂在小银钩上的精致珠帘般，无人问津。

【评析】

这首《浣溪沙》曾被誉为秦观《淮海集》中小令的压卷之作。修辞委婉，表现细腻，情感含蓄蕴藉，在收不在放，在藏不在露，十分耐人寻味。描绘寂寥春怨这类主题的词作卷帙浩繁，因而想要出彩绝非易事。秦观此作虽是小巧，但精雕细琢，情与景相交相融得非常自然，看似无心天成之笔，却又正是有意巧化之处。轻描淡写间，最见词人功底之深厚。

上阕首二句“漠漠轻寒上小楼，晓阴无赖似穷秋”，勾勒一幅烟雨朦胧、凄清冷寂的寒春之景。词人选用了一系列带有灰冷色调的词汇，如“漠漠”“轻寒”“晓阴”，将好似深秋般寒气袭人的天气，烘托得淋漓尽致。而登楼人即便在轻上小楼之前，对大好春光尚有期待，如今眼前的零落也必将令其幻灭，如此一声无赖，也在情理之中了。与李白《菩萨蛮》“暝色入高楼，有人楼上愁”的意味有那么几分相似之处。既然如斯春色不忍细看，那么这登楼人便转身回望，一幅《淡烟流

注

① 宝帘：珠宝所缀成的帷帘。

② 闲挂：随意地悬挂着。

水图》也只得笔墨深浅，了无生趣。此处词人用一“幽”字回应前两句的寒阴氛围。以景度情，完全可以想见登楼人独自徘徊于廊道，失望寂寥的样子。

下阕“自在飞花轻似梦，无边丝雨细如愁”的比喻，历来为人称颂。知名文学家沈祖棻曾在她的《宋词赏析》一书中赞之为“奇喻”。明朝人沈际飞亦曰，“后叠精研，夺南唐席”，赞秦观之下阕，精炼出彩，甚至超越了南唐二主，可谓无一字不佳，增之一分则太长，减之一分则太短。梦与愁一类的虚拟之象，本不容易写得形象具体，但秦观巧以“飞花”“丝雨”喻之，真是恰到好处。赋予了梦与愁若有似无的姿态，同时又将花与雨写得有了人情味，并非因心中有愁而妄加感慨，也并非因景色萧条而心生忧闷，不是单方面的牵强附会，而恰恰是情景如一，由此飞花、丝雨自在纷飞，而那登楼人亦顾自哀婉、顾自叹惜。将“愁”“梦”等抽象感情，写入实实在在的景象之中，这种写作手法在古诗词中是比较常见的——通感，“以我观物，而物皆著我之色彩”。如杜甫《春望》中的名句，“感时花溅泪，恨别鸟惊心”。最末一句是古典诗词中特有的句法，倒装一联，乃是小银钩闲挂着宝帘之意。“银钩”“宝帘”皆显出室内装潢的精美纤巧，如此美丽的内饰，却缀以一个“闲”字，与登楼人空虚的心境相对应，反观全词，这一“闲”，正是整篇的情感基调，百无聊赖，愁也是闲愁，幽幽生出一股空负韶光美意之感，韵味悠长。

江城子

西城[①]杨柳弄春柔，动离忧，泪难收。犹记多情[②]、曾为系归舟。碧野朱桥[③]当日事，人不见，水空流。

注

① 西城：指汴京西郑门一带。

② 多情：指钟情之人。纳兰容若《太常引》词云：“无凭踪迹，无聊心绪，谁说与多情？”

③ 朱桥：指金明池上的朱漆桥梁。《东京梦华录》卷七载：“西去数百步乃仙桥，南北约数百步，桥面三虹，朱漆阑楯。”

韶华[①]不为少年留，恨悠悠，几时休？飞絮落花时候、一登楼。便做[②]春江都是泪，流不尽，许多愁。

【词译】

如今倒映着杨柳的江水，当年也曾映射着你裙裾轻敛、玉手纤纤为我拴系那归来之舟的身影。朱赤的拱桥依旧伫立在碧绿的原野之前，如当年那般鲜明，西城万千柳枝依旧在春风中招摇，如当年那般柔美。可那系舟人，如今身在何处？

韶华不为少年留，可恨当初不甚了了，唯有物是人非时，方恨彼时少年郎。人生皆是一期一会，一回首，便成空。可恨当时年少，年少得以为尚有无数的明天可以弥补今天，年少得以为今天的团圆美满还会无数次地重复上演……谁料今日满目飞絮落花，汇入那滔滔江水，如一去不返的从前，美过，碎过，便再寻不得。即便这一江春水全是泪，也无法流尽我的愁思。

【评析】

绍圣元年春，新党上台，秦观坐党被贬。离京前，秦观重游西城金明池、琼林苑，触景生情，忆起当年游园的盛况，一时间感慨万千，遂有此凄苦之作。这首词可以说是秦观位于人生转折点时的作品，具有一定的分水岭之用，不似前期的艳情小调，又暂无后期的凄厉绝望，委实耐人寻味。

首句“西城杨柳弄春柔”，看似写景，实则喻情。杨柳这个意象，容易让人想起折柳的离别之情，如刘禹锡《杨柳枝》：“长安陌上无穷树，只有垂杨管离别。”当然，本句更为主要的精妙之处，在于后面“弄春柔”三字。“弄”与“柔”皆将杨柳写活，“弄”乃有意为之，有意撩拨逗弄，明代徐渭亦有一首《赋得万绿枝头红一点》，其诗云：“名园树树老啼莺，叶底孤花巧弄春。”而“柔”则引出词人内心千回百转的柔情，勾起对往昔的回忆。因为今日归来的明媚春

注

① 韶华：美好的时光，常指春光。李唐宾《梧桐叶》云：“韶华将尽，三分流水二分尘。”

② 便做：纵使。

光，竟和当初那般相似。从而惹得词人“动离忧，泪难收”。于是“犹记多情、曾为系归舟”便写回忆之景。当年伊人为我系舟的地方，也是在这绿柳如荫的江岸边，再来跨过朱桥，便是满目翠绿的广阔原野。往昔仍历历在目，如何拴住归舟，如何携手过桥，如何陶醉春光……词人写至此处，笔锋一转，“当日事”三字，有如一记奔雷，给人梦初醒之感。前番种种已是往事，如今只有“水空流”的无限怅惘。有道是“恨随流水，人想当初，何处重相见”？

下片首句“韶华不为少年留”，实际上有着点明全词命意之用。开篇言理，此理虽不难懂，但正值少年时与韶华不再后，对此的体味定有着质的区别。若说人生全然无悔，多少有些赌气的成分，所以一旦回首，便难逃三分恨、三分悔。毕竟“百年三万六千场，秋月春花容易过”，许多事情，都来不及了。所以才有了下句的“恨悠悠，几时休”。如此这般，若不登高也罢了，一旦登高，便自是人生长恨水长东。

“飞絮落花时候、一登楼。便做春江都是泪，流不尽，许多愁。”飞絮、落花更添悲愁，而江流、泪流、水流此刻尽数混作一团，仿若词人心内的百感交集，汇成一股情感的洪涛，来势汹汹，滚滚东去，却又怎么都没有完尽。俞陛云在《唐五代两宋词选释》中有评：“结尾两句与李后主之‘恰似一江春水向东流’、徐师川之‘门外重重叠叠山，遮不断愁来路’，皆言愁之极致。”这些被文人写入极致的忧愁，从来深重，即便江河浩漫，古往今来，却全都难浣愁肠一半。

如梦令

莺嘴啄花红溜，燕尾点波绿皱。指冷玉笙寒，吹彻小梅[①]春透。依旧，依旧，人与绿杨俱瘦。

注

① 小梅：乐曲名。唐《大角曲》里有《大梅花》《小梅花》等曲。

【词译】

“不是风动，不是幡动，仁者心动。”

一念起，便有一念的烦忧，念念起，便有无尽的烦忧。古往今来，伤春悲秋几时休？见早春料峭便生凄清冷寂之苦，见晚春明媚又起韶光易逝之愁。可春景年年如此，轮回往复，无喜无忧，多情的从来都只是那赏春人。

黄莺衔花，燕尾点波，红了百花，绿了潭水。可是这耀眼的春光却照不进那赏春人的心，因为她知道沧海从来易桑田，更何况是这绵绵软软的韶华。所以她冷她瘦，她怜惜这春光，更怜惜她自己，正是“莫道不销魂，帘卷西风，人比黄花瘦”。

【评析】

这首《如梦令》题作“春景”，描写一位心有所念的佳人既赏春又伤春的复杂情思，正是剪不断理还乱的极佳写照。秦观文丽而思深，寥寥数语便将一幅莺歌燕舞，水波粼粼，更兼玉笙盈耳的明媚春景描摹而出，与之形成鲜明对比的即是望花兴叹，闻笙思人的妙龄女子。一明一暗，一扬一默，以反衬的手法，令人回味无穷。

起首二句“莺嘴啄花红溜，燕尾点波绿皱”，直写春光无限好的美景。黄莺衔着鲜花在空中飞舞，自在之中，更显花红。春燕南归低低掠过水面，碧波中泛起圈圈涟漪，微风一拂，更荡漾不止。显而易见，这头两句最为精巧之处，便落于一“溜”一“皱”之上。动词的精雕细琢能将画面写活，实为非寻常人等可信手拈来之辞藻，但正因思虑细密，却又被许多评论家以为太过刻意，失了天然之色。毕竟写景之笔，贵在不留痕迹，方才凸显神韵。《蓼园词评》中有载，沈际飞曾将这首《如梦令》与秦观同一词牌下的另一首词作相比较，“门外绿阴千顷，两两黄鹂相应。睡起不胜情，行到碧梧金井。人静，人静。风动一庭花影”。而沈际飞虽深赏“莺嘴”二句琢句之峭，但细细玩味之下，仍觉不如“门外”两句来得韵味清远。再来是明人王世贞曾评：“谢勉仲‘染云为幌’，周美成‘晕酥砌玉’，秦少游‘莺嘴啄花红溜’，蒋竹山‘灯摇缥晕茸窗冷’，的是险丽矣，觉斧痕犹在。未若王通叟踏青游诸什，真犹石尉香尘，汉皇掌上也。”

“指冷玉笙寒，吹彻小梅春透”，由大好春光转至悲苦之境，化用了李璟《摊破浣溪沙》中的一句“小楼吹彻玉笙寒”。指冷笙寒，一曲《小梅》定也呜呜咽咽，吹得春风渐冷，吹得佳人思念绵长，越冷越想，越想越冷。由此自然过渡到“依旧，依旧，人与绿杨俱瘦”。以花木喻人之憔悴消瘦，古诗词中例子俯拾皆是，最易联想到的便是李清照的《醉花阴》，“莫道不消魂，帘卷西风，人比黄花瘦”，以及她的《如梦令》，“知否，知否，应是绿肥红瘦”。不太为人所熟知的，尚有向子諲的《虞美人》，“花知此恨年年有，也伴人春瘦”。毛滂的《浣溪沙》，“疏疏烟柳瘦于人”。总归本词中这一“瘦”字的运用，比之首二句的“溜”与“皱”而言，仍是比较工丽自然的。

这首《如梦令》虽不算少游词中的上层佳作，但慢慢回味之后，仍是别有一番滋味。

千秋岁

水边沙外，城郭春寒退。花影乱，莺声碎。飘零疏酒盏，离别宽衣带。人不见，碧云暮合空相对。

忆昔西池[1]会，鹓鹭[2]同飞盖。携手处，今谁在？日边[3]清梦[4]断，镜里朱颜改。春去也，飞红万点愁如海。

【词译】

有道是“朱颜白首，韶华转盼何曾久；覆雨翻云，世事茫茫未可凭”。

注

① 西池：即宋汴京城西的金明池，当年四大皇家名园之一。

② 鹓鹭：比喻朝官之行列，如鹓鸟和鹭鸟整齐有序。

③ 日边：词出《世说新语·夙惠》，此处比喻京城帝王身畔。

④ 清梦：美梦。

人似乎总是这样，一旦得志，便难于想象或许有朝一日会从云端坠下，从此失意。可惜世事茫茫难自料，不论猜得到猜不到，天不遂人愿。那些大好的光阴，似锦的年华，常伴帝王左右，与同道中人并肩携手、指点江山，仿佛已然扼住命运的咽喉，不，还不止这样，或许更将命运踩在了脚下……但若真如此，为何今日凄风冷雨人疏瘦？为何韶华尽逝又壮志未酬？

眼前的春景不成春景，春天的暮色怎会如斯沉闷凝重？镜中的容颜不成容颜，红润的面容怎会如斯惨白颓丧？

一朝梦断，不堪回首。

【评析】

关于这首《千秋岁》的写作年份，素来众说纷纭，有以之为绍圣二年、三年，甚至是四年的说法，其中最主流的莫过于绍圣二年，作于处州一说。这种论断的主要依据有秦瀛《淮海先生年谱》载，宋哲宗绍圣二年乙亥，少游“尝游（处州）府治南园，作《千秋岁》词”。范成大《次韵徐子礼提举莺花亭》并序亦言：“秦少游‘水边沙外’之词，盖在括苍监征时所作。予至郡，徐子礼提举按部来过，劝予作小亭记少游旧事，又取词中语，名之曰莺花，赋诗六绝而去。明年亭成，次韵寄之。”据史料记载，元祐八年，垂帘听政的太皇太后高氏病故，宋哲宗亲政，改元绍圣，并恢复新法，使得朝廷内外又发生了翻天覆地之骤变，新党中人重被启用，而如苏轼、秦观、黄庭坚等旧党人物自然纷纷被贬，一一驱逐出京。而秦观便是在羁旅生涯的路途中，写下此词。

据吴曾《能改斋漫录》卷十七《秦少游唱和千秋岁词》所载，这首词在当时委实引起了不少境遇相当的词人的共鸣，诸如苏轼、黄庭坚、孔毅甫等人都曾先后与之唱和。苏轼词云：“岛边天外。未老身先退。珠泪溅，丹衷碎。声摇苍玉佩。色重黄金带。一万里。斜阳正与长安对。道远谁云会。罪大天能盖。君命重，臣节在。新恩犹可觊。旧学终难改。吾已矣。乘桴且恁浮於海。”黄庭坚的词作乃是：“苑边花外，记得同朝退。飞骑轧，鸣珂碎。齐歌云绕扇，赵舞风回带。严鼓断，杯盘狼藉犹相对。洒泪谁能会？醉卧藤阴盖。人已去，词空在。兔园高宴悄，虎观英游改。重感慨，波涛万顷珠沉海。”凡此种种，均可看出秦观此作之成功所在，可谓是一石激起千层浪。

本词上阕主要写词人眼前的春景。起笔“水边沙外，城郭春寒退”，实写词人所处的时节与地点，早春尽，浅水边，沙洲外。“花影乱，莺声碎”，化用杜荀鹤《春宫怨》中的两句，“风暖鸟声碎，日高花影重”。一碎一乱，工笔精细，写出繁花之纷杂，莺歌之绕耳，范成大便是因此二句而建莺花亭。“飘零疏酒盏”，因与昔日旧友各处天涯，所以往日常常举杯畅饮的欢聚也了无踪影，一个人孤孤单单，是韶光也负，杯盏也空。“离别宽衣带”，语源《古诗十九》之一，诗云：“相去日已远，衣带日已缓。”“人不见，碧云暮合空相对”，此句引自江淹的《拟休上人怨别》，“日暮碧云合，佳人殊未来”。经秦观的变化，更加深了孤寂僝僽的韵味，只身空对碧云与暮色，全然一幅凄迷惨淡之晚景。

下阕由处州之春回忆起了彼时身处京城的热闹春光。关于“西池会”，《淮海集》卷九有载：“西城宴集，元祐七年三月上巳，诏赐馆阁花酒，以中浣日游金明池，琼林苑，又会于国夫人园。会者二十有六人。”《能改斋漫录》卷十九亦载：“少游词云：‘忆昔西池会，鹓鹭同飞盖’亦为在京师与毅甫同在于朝，叙其为金明池之游耳。”可见当时之盛况，青年才俊济济一堂，豪情快意，夫复何求？然而一朝清梦断，便不知曾经携手同游地，如今几人安在？“日边”一词，李白《行路难》中也曾有过“忽复乘舟梦日边”一句，而秦观这里所特指的自然是旧党人士在帝王身侧担当重任的美梦已断。梦断方觉人亦老，多少有些心死之感。全词的末句，历来最受称道，一个“春”字，表面上写春光已逝，更深层的也指词人的青春岁月与政治抱负上的繁盛春天，统统去尽了，仿佛在昼夜间一无所有，“飞红万点愁如海”，此愁又怎能不震撼人心！无怪近人夏闰庵评之：“此词以‘愁如海’一语生色，全体皆振，乃所谓警句也。”

八六子

倚危亭[①]，恨如芳草[②]，萋萋刬[③]尽还生[④]。念柳外青骢[⑤]别后，水边红袂[⑥]分时，怆然暗惊。

无端天与娉婷[⑦]，夜月一帘幽梦，春风十里柔情。怎奈向[⑧]、欢娱渐随流水，素弦声断，翠绡[⑨]香减，那堪片片飞花弄晚，蒙蒙残雨笼晴。正销凝[⑩]，黄鹂又啼数声。

【词译】

“独自莫凭栏”，仿佛那些离愁别绪，永远都在高处，在萋萋芳草地，在江山无限所，一旦危亭独倚，便似天雨倾盆，落入永不褪色的回忆里。

注

① 危亭：高亭。

② 恨如芳草：李煜《清平乐》：“离恨恰如芳草，渐行渐远还生。”

③ 刬:《广雅》：刬，削也。

④ 萋萋刬尽还生：白居易《赋得古原草送别》：“野火烧不尽，春风吹又生”；“又送王孙去，萋萋满别情”。

⑤ 青骢：毛色青白相间的马，此处代指远行之人。

⑥ 红袂：红袖，代指女子。

⑦ 娉婷：美貌，代指美人。

⑧ 怎奈向：即如何，宋人方言，“向”即向来意，是语尾助词。

⑨ 翠绡：碧丝纱巾，此处代指定情的手帕。

⑩ 销凝：销魂凝神，茫然出神的样子。

记忆里，青骢马渐行渐远的柳林，依旧碧绿得叫人心寒；迟迟不肯归去的倩影，依旧火红得叫人心惊。离别的那一天，总是与众不同，仿佛只有它，才不会败给时间。日复一日，鲜明如昨。

怎奈韶华在眼轻消遣，过后思量总可怜。你天赋神赐的美丽，一帘幽梦的柔情，香风送暖的呢喃……记得，记得，我都记得。但离别却让我变成了你指下的一根琴弦，在落花与残雨中，震颤不已。混杂着林间黄鹂的啁啾，一声啼呜一声思。

【评析】

这首词作于元丰三年，彼时三十二岁的秦观，仍未登科及第。在逆境中，他忆起美丽的旧日情人与匆匆一程的缱绻时光，怎不教他感慨万千，又思又恨。

上阕“倚危亭，恨如芳草，萋萋刬尽还生”三句，尽写离愁别恨，清代词人周济赞之为“神来之笔”。“恨如芳草”，既是心中所想，又是触目所见，化用李煜旧句，竟不着痕迹，大有青出于蓝而胜于蓝之感。“恨”字作为全篇的词眼，穿插于回忆与现实两端，交错叠加，读来凄楚感伤久久不绝。“萋萋刬尽还生”，暗用白居易名篇，道出心中的忧愁如野草般，烧不尽，吹又生，连绵不绝，无法根除。“念柳外青骢别后，水边红袂分时”，这两句写临亭远眺时的回忆之景：柳林外、溪水边，他骑着高头大马离去，她良久伫立泪沾红袖……记忆与现实在词人眼中重叠，一霎温馨一霎凄清，“怆然暗惊”，如何不恨？

下阕由凄楚哀婉的心境，自然过渡到对昔日情人的思念与憧憬之上。“无端天与娉婷”，明写美人姿色绝伦，乃上天的恩赐，暗写词人的相思之苦。“无端”二字夹带着埋怨的口吻，正体现了词人欲罢不能的无奈心情。“夜月一帘幽梦，春风十里柔情”，借用杜牧《赠别》诗中的“春风十里扬州路，卷上珠帘总不如”。这两句更有承上启下之用，承上文之恨，启下文之别。月下的轻帘笼梦，风中的延绵情语，往昔越是美丽，今朝就越是残忍。

所以“怎奈向”，词人笔锋一转，便开始描绘梦境破碎后的肝肠寸断，一切的美好都在逐渐消逝，正是“欢娱渐随流水”。“素弦声断，翠绡香减”，好景不长，再不见佳人素手抚琴，再不闻定情手帕香气袭人，曾经相知多深，情意多浓，如今天各一方，所有的所有都只能渐行渐远渐无书。“那堪片片飞花弄晚，蒙蒙残雨笼晴”，再次由回忆转向眼前的景致，写明词人正是在一片片的飞花与一层层的残雨中伤怀念旧。情景交融，更添愁肠。“飞花弄晚”与“残雨笼晴”使用了互文的修辞手法，意为飞花与残雨在逗弄晚晴，一“弄”一“笼”，相得益彰。“正销凝，黄鹂又啼数声”，这最末两句南宋著名文学家洪迈中《容斋随笔》以为是模仿杜牧《八六子》的“正消魂，梧桐又有移翠阴”。不论真实与否，这个戛然而止的结尾，都为这首词增色不少，高起低收，言外似有无尽之意。

画堂春

东风吹柳日初长，雨余芳草斜阳。杏花零落燕泥香，睡损红妆[①]。

宝篆[②]烟销龙凤，画屏云锁潇湘[③]。夜寒微透薄罗裳，无限思量。

【词译】

三月东风拂柳，白昼也一天比一天延长了。她醒来时，一天的春雨初歇，然而日头却已偏西，萋萋芳草全都在泛红的斜晖中闪动着流光。杏花在一日的风雨中零落四散，燕子便用那裹了落红的泥土筑巢，款款留香。她在铜镜前坐定，方才发现自己睡乱了红妆。

注

① 红妆：指闺中人的盛妆，色尚红，故云红妆。

② 宝篆：盘成篆字形状的香，这里应是呈龙凤形。

③ 潇湘：湖南潇水、湘水一带。

她起得太晚，夜已迅速降临，龙凤形的篆字香燃尽成灰，画屏上潇湘图却仍是云雾缭绕的清冷模样。轻薄的罗裳抵不住寒夜的侵袭，无法入睡，思量无限。

【评析】

这首《画堂春》曾有以黄庭坚词作者，如舒梦兰编写的《白香词谱》将其收录为黄词;《全宋词》案亦云："此首别见明刻本（豫章黄先生词）"；更有甚者注"或言山谷年十六作"，连黄庭坚作词的具体年份都知晓了。然而现据学者考据，此番种种论断都站不住脚，最为可信的说法乃是秦观词。纵观全词，文笔老练成熟，词风艳丽，词境却惆怅婉约，符合秦观一贯的填词风格。而年十六的黄山谷恐怕难以有这等手笔，何况黄庭坚最大的成就在诗不在词，年少之时笔力更难以企及。

上阕前三句皆是景语，为闺中女子的春睡烘托气氛。"东风吹柳日初长"，点明时节，正是早春。"东风"便是春风，一个"吹"字侧写出柳条的新嫩，随风摇曳的样子。白昼虽是一点一点地增长了，可奈何闺中人也仍旧迟迟不肯起床，再长的昼日，也全数荒废。"睡损红妆"表现闺中人心有闲愁，若李清照词"日晚倦梳头"。但到底闲愁几许，词人却表达得很委婉。

"雨余芳草斜阳，杏花零落燕泥香"这两句历来最受人喜爱，王国维在《词辨》中曾评此句虽脱胎于温庭筠《菩萨蛮》中的"雨后却斜阳，杏花零落香"，但却青出于蓝而胜于蓝。而沈际飞以为此句是化用曾觌《阮郎归》，"为怜流去落红香，衔将归画梁"，但仍少游句出蓝。比之飞卿，少游此句更饶有意趣，不仅有杏花落地惹泥香的意思，更兼燕子衔泥筑巢，连巢也染上花香的春趣。而比之曾觌，少游句更清新自然，曾词将燕子拟人化了，因不忍心落红就此香逝而故意衔花筑巢，少游则因简洁自然而更具表现力，燕子乃无意之举，却反倒有了无心插柳柳成荫的意境在其中，十分巧妙。

下阕主要抒发愁情。时间从"斜阳"来到了"夜寒"，而闺中人却由"睡损红妆"变为"无限思量"，可见其作息颠倒，白日对盎然春景毫无兴致而昏睡，晚上又因寂寞难耐而失眠，由此显出闺中人的愁情深重，难以排遣，日日夜夜受此折磨。

"宝篆烟销龙凤，画屏云锁潇湘"，杨湜在《古今词话》中评"含蓄无限思量意思”。这两句摹写闺中景象，融情于景。炉内香都燃尽了，人却还不成眠，写出长夜难挨，虽是“昼初长”，但夜竟也没觉得短促。“龙凤”在此也是突出人不如物的感情，香且龙凤呈祥，人却孤枕难眠。而一抬眼，画屏之上也是一幅云雾缭绕的清冷模样，自然令人寒意顿生，承启下文的“夜寒”。如晏几道词，“斜月半窗还少睡，画屏闲展吴山翠”。“夜寒微透薄罗裳”，有后主词“罗衾不耐五更寒”的意味。“无限思量”则与上阕的“红妆睡损”形成对比，虽都是实写，但情真意切，使全词并非如花瓶一般，空有高丽辞藻，更为重要的是对人物心境的准确把握与刻画。

贺　铸

（1052—1125）

字方回，又名三愁，人称贺梅子。自称唐代贺知章后裔，以知章居庆湖，故号庆湖遗老。宋太祖孝惠皇后五世族孙，其妻亦是宗室之女。本是武职家世，后经苏轼等人的推荐，改入文阶。历任右班殿直，元佑中曾任泗州、太平州通判。其人性格颇具侠气，豪爽精悍，又喜面刺人过，不屈权贵。其词兼有婉约、豪放两派之长，深婉者近秦观、晏几道；激越者近苏轼。词境上承辛弃疾的冲天豪气，而语言上又继温庭筠、李商隐的密丽，笔下变幻无端。存词二百八十余首，数量仅次于苏轼，著有《庆湖遗老诗集》和《东山词》。

青玉案

凌波[①]不过横塘路，但目送、芳尘去。锦瑟[②]华年谁与度？月桥花院，琐窗[③]朱户，只有春知处。

飞云苒苒[④]蘅皋[⑤]暮，彩笔[⑥]新题断肠句。试问闲情都几许？

注

① 凌波：形容佳人步履轻盈。

② 锦瑟：原指饰有彩纹的瑟，这里取其美好之意。

③ 琐窗：雕绘连琐花纹的窗子。

④ 苒苒：流动貌。

⑤ 蘅皋：长着香草的水边高地。

⑥ 彩笔：文笔的美称，喻有写作的才华。

一川[1]烟草，满城风絮，梅子黄时雨[2]。

【词译】

佳人的脚步停在了横塘路那一头，我只能目送着她的倩影逐渐走远。不知是谁有幸能与她共度这锦瑟年华？是在月桥下花团锦簇的院子里，还是在雕着花饰的朱红大门内与她静看岁月流逝？或许只有春天才知道她的去处吧。

黄昏照着彩云缓缓流淌，河岸边大片的香草地随风摇曳，而我就在此刻，提笔写下这断肠的词句。若问我闲愁几多？我请你去看一看那漫山遍野的朦胧烟草，还有那纷飞满城的柳絮，以及梅子黄时落不尽的缠绵细雨。

【评析】

这首《青玉案》是词人晚年的作品，也是其代表作之一。贺铸晚年退居吴下，本词中所出现的“横塘路”，便在苏州城外。龚明之《中吴纪闻》有载：“铸有小筑在姑苏盘门外十余里，地名横塘。方回往来于其间，尝作《青玉案》词。”全词讲述了词人路遇佳人，最终却不知所往的惆怅，暗示自身一生屈居下僚，怀才不遇的感慨，同时又因此引发闲愁无数，表达了词人幽居的寂寞凄寒。

“凌波不过横塘路，但目送、芳尘去”，起首叙事，偶遇佳人，倾心不已，却又只能目送其远去。用典曹植《洛神赋》，“凌波微步，罗袜生尘”，以此暗示佳人之美堪比洛神。既然词人自己不能追上前去，一诉衷肠，那么到底是何人有此等福气，能与如此佳人共度“锦瑟年华”呢？这里化用李商隐《锦瑟》诗意，“锦瑟无端五十弦，一弦一柱思华年”。紧接着的后两句便是词人的想象，实属自问自答，“月桥花院，琐窗朱户”，字面上是在揣测佳人与谁花前月下、共居朱户雕窗之内，内里却也包含着词人自身的孤寂之情，正是无人与自己相伴，生出的“良辰美景虚设”之感。到底却“只有春知处”，只有春知道佳人的幸福，以及词人的伤感。

注

① 一川：遍地，一片。

② 梅子黄时雨：江南一带春夏之交时多连绵之雨，恰逢梅子成熟，故称“梅雨”。

下阕抒发因佳人而带来的纷乱愁思，“飞云苒苒蘅皋暮，彩笔新题断肠句”，倒有些“多情却被无情恼”的意思蕴含其中，佳人早已离开多时，而词人竟长久伫立于蘅皋侧，呆看天上云卷云舒，直至日暮西垂。但终归无法排遣，只得提笔写下断肠句聊以自慰。“彩笔”即五色笔，典出《南史·江淹传》，据载江淹晚年梦见郭璞对他说：“吾有笔在卿处多年，可以见还。”江淹便于怀中取出一只五色笔给郭璞，从此“江郎才尽”。

生活中如此平常的事情，竟能引发词人这般强烈的无端愁绪，可见词人心中恐怕本就愁苦。“美人”“蘅皋”等意象，兴许也有着更深层的含义。词人以此自况，自谓高洁之士，晚年却是清幽孤寂的偏居一隅，愁思许多，而究竟“几许”，末三句便是词人的又一次自答，因语出新奇，比兴恰当，流传千古。

“一川烟草，满城风絮，梅子黄时雨”，以三种不同物象接连比喻愁浓愁长，委实巧妙。沈际飞曾评“叠写三句闲愁，真绝唱”！据周紫芝《竹坡诗话》载，“贺方回曾作《青玉案》词，有‘梅子黄时雨’之句，人皆服其工，士大夫谓之‘贺梅子’”。烟草、柳絮、梅雨，天上地下皆涵盖，二三四五月俱囊括，看似琐碎的比喻，却暗含此闲愁无时无刻不存在的深意。与前人普遍的以花草柳木作比迥然不同，意味更长。

踏莎行

杨柳回塘[①]，鸳鸯别浦[②]。绿萍涨断莲舟路。断无蜂蝶慕幽香，红衣脱尽芳心苦。

注

① 回塘：回环曲折的池塘。

② 别浦：小支流的入水口。

返照[1]迎潮，行云带雨。依依[2]似与骚人[3]语。当年不肯嫁春风，无端却被秋风误。

【词译】

杨柳围绕着池塘迂回而立，一排排一丛丛。鸳鸯在池塘汇入河道的入口前徘徊，一双双一对对。翠绿饱满的浮萍长势正茂，几乎遮断了采莲人行舟的水路。如此僻静的所在，莲花静静地在这里，由盛转衰，开到败了，也没有蜂蝶寻香儿来，于是那莲子的心总是苦涩。

夕阳下潮汐猛涨，天上云雨堆积，一齐向这池塘深处涌来。莲花忍受着雨打风吹，她摇曳的身形，竟又像诗人在诉说衷肠。怪只怪当年不肯趁了春风，早早开放，偏要在夏季盛开，又在秋季无端枯萎收场。

【评析】

这首《踏莎行》虽是咏物词，但也是词人借荷花自况，寄托自己这一生郁郁不得志，却又不肯攀附权贵的身世之叹。《宋史·文苑传》载贺铸，“喜谈当世事，可否不少假借。虽贵要权倾一时，少不中意，极口诋之无遗辞。人以为近侠……竟以尚气使酒，不得美官，悒悒不得志”。按理来说，贺铸出身高贵，又颇有才情，本该仕途平坦，甚至平步青云才对。但他到底一辈子都未能处在高位，“不得美官”，这与他太过直率的脾性秉性，不能说毫无关系。而在这首词作中，词人也借着荷花的遭遇，对自己进行了反思，抒发了心中多年以来的深厚愁情。

“杨柳回塘，鸳鸯别浦”，首二句“回塘”“别浦”可算作互文之用，曲折迂回的池塘、偏僻的入流处，实际上都是一个用意，要显示出荷花生长水域的僻

注

① 返照：夕阳的回光。

② 依依：摇曳貌。

③ 骚人：诗人。

静。而“杨柳”“鸳鸯”都是为写荷花的陪衬，顾左右而言他，为荷花的出场，提供环境渲染。一个愈清愈寂的背景中，荷花从璀璨夺目的红，开到褪去了浓色，三分黄两分白的样子，竟也一直未被采莲人采去，“绿萍涨断莲舟路”，可见开放的环境之恶劣，浮萍太密太浓，采莲女竟明知有莲，也无法可想。既然莲舟不来，那么蝴蝶蜜蜂呢？“断无蜂蝶慕幽香”，可见酒香也怕巷子深，连有翅膀的蜂蝶都未能寻香而至。以上种种铺陈，都暗含着词人感叹自身仕途上，千难万阻，障碍太多太重，重重叠叠，一层又一层。荷花的香乃是“幽香”，并不招蜂引蝶，词人借此托喻自己不懂得讨好上位者，谄媚之流不能为之。

于是上阕收束于“红衣脱尽芳心苦”，荷花终于即将残败，大好时光尽数虚度，故“莲子心中苦”。这里词人的自况就比较明显了，德才兼备，却无处施展拳脚，最终退居苏州，勉强安度晚年。到底连隐退或是归隐都谈不上，毕竟词人从未真正地春风得意、功成名就过。整个上阕，处处双关，文思巧妙。

“返照迎潮，行云带雨。”朝过暮至，荷花历经一季的自开自落不说，末了还得默默忍受风吹雨打、饱历阴晴，就像词人不得志已是不快，尚有人情冷暖、世事沧桑需要体会经历。荷花有苦难言，词人感同身受，见其风雨身姿，“依依似与骚人语”。此句将荷花拟人，而且即便诉说，也要“与骚人语”，其心性可见一斑。但终究荷花不会言语，所以煞拍的两句，完全是借荷花之“口”，表词人之志——“当年不肯嫁春风，无端却被秋风误”。

遥想当年，正有几分“众芳芜秽，美人迟暮之感”。若不是心性高洁，若不是不愿同流合污，怎会落得被秋风摧残的下场？古诗词中以婚嫁之事，喻文士出处之节，向来也是惯例。如陈师道《放歌行》，“当年不嫁惜娉婷，抹白施朱作后生。说与旁人须早计，随宜梳洗莫倾城”。曹操“佳人慕高义，求贤良独难”；“青青子衿，悠悠我心”，等等。虽各个立意不尽相同，但此种用法则通体适用。本词中就是以荷花喻美人，又以美人喻贤士。陈廷焯曾评之，“骚情雅意，哀怨无端”。

晁补之

（1053—1110）

字无咎，号归来子。元丰二年进士，累官至礼部郎中，绍圣、崇宁年间连续被贬外放，晚年退居故里。“苏门四学士”之一。善属文，苏轼赞之“于文无所不能，博辩俊伟，绝人远甚”。与张耒并称“晁张”。诗学陶渊明，词学苏东坡，但不若东坡旷达，前人谓其学得七八分韵致。著有《晁氏琴趣外篇》，存词一百七十余首。

盐角儿

开时似雪，谢时似雪，花中奇绝。香非在蕊，香非在萼，骨中香彻[①]。

占溪风，留溪月，堪羞损[②]、山桃如血。直饶[③]更、疏疏淡淡，终有一般情别。

【词译】

梅花盛开时洁白似雪，凋零时也若雪飘落，至始至终秉性不移，可谓是花中绝品，独一无二，令人称奇。幽幽花香，非蕊之香，非萼之香，而是从花骨之中隐隐透出。迎着溪水的上风处，风雨不惧；挽留溪中月影，清雅柔美，如

注

① 彻：透。

② 损：煞、很。

③ 直饶：犹纵使，即使。

此花性，就连炽烈如血的山桃花也自惭形秽，敛容待春。纵使随着春的来临，梅花将越来越疏淡，但终究不是如山桃般媚俗者可相比拟的。

【评析】

本词词题为“亳社观梅”，所谓“亳社”，即殷社，乃祭祀土神的神庙，古代又把祭土地的地方、日子和礼都叫社。古时建国必先立社，殷建都亳，故称亳社，故址在今河南商丘。由此可推知这首《盐角儿》应作于宋哲宗绍圣二年，彼时晁补之因修神宗实录被指失实，由济州知州降职为通判应天府。到任后不久，又因其岳父的弟弟杜纮知应天府兼南京留守司公事，为避讳亲嫌，晁补之遂改通判亳州。词人在时运不济期间，咏梅之高洁脱俗，定有自况、自勉之意暗含其中。

上阕直写梅花，以“雪”喻其色，以“香”写其魂，叠句的使用有着增强语气的效用。“开时似雪”，主要是指梅花的颜色洁白无瑕，与雪相似。如王安石《梅》诗，“遥知不是雪，为有暗香来”，其句也暗含着若无暗香，花便似乎与雪无异的意思。更复卢照邻《梅花落》：“雪处疑花满，花边似雪回”，也是以雪喻花，可见诗词中将梅花与雪共举，也算得上惯例了。“谢时似雪”，比之颜色，更是在说梅花飘落时的样子，随风摇曳，融在风雪中，难分彼此。如杜审言《大酺》，“梅花落处疑残雪，柳叶开时任好风”。“花中奇绝”，乃是直白的赞叹，赞其与众不同。

“香非在蕊，香非在萼，骨中香彻”，这三句与前三句似对非对，有重复之感又无累赘之嫌。虽采用相同的叠语写法，内容上却着意突出梅花的香味，但到底也是在表现梅花的独一无二之处。写梅花的幽香不似别花，是从花蕊或花萼中散发出来，而竟是从骨子里透出来的。于是此香非散非漫，而是“彻”。如魏了翁《次韵苏和甫雨后观梅》句，“疏影照人骚梦冷，清香彻骨醉痕锁”。

下阕将桃梅对比，突出梅花疏淡乐独、隐忍自持的品性。“占溪风，留溪月”，梅花因有此二能，方足以“堪羞损、山桃如血”。有占尽溪风之势，不惧隆冬溪水湿寒、西风刺骨之冷，这是梅花刚毅的一面。但同时以其洁白的花色，蜿蜒的身姿，又兼具着留住溪中月影的魅力，这是梅花柔美的一面。而山桃唯有惹人注目的鲜红色泽罢了，依词人看来，当然只能自惭形秽，甚而惭愧得损了自己颜色。

“直饶更、疏疏淡淡，终有一般情别”，在山桃盛开的仲春时节，想必梅花早已落尽，但词人并不以此贬低梅花，而是以为疏淡有疏淡的情韵，非一般俗世可赏。此种意境倒让人想起林和靖的咏梅绝唱,《山园小梅》云“疏影横斜水清浅，暗香浮动月黄昏”。或因如前所述，梅花“香”在骨子里，所以不论花朵本身呈现何种姿态，开落无异，其神韵不移。词人将自己身处逆境时的心态，寄托于梅，方有此一咏。纵观全词，贵在天成二字。

周邦彦

（1056—1121）

字美成，号清真居士，著有《清真居士集》，今已散佚，传世的有《片玉集》，存词二百余首。宋神宗时期，因一篇赞扬新法的《汴都赋》，召为太学正，由此踏上仕途。周邦彦性好音律，能自度曲，创造了“六丑”等新词牌。宋徽宗时更是提举大晟府，专掌乐律。其词作多以长调见长，多写艳情、羁愁，也有咏物、咏节令之作。既是婉约派的集大成者，也是格律派的奠基人，旧时词论冠之以“词中老杜”“词家之冠”的美称。王国维曾有言：“词中老杜，非先生不可。读先生之词，于文字之外，须更味其音律。今其声虽亡，读其词者，犹觉拗怒之中，自饶和婉，曼声促节，繁会相宣，清浊抑扬，辘轳交往，两宋之间，一人而已。”

少年游

朝云漠漠[①]散轻丝[②]，楼阁淡春姿。柳泣花啼，九街[③]泥重，门外燕飞迟。

而今丽日明金屋[④]，春色在桃枝。不似当时，小楼冲雨，幽恨两人知。

注

① 漠漠：迷蒙辽远的样子。

② 轻丝：指细雨。

③ 九街：又称九陌、九衢，指四通八达、交错纵横的京师街巷。

④ 金屋：华丽的屋宇。汉武帝云：“若得阿娇作妇，当以金屋贮之。”

【词译】

他们相约在这条雨巷的尽头，一座略显简陋的小楼，在春雨中浸出了凉意。淡淡朝云、漠漠烟雨，春色也被冲得淡了。他得走了，屋外的雨却突然下得大了，仿佛老天也在为她挽留他，哪怕只留得一时半刻也是好的。巷子两旁的花柳如泣如诉，雨水积得重了，全都低垂着头颅，了无生趣，双宿双飞的燕儿也在风雨中摇摇晃晃。可惜他们无计可施，即便巷道泥泞难行，即便大雨倾盆如注，他们还是得抱恨而别。在雨中，迈着迟缓的脚步，分道而远。

当时想不到今日，而今日却又追念当时。风雨早已停歇，他们的苦恋也终得修成正果。如今是风和日丽、金屋藏娇，曾寂寥的春景又回复了本来面貌，桃红柳绿，生机盎然。他们现在的幸福，旁人都能看出，不像当初小楼冲雨的幽恨，唯有彼此了然。

【评析】

据考这首《少年游》作于元祐八年，彼时的周邦彦正因贬黜而流寓荆州。元祐二年周邦彦被贬为庐州教授而离京，后又流寓荆州约莫三年之久，元祐八年春复任职溧水知县。而贬黜期间的生活自然也与京师大相径庭，曾常出入烟花巷柳地的周邦彦，在这一时期写下许多怀人追忆的词作，体现其沉沦州县后凄苦的精神状态。

本词上片便描述了一段往昔于京师的爱情故事，通过情、景、事三者的衬托交融，刻画出当年虽是境况凄凉，但却情深意重，彼此真心爱慕牵挂的情感。“朝云漠漠散轻丝，楼阁淡春姿”，写出阑珊春景，淡烟疏雨，楼阁寂寂独立，任凭雨水冲刷浸润，仿佛他们当时对注定的分离，有着不可把控的无可奈何。他们在这里相会，而这里的景色似乎也沾染了他们的爱恨情仇。所以才有下句的“柳泣花啼，九街泥重，门外燕飞迟”，“泣”“啼”“重”“迟”这些字眼将词中人的主观感情代入景物之中，把花与柳在雨中微颤摇曳的情况，拟为啼哭啜泣，正是屋中人不忍轻分离的心绪。再看街道里泥泞难行，雨势渐大，连双燕也越飞越低、越飞越缓……不适宜外出的天气，烘托着不愿分离的感情，恋恋不舍又愁眉难舒。

下片通过现在无忧无虑的共同生活，反衬出对当年的怀念，虽是艰难，却又情深。“而今丽日明金屋，春色在桃枝”，转写当前近况，“而今”两字是为提示时间上的斗转星移。而后仍从春景入手，以呼应上片且产生强烈对比，因为此时的春景正盛，桃花正红。而词中人得华宅以藏娇妻，也是时来运转。“不似当时，小楼冲雨，幽恨两人知”，这句俞陛云曾评“‘不似当时’句，淡语也，而得力全在此句，使通篇筋骨俱动”。可见两相比较之下，仍更叹惋曾经，毕竟相见不如怀念，相濡以沫不如相忘于江湖。

到底是“人生若只如初见”，多情之人自会懂得。

少年游

并刀[1]如水，吴盐[2]胜雪，纤手破新橙。锦幄初温，兽烟不断，相对坐调笙。

低声问：向谁行[3]宿？城上已三更。马滑霜浓，不如休去，直是少人行。

【词译】

她为他剥橙，上好的并刀泛着如水粼光，吴地的细盐洁白胜雪。纤纤玉手却比并刀更水润，比吴盐更白皙。素手破橙，她对他的款款情意也如橙香般，四溢盈室。并刀锋利，破出的橙瓣形美，吴盐味正，调味的橙瓣去酸，她为他准备的都是最好的，最好的器物，最好的自己。相坐品橙之际，室内锦绣的帷幄低垂微温，兽形香炉升起袅袅熏香，酥筋软骨。她正调校着手中的笙，他也

注

① 并刀：并州出产的刀具。并地位于今山西并州一带，以产锋利刀具闻名。

② 吴盐：吴地出产的细盐。吴地位于今苏南沿海一带，自古以产盐闻名。

③ 谁行：宋人口语，乃谁那里之意。

是懂音律的，接了过来，替她迟迟缓缓地调。曲调虽还未成，情意却已饱和。

曲毕，她听见远方的谯楼上鼓已三更，低声轻问他要去哪里留宿。分明是问句，却又不待他回答，低低叙叙地又道，夜深霜重，外面已是马滑行人少，不如……不要走了吧。

【评析】

关于这首《少年游》的写作背景，历来总有评人要牵扯上宋徽宗赵佶、名妓李师师与周邦彦三者之间的那段情事。且看张端义《贵耳集》中载："道君（徽宗）幸李师师家，偶周邦彦先在焉，知道君至，遂匿床下。道君自携新橙一颗，云江南初进来，遂与师师谑语，邦彦悉闻之，隐括成《少年游》云。"清人贺裳《皱水轩词筌》中载："周清真避道君匿李师师榻下，作《少年游》以咏其事，吾极喜其'锦幄初温，兽烟不断，相对坐调笙'。情事如见。至'低声问向谁行宿，城上已三更。马滑霜浓，不如休去'等语，几于魂摇目荡矣。"由此说之，这首《少年游》便是周邦彦为避徽宗，躲在李师师床下，见两人你侬我侬的浓情蜜意后所作。但这种说辞颇有些好事者牵强附会的意味，王国维等词学家始终不以为意，野史轶闻终归难于考证，仅配为茶余饭后的一点谈资罢了。

本词开篇写"并刀如水，吴盐胜雪，纤手破新橙"，颇有些当今电影特写镜头的画面感，而所烘托出的氛围，既使不言不语，也能看出情意浓浓的味道来。并刀是女子用来切橙的刀具，杜甫曾在《戏题王宰画山水图歌》里言其锋利，"焉得并州快剪刀，剪取吴淞半江水"。而吴盐则是用来调和橙子果酸味的佐料，李白《梁园吟》诗云，"玉盘杨梅为君设，吴盐如花皎如雪"。由此，"并刀""吴盐"可见女子为情郎准备之用心，纵只是剥橙也要成为视觉与味觉的双重享受。"如水""胜雪"，主要是为了衬托女子纤手之美，冰清玉洁之感。"锦幄初温，兽烟不断，相对坐调笙"，写到这句仿佛近景镜头又拉远了些许，环视了一下整个房间的静谧布置。锦帐低垂，香烟袅袅，两人竟又同是知音人，于调音处写出两人的般配与情深。

下片且叙事且抒情，用女子的寥寥数语将其情之缠绵刻画得淋漓尽致。"低声"写出女子不愿破坏此刻温情含羞的氛围，但面对他的起身告辞，仍禁不住要"问"。不过说是"问"实是"留"，足见词人对女子心理的把握之巧妙到位。"向谁行宿？城上已三更"，女子一边问男人要去哪里留宿，一边又说天色已晚，三更已过。言下之意，实际上已经是“城上已三更了，你还要去哪里住呢？”分明一副留人的口吻，至此仍碍于薄面，不肯道破。于是女子又顾左右而言他，一说“马滑霜浓”，一说“少人行”。此时此刻想那街上霜重路滑，走马艰难，更复人烟稀少，寒冷萧瑟。谭献《复堂词话》中云：“丽极而清，清极而婉，然不可忽过‘马滑霜浓’四字。”女子一个劲儿地诉说环境不利外出，大有“天要留人”之感，柔情似水又半遮半掩的深情，真有化百炼钢为绕指柔之效。清沈谦亦评曰：“言马，言他人，而缠绵偎依之情自见。若稍涉牵裾，鄙矣。”此评委实中肯，女子欲留他，却又并非牵裾扯袖之强，反是委婉几多，体贴几多，如此一来，这“不如休去”的劝语，谁又忍心拒绝呢？

苏幕遮

燎[①]沈香[②]，消溽暑[③]。鸟雀呼晴[④]，侵晓[⑤]窥檐语。叶上初阳干宿雨，水面清圆，一一风荷举。

故乡遥，何日去？家住吴门[⑥]，久作长安[⑦]旅。五月渔郎相忆否？小楫[⑧]轻舟，梦入芙蓉浦[⑨]。

注

① 燎：烧。

② 沈香：沈，现写作沉。其木之芯材乃一种名贵香料，置水中则沉，其味可辟恶气。

③ 溽暑：潮湿闷热的暑气。沈约《休沐寄怀》诗云，“临池清溽暑，开幌望高秋”。

④ 呼晴：呼唤晴天的来临。古时相信鸟声可用于占卜晴雨。

⑤ 侵晓：近黎明之际。侵，渐近之意。

⑥ 吴门：指古吴县城，今之江苏苏州，此处泛指吴越一带。词人乃江南钱塘人，古属吴郡。

⑦ 长安：借指北宋的都城汴京，今河南开封。

⑧ 楫：划船的短桨。

⑨ 芙蓉浦：此处指杭州西湖。张宗昌《太平公主山亭侍宴》诗：“折桂芙蓉浦，吹萧明月湾。”

【词译】

潮湿闷热的仲夏暑气，在久久燃烧的沉香中逐渐消散，清新沉木的芬芳盈室，心境亦因之恬淡。昨夜一场暴雨过后，今晓鸟雀们便在我的檐下东张西望、窃窃私语，而明朗的晴天也终于在它们的呼唤中到来。清晨的第一缕阳光，照在翠绿的荷叶上闪闪发光，将无数的雨滴映得璀璨，而后又逐渐消逝蒸发。留下大片大片清润圆正的花叶，一阵夏风拂过，齐齐摇曳，每一片翠荷仿佛都挺直了脊梁，从粼粼波动的水面中跃出。

此情此景却非京师独有，在我那遥远的故乡，在人杰地灵的吴越一带，那穿梭在荷塘中的渔郎，可还曾记得我？不知何日才能归去，只能在梦中划一叶扁舟，深入到那杭州西湖的荷花池中去。

【评析】

宋神宗元丰六年至宋哲宗元祐元年期间，周邦彦始终客居京师，这篇《苏幕遮》便是作于这个阶段。周邦彦初以太学生的身份入汴京，而后因进献《汴都赋》，受到神宗的提升，进为太学正，但终究在仕途上无甚大作为。本词虽是思乡之作，但素来以写荷而闻名，可谓是周邦彦词作中非常独特而又清新的名篇。

上片写景，“燎沈香，消溽暑。鸟雀呼晴，侵晓窥檐语”，先是焚香消暑，后是鸟雀呼晴，既动静皆宜，又视听双绝。焚香，沉香的青涩味是嗅觉，而袅袅的烟雾是视觉，二者双管齐下，便成了夏日里的一副清凉药。由此，词人的心境也是平和舒展的，遂才有心清早偷听鸟雀在檐下的私语，而不觉嘈杂，倒有点“春眠不觉晓，处处闻啼鸟”的韵味在里面。“呼晴”与“檐语”都是听觉，由此也带来鸟雀啼鸣时身体左摇右晃的动感，将充满生气的仲夏烘托而出。“叶上初阳干宿雨，水面清圆，一一风荷举”，这三句不仅是本篇的佳句，更可以说是周邦彦词作中最妇孺皆知的名句。

“初阳干宿雨”与上文的“溽暑”相照应，雨后水汽蒸发，夏日灼灼，自然是潮湿复炎热，但终归是晴了，况词人尚有消暑之香，并不以之为虑。反而因天晴，而得幸赏荷。荷叶圆润而青翠，层层叠叠的一大片，微风过处，更显亭亭玉立。一个“举”字似将荷叶写活，显示出藏身水下的根茎的力度美，与水面上随风摇曳的圆荷的阴柔美，相映成趣。无怪乎王国维在《人间词话》中评之：“‘叶上初阳干宿雨，水面清圆，一一风荷举’，此真能得荷之神理者，觉白石《念奴娇》《惜红衣》二词，犹有隔雾看花之恨。”

下片由赏荷之美景转入思乡之愁闷。“故乡遥，何日去？”起笔直抒胸臆，“何日去”这一问显示出词人的思乡之情，但这里的“何日”绝非“今日”，虽然词人在京的仕途并无较大起色，但这一阶段毕竟是美成人生的上升期，此时的他同样看重汴京的官宦生涯，不会轻去。可能也是因为这个原因，本首《苏幕遮》中的乡愁乃是淡且浅的。“家住吴门，久作长安旅”，一“家”一“旅”，看出词人在京师并无归属感，自是思乡心切。“五月渔郎相忆否”，词人不说自己思归，也不问亲朋是否记挂，反是迂回曲折地问渔郎可还记得可还相忆，不禁令人想起贺知章的《回乡偶书》“儿童相见不相识，笑问客从何处来”的萧瑟感。“小楫轻舟，梦入芙蓉浦”，由荷花引发的思乡之愁，最终也收束于荷花之上，不可谓不妙。而现实中不能实现的归乡情，自然只能入梦去寻。再划着小船，游荡在西湖荷塘深处……

细想之下，这首《苏幕遮》之所以传世，恐正是因整首词本身就是一朵天然去雕饰的出水芙蓉花。

浣溪沙

翠葆[1]参差竹径成，新荷跳雨泪珠倾。曲阑斜转小池亭。

风约帘衣归燕急，水摇扇影戏鱼惊。柳梢残日弄微晴。

注

① 翠葆：指草木新生枝芽。

【词译】

春季尚且冒尖的嫩笋，入夏后长势越发参差，虽是错落，但竹径却已初成。沿小径信步走去，一池荷塘便映入眼帘。细雨跌落在新绿的嫩荷之上，一部分竟被高高弹起，一部分又随着荷叶的摇曳倾入池中。依池所建的阑干，回环曲折，直通小池上的一座凉亭。夏风徐徐，撩起衣衫一角，牵动亭内帘幔。不经意间，恰有双燕乘了风势，低低掠过，柔软的燕尾在水面惊起一圈圈涟漪。水波轻漾，清润的荷叶便似游人手中拂动的折扇，身颤影摇，惊得水底游鱼四散逃窜。夏雨虽时时而至，却不会下个不停。且一会儿，便见夕阳斜挂柳梢头，透出些许晴意、些许暖意。

【评析】

周邦彦向来以长词慢调见长，《清真集》中的二百余首词作里慢词也委实占了很大的比率。但实际上美成的令词仍有他的个人特色，风格上精炼婉约且清新秀丽，内容上包罗万象，无事不现，无情不抒。陈廷焯《白雨斋词话》卷一中曾说：“美成小令，以警动胜。视飞卿色泽较淡，意态却浓。温韦之外，别有独至处。”周邦彦的写景令词，大多清疏明快，较为纯粹地描绘景致，更显出词人本身对自然细致入微的观察与下笔有神的天赋。如美成的《苏幕遮》和本首《浣溪沙》，都是以比较纯净的审美眼光来写景，并没有融入太多凄风苦雨、孱僽烦闷的感情在里面，如此见山是山、见水是水的视角，形成的文字自有一番清雅情趣。

这首《浣溪沙》是描写夏季乍雨还晴的景色，短短六句四十二字，却几乎每一联都是一幅精美的风景画。仿佛步入园林之内，但见白墙黑瓦随山势，又道小径通幽闻流水，岩上飞楼倚锦嶂，树杪间石磴穿云，桃杏遮天，柳荫浮水，一山一石一花一木，皆似无心天成，又恰是用心偶得。置身其中，方知东方园林的奥妙所在，这里没有精心打造的观赏中心，于是游人竟可在每一扇窗枢，每一个转角之间，寻到属于自己的中心。

上片“翠葆参差竹径成，新荷跳雨泪珠倾。曲阑斜转小池亭”，其中雨打荷叶句最为人称道，一“新”一“跳”，别出心裁且栩栩如生。“新”字重在突出荷叶之嫩，乃是初长成，虽无颜色描写，却因其嫩而仿佛见到了其青翠欲滴。

另一方面正因荷叶新生，正是生机勃勃之际，雨珠落下当然便能微微弹动。“跳”字使用拟人的手法，将雨滴写得活灵活现，与画面中朝气蓬勃的夏景，相映成趣。“风约帘衣归燕急，水摇扇影戏鱼惊。柳梢残日弄微晴。”上片中丝毫不见的人影，在下片中若隐若现，一曰“帘衣”，一曰“扇影”，侧面写出这清新宁静的夏景中，仍有游人三两，但却并不以之为主，更像是作为景致的一部分，方好突出词人的一种闲适心情。清爽夏雨中，新竹成荫、雨打嫩荷、曲阑通幽、风牵衣帘、双燕急归、扇影惊鱼、斜日偏西……种种景象，已无需直言内心的舒畅，若非融情于景，如何能有如此情趣满溢的夏景流于笔下？

薛砺若在《宋词通论》中曾言：“美成这种小词与任何词家的意境和风格都不相同，虽然都是属于清丽婉柔的一派写法，他于清丽婉柔之外含有一种极细微敏锐的感觉，而以静默自然的意态写出。”

毛　滂

（1060—约1124）

字泽民。曾任郢州县尉、杭州法曹、武康知县等职，后曾因连坐受审下狱，一生仕途坎坷。词风多深婉，人评比少游有过之而无不及。但因其受知于苏轼，也深受苏词影响，兼有豪迈沉稳之作。薛砺若曾将北宋词分为五大家，分别是柳永、苏轼、秦观、贺铸与毛滂，谓毛滂为“潇洒派之宗祖”。著有词集《东堂词》传世。

惜分飞

泪湿阑干[①]花著露，愁到眉峰碧聚。此恨平分取，更无言语空相觑。

断雨残云无意绪，寂寞朝朝暮暮。今夜山深处，断魂分付[②]潮[③]回去。

【词译】

我仍记得分别时她玉容带泪、双眉紧蹙的模样，好似晨起沾露的鲜花，又似青墨色的远山重叠。她心中的不舍与离恨，我全都了然，如若不信，且将我心换她心，方知此恨我们是各怀一半。于是离别前的叮嘱一句也说不出口，唯

注

① 阑干：眼泪纵横的样子。

② 分付：付予、交给。

③ 潮：这里指钱塘江潮。

久久凝视、细细打量。要将彼此的样子深深地印在眼中、刻在心里，待到云收雨霁、欢情难觅之时，待到寂寞无依的朝朝与暮暮，再将这一眼奉为至宝，反复摩挲。今夜我只身寄宿于这深山之内，愿潮水能把我的思念带回。

【评析】

“惜分飞”最初的创调者便是毛滂，词牌名出自苏颋《送吏部李侍郎东归》，“赏来荣扈从，别至惜分飞”。本词的词序为“富阳僧舍作别语赠妓琼芳”，富阳在杭州西南富春江的北岸，即今天的浙江省富阳县。琼芳是当时杭州供奉官府的一名歌妓，词人在宋哲宗元祐年间任杭州法曹与之相识相恋，三年任满离职而去前，作此一阕以赠之。据《西湖游览志》载：“元祐中，苏轼知守钱塘时，毛滂为法曹椽，与歌妓琼芳相爱。三年秩满辞官，于富阳途中的僧舍作《惜分飞》词，赠琼芳。”而词人与苏轼的缘分也皆在此一阕，因之而受苏轼赞赏，名盛一时。据传一日，苏轼于席间，听歌妓唱此词，大为赞赏。当得知乃幕僚毛滂所作时，即云：“郡寮有词人不及知，某之罪也。”遂即刻派人追回毛滂，与其流连数日。

上阕追忆离别之景，首二句写恋人因离愁而止不住哭泣的模样，化用白居易《长恨歌》诗句：“玉容寂寞泪阑干，梨花一枝春带雨。”“泪湿阑干花著露”，将美人比作鲜花，将泪痕比作露珠，把这个肝肠痛断的场景予以美化，更带一种凄婉的美感。而美人越是楚楚可怜，词人也就越是心痛不舍，两人也就愈加难分难舍，由此离愁反倒愈发深厚。“愁到眉峰碧聚”，化用张泌《思越人》句：“东风澹荡慵无力，黛眉愁聚春碧。”以“碧”写眉黛色泽之浓，暗喻心头愁苦之浓；以“聚”写眉黛拥簇之紧，仿佛极力克制着自己却又未果一般。

“此恨平分取，更无言语空相觑”，这两句句意与柳永《雨霖铃》“执手相看泪眼，竟无语凝噎”类似。想必普天之下情人生别都是如此光景吧，所以词人才说“此恨平分取”，二人心意相通，不言不语却都了然于胸。“空”字更显凄切，即使两颗心心心相印，即使今日彼此相看无言，今后恐怕也不会有再见之日了。一别永别，绝望之情与其说在“恨”字上，真不若着于“空”字。

下阕主要从词人的角度，抒发与琼芳分别后的孤独羁旅之愁。“断雨残云无意绪”，这一句乃是双关，字面上仍在写分别场景，“断雨残云”更添凄凉，然而联系后一句“寂寞朝朝暮暮”，则知词人用典宋玉《高唐赋》“旦为朝云，暮为行雨，朝朝暮暮，阳台之下”，以云收雨霁暗喻自己与琼芳翻云覆雨的日子已经走到了完尽。或“云”或“雨”，终归是一时一地的气象，而他们也正似这般的露水情缘，难以为继。“无意绪”与“寂寞”都状写出离别之后，词人孤独难耐间回忆往事而涌出的情绪，越回忆越寂寞，越寂寞越回忆，笔下极尽缠绵之能事。

“今夜山深处，断魂分付潮回去”，末二句将时间拉回词人所处的此时此地，正是孤人一个在深山，既然自己人不得归去陪伴她，不如且让潮水带着我的思念归去。语出惊奇，也足见用情之深，词人的一颗愁心、恋心、怜心，混作一团，仿若激荡的潮水，起起落落，永无宁日。

李清照

（1084—1155）

号易安居士，宋代著名女词人，著有《漱玉词》，存词四十五首。李清照生于北宋一个具有浓厚书香气的官宦世家，父亲李格非乃“苏门后四学士”之一，善属文，工词章。宋徽宗建中靖国元年，嫁宰相赵挺之三子赵明诚，两人琴瑟和谐、赌书泼茶。直至靖康之难，夫妇避祸江南。赵明诚于建炎三年病逝建康。从此，李清照只身辗转江浙一带，熬过孤苦凄凉的晚年。因其多舛命运所致，李清照前期的词作多围绕闺中生活或是自然山水，后期则转向国仇家恨、怀旧悼亡。其词作言辞清丽，恪守音律，善用白描，自成一家。

点绛唇

蹴[①]罢秋千，起来慵整纤纤手。露浓花瘦，薄汗轻衣透。

见客入来，袜刬[②]金钗溜。和羞走[③]，倚门回首，却把青梅嗅。

【词译】

清晨娇弱的花枝上仍带着滴滴露水，支架上悬秋千的绳索仍来来回回地晃荡着，一去一回，幅度却越发缓了下来。她刚从秋千上下来，慵懒的样子，仿佛将最后一点气力耗尽在方才的秋千架上。一双素手在绳索上磨得紧了，竟也

注

① 蹴：踏、踩。

② 袜刬：未穿鞋，只穿着袜子走路。

③ 走：跑，快走。

懒得揉搓，且就这样让薄汗浸湿衣衫。

猝不及防，一位翩翩少年突然登门拜访。她慌乱得忘记了穿鞋，只踩着一双薄袜抽身便走，连云髻上的金钗滑落也顾之不及。这松松懒懒的模样，怎能叫一位潇洒公子看了去？她含羞躲避，跑至门口却又迈不出进屋的那一步，反而回身转来，偷觑那少年的模样。恐叫人识破，且将青梅凑于鼻端。而她的那点少女心事，从此便沾染了那青梅的青涩味……

【评析】

关于这首词的作者仍存在疑惑，杨慎《词林万选》以之为易安词，而杨金本《草堂诗余》则收为东坡词，甚至还有作美成词或者佚名的观点。若确为易安词，那应是她早年常写闺趣的词作之一。据载，李清照于宋哲宗元符三年，结识张耒、晁补之等人，这首《点绛唇》可能作于这个时期。

这首描写少女闺中怀春，芳心萌动的词作，意趣十足且生动无比。上片的切入点非常独特，直接以“蹴罢秋千”为伊始，而不是描写少女荡秋千时，裙裾轻扬、素手扶绳的样子。但细品之下，这一看似静态的描写中却暗含着动态的联想，如此一来，比之直接描绘少女荡秋千的情景，则更意蕴悠然，留白得恰到好处。“起来慵整纤纤手”，可见方才玩乐之尽兴，紧握秋千绳索的玉手已有些不适，但因倦怠又疲于顾及。“纤纤手”语出诗句，“娥娥红粉妆，纤纤出素手”，一面写出少女双手的冰肌玉骨，一面也足见少女正处怀春之妙龄。“露浓花瘦，薄汗轻衣透”，此句花与人两相照应，花枝的柔弱衬托出少女罗衣微润的娇媚。

下片写访客突来时少女的情态，妙在曲折回环，正契合了少女心境。分明已是累得动弹不得，连揉一揉手也懒得动作，但却“见客入来，袜刬金钗溜”。一见客来，少女匆忙遁走，全然没了倦怠样，唯有袜刬金钗溜的慌乱。虽受缚于封建礼教，但也从侧面写出少女对这位来客的重视，不愿给他留下松散的坏印象。于是不由再次引发读者联想，来人必是一位风度翩翩的青年才俊。“和羞走”三字，准确概括了少女此刻内心活动与外部动作的原因所在。当然，全词最妙仍属末尾二句，“倚门回首，却把青梅嗅”。本句化用韩偓《香奁集》中，“见客入来和笑走，手搓梅子映中门”。与李煜《一斛珠》中的“烂嚼红茸，笑向檀郎唾”，晁冲之《传言玉女·上元》中的“娇波溜人，手捻玉梅低说”皆有异曲同工之妙。“倚门回首”，可见少女仍是想见来客的，一旦踏进房门恐就再难看见了，于是抓住了最后一个机会回首一望。“却把青梅嗅”，写出少女虽是想见却又不敢明见的微妙心理，只能借助“嗅青梅”此等矫饰之伪态，来掩盖自己的真实意图。而“青梅”这一物象，更暗示着少女的青涩。

纵观全词，上片写静，但静景中却惹出许多动景的联想；下片写动，但动景中又有一幅少女娇羞默默嗅梅图。动静结合间，勾勒出一个有血有肉、感情细腻的少女形象，顽皮慵懒，惊慌含羞，好奇爱慕，种种心绪不一而足。无怪《续选草堂诗馀》中评之，曲尽情悰。

如梦令

昨夜雨疏风骤[①]，浓睡不消残酒。试问卷帘人，却道海棠依旧。知否，知否？应是绿肥红瘦。

【词译】

“最是人间留不住，朱颜辞镜花辞树。”

园中的海棠开得越艳，我便越是心惊，毕竟开繁过后便只能等待凋败。昨夜我仍旧因花神伤，不由得醉了酒。一夜酣睡，醒来却觉屋内空气潮湿，帘外风鼓不止，想来昨夜必是雨疏风骤，不知那些海棠……可曾熬过？我不忍亲睹园中花景，却也不忍不闻不问，只得将心中这悬悬之事问了那启户卷帘的侍女。怎料，她只往帘外匆匆一瞥，甚至无意停下手中的动作，草草说道海棠依旧。哎，她果不知我真心。如此风雨无情，柔弱娇嫩如海棠者，怎可能平安无事？

注

① 雨疏风骤：雨狂风骤。“疏”指疏狂之态，不是通常的稀疏之意。

不看也罢，不看也罢，反正一定是叶繁花败。

【评析】

这首《如梦令》自古以来便为历代文人雅士所激赏，是易安词中的名篇佳作。全词委婉地体现了惜花怜花的感伤心绪，同时也暗含词人对女子之青春美貌易逝的哀婉叹惜。在六句三十三言间，包囊景、人、花之事，足见词人填词的把控力与表现力。表意上层层深入，曲折委婉，词意隽永。

“昨夜雨疏风骤，浓睡不消残酒”，起笔两句字面上写昨夜风雨漫天，而词人自己饮酒过量，今朝新起仍有些宿醉。但联系下文便不难体会出这里暗含的惜花之意，明知一夜风雨，为花担心又无可奈何，只得但求一醉。但可惜怜花之心并不会随着一枕浓睡便散若云烟，词人一早醒来，尚且残酒未消，就已经按捺不住要以海棠“试问卷帘人”了。这里仅凭一个字，一个“试”字，就刻画出了词人矛盾纠结的心理，甚为绝妙。想知道海棠现状究竟如何，又不忍亲眼确认，害怕看见凋败之景，但若不能知晓，又决计是放心不下的。左思右想，唯有问问“卷帘人”。比之韩偓《懒起》末四句：“昨夜三更雨，今朝（一作“临明”）一阵寒，海棠花在否，侧卧卷帘看”，显然易安技高一筹。

而关于这里的“卷帘人”也有众多说法，多数以之为侍女，但也有以之为怜花人丈夫的观点。在此，私以为前者更为恰当，后者有究之过深之嫌。其一是据《李清照简明年表》载，此词大抵作于宋哲宗元符三年前后，彼时的李清照尚未婚配。当然，并不是说词人没有结婚，就写不出夫妻间的故事，只是这个题材与李清照婚前常写的少女情怀、自然风物不甚相符，甚至略显突兀。若是写一位少妇，在丈夫面前哀叹自己早晚人老珠黄的心事，此等心神未免有些老气横秋。其二是这位“卷帘人”显然对怜花人的心事，分毫不察，“依旧”二字显出对卷帘人来说，海棠花经不经风雨都全然一样，对花的变化全无感知，对花的凋败全无怜惜。而一个“却”字也可看出怜花人对这个回答也颇感意外与不信任。不过，正因卷帘人敷衍了事，直道海棠依旧，才会引出最后的点睛之笔，将全词凄婉的心情推至高潮。若“卷帘人”也道是绿肥红瘦，恐怕怜花人也只得一声长叹了吧。若是少妇对自己丈夫用“知否，知否”一句，倒多少能嗅出些埋怨之意，而非自顾自的叹惋，则意境失矣。

“知否，知否？应是绿肥红瘦”，此可谓是易安词中流传最广的句子了，与“帘卷西风，人比黄花瘦”不相上下。这里对侍女的诘问，其实并无责备侍女粗心之意，毕竟她不可能像她那饱读诗书又多愁善感的小姐一样，情感纤细，感悟良多。从末句词人纠正侍女的“绿肥红瘦”就能看出，词人更多的仍是伤花之心。以“绿”字指代叶子，以“红”字指代花朵，在诗词中并不少见，如齐己诗云“红残绿满海棠枝”。但以“肥”言翠绿的叶子吸饱了雨水而鲜翠欲滴，以“瘦”言海棠不堪风雨而落败稀少，两相对比，将凄婉之意烘托得淋漓尽致，却又不失含蓄，却乃神来之笔。诚如黄苏《蓼园词选》所评：“一问极有情，答以‘依旧’，答得极澹，跌出‘知否’二句来。而‘绿肥红瘦’，无限凄婉，却又妙在含蓄。短幅中藏无数曲折，自是圣于词者。”

凤凰台上忆吹箫

香冷金猊[1]，被翻红浪，起来慵自梳头。任宝奁[2]尘满，日上帘钩。生怕离怀别苦，多少事、欲说还休。新来瘦，非干[3]病酒，不是悲秋。

休休[4]，这回去也，千万遍《阳关》，也则[5]难留。念武陵人远，烟锁秦楼。惟有楼前流水，应念我、终日凝眸。凝眸处，从今又添，一段新愁。

注

① 金猊：狮形铜香炉。

② 宝奁：精美的梳妆镜匣。

③ 干：关涉。

④ 休休：算了吧。

⑤ 也则：依旧。

【词译】

她披散着长发坐在铜镜前，一旁的木梳却迟迟不愿拿起。镜中人粉黛不施，憔悴而消瘦。榻上朱红的锦被，随意堆散，叠出凌乱的波浪。塌下一盏铜狮造型的香炉，内里的熏香早已冷透，冷透成灰。她不想打理，通通不管不顾。就连她日日梳妆用的珠宝匣子也已落满灰尘，女为悦己者容，而她的悦己者再一次行将远行。她害怕生离死别的苦楚，怕到心惊，多少事、多少话、多少情，全想说给他听，可话到嘴边，又开不了口。又一次为伊消得人憔悴，没错，是为伊，也只为伊，从来都不是因为病或酒，因为伤春或悲秋。

罢了吧，这无可奈何天啊。他此番要走，纵是《阳关》歌尽千万遍，也挽留不住。想他将如武陵人般远去，而我到底只能独自幽居于这妆楼深处。唯有楼前的流水，才会知我怜我终日凝眸远望。而我凝眸之处，从今往后，又添新愁一段。

【评析】

据陈祖美《李清照简明年表》载："公元 1118 至 1120 年（重和元年至宣和二年），这期间赵明诚或有外任，清照独居青州。是时明诚或有蓄妾之举。作《点绛唇》《凤凰台上忆吹箫》等。"从公元 1117 年起，李清照夫妇二人屏居青州乡里十年之久，而后赵明诚再次踏上仕途，出外为官，遂离别多欢聚少。但当时赵明诚在外是否有纳妾之举，仍缺乏确凿的史料证据。

上片"香冷金猊，被翻红浪，起来慵自梳头。任宝奁尘满，日上帘钩"，此番种种都是在写词人的慵懒散漫，因思念因离愁，甚而无心生活。一个"慵"字，可以说是这几句的点睛之笔。香冷无心再焚，被乱无心收拾，披发无心梳髻，宝匣无心擦拭，光阴无心珍惜……无心，无心，全是无心，只因她的心早随那武陵人一道远行去了。这一段将词人心境融入器物之中，"冷""翻""慵""任"都或多或少地沾染了主观的情绪色彩。

"生怕离怀别苦"，此句点明主题，将前面种种庸懒散漫作态之原因道出，虽说"生怕"二字，已极言其苦，可惜终归无可奈何，不仅留人不住，更加欲说还休。"多少事，欲说还休"，仿佛她若说了，也只是将一个人的苦楚，散播为两个人的忧愁。更何况，若赵明诚当时真有纳妾之心，李清照即使说了，恐也不能尽数传达自己的哀婉，反而愁上添愁。“新来瘦，非干病酒，不是悲秋”，有苦难言，怎不叫人白白消瘦？“新来瘦”证明如此销魂，并不是第一次了，可见夫妻之间聚少离多。而“瘦”的原因，在此并不直言，倒是如排除法一般，曲折而道，含蓄深刻。不是“万里悲秋常作客，百年多病独登台”，不是“日日花前常病酒，不辞镜里朱颜瘦”，而是“衣带渐宽终不悔，为伊消得人憔悴”。

“休休，这回去也，千万遍《阳关》，也则难留”，宕开一笔，描写词人孤寂的自我安慰，算了吧，算了吧，反正是留不住的。《阳关》指的是王维的《送元二使安西》，“渭城朝雨浥轻尘，客舍青青柳色新。劝君更尽一杯酒，西出阳关无故人”。这首著名的送别词，后谱成《阳关三叠》，乃是赠别之曲。“念武陵人远，烟锁秦楼”，这两句分别用典。“武陵人”除指陶潜《桃花源记》中的渔夫外，还有一则典故出自刘义庆的《幽明路》，据载东汉永平年间，浙江剡县人刘晨、阮肇到天台山采药迷路遇到两位仙女，被邀至仙女家中，结成夫妇。半年后思归，别仙女而去，然世间子孙已逾七代。后世称刘、阮二人为武陵人。韩琦《点绛唇》云：“武陵凝睇，人远波空翠。”“秦楼”出自刘向《列女传》记载的秦穆公之女弄玉与萧史结合后，萧史善于吹箫，引来诸多凤凰，后夫妇两人乘凤升天。秦楼指的便是弄玉与萧史共居了十年之久的凤楼，而李清照也与赵明诚同住青州十年，但可惜别人是双宿双飞，她却落得个独守空楼，怎不令她感慨？

“惟有楼前流水，应念我、终日凝眸。凝眸处，从今又添，一段新愁。”这一段用了顶针的手法，“凝眸”两句吟诵起来律动别致。最末的抒情虽是用语通俗，但情思悠长不绝。可见李清照之痴情真情。沈际飞在《草堂诗馀正集》卷三中评全词云：“懒说出，妙。瘦为甚的，尤妙。‘千万遍’，痛甚。转转折折，忤合万状。清风朗月，陡化为楚雨巫云；阿阁洞房，立变成离亭别墅。至文也。”

一剪梅

红藕[1]香残玉簟[2]秋，轻解罗裳，独上兰舟。云中谁寄锦书[3]来？雁字[4]回时，月满西楼。

花自飘零水自流，一种相思，两处闲愁。此情无计可消除，才下眉头，却上心头。

【词译】

鲜红的荷花已凋败无多，素白的竹席已沾染秋凉，正是夏末秋初，天气未寒人觉微凉。独自缓步踏上一叶兰舟，泛舟至那荷塘深处，静静躺下来看天上云卷云舒，谁会千里寄书来？要南飞过冬的大雁，排成字列，齐齐归来。不觉间，新月已洒满西侧的楼台。

夏花自顾自地飘零，溪水自顾自地闲流。无可奈何，又循环往复。她和他之间应是由同一种相思牵绊着的，牵绊两处的离人。“入我相思门，知我相思苦”，此情此愁，才子佳人自不必说，就连古之英杰也无法可想。好不容易眉间稍展，心上便又是一紧一痛。

注

① 红藕：红色的荷花。

② 玉簟：素白的竹席。

③ 锦书：妻子寄给丈夫的书信，亦泛为书信的美称。

④ 雁字：雁群飞翔时常排成“一”或“人”字，因此诗文中以“雁字”指群飞的大雁。

【评析】

这首《一剪梅》是李清照于赵明诚远行后的思念之作，流传甚广，历来为人所激赏。明人李廷机《草堂诗馀评林》卷二评之："此词颇尽离别之情，语意超逸，令人醒目。"

首句"红藕香残玉簟秋"与本词最末三言一样，最受好评。其中以梁绍壬《两般秋雨庵随笔》的评论最具代表性且最为贴切，其言："易安《一剪梅》词起句'红藕香残玉簟秋'七字，便有吞梅嚼雪，不识人间烟火气象，其实寻常不经意语也。""红藕香残"写室外之景，"香"涉及嗅觉，荷花香淡之意，"残"涉及视觉，荷花凋零所剩无几的样子。"玉簟秋"写室内之物，"秋"涉及触觉，写入秋后枕玉席而眠已觉得有些凉意。总的来说，开篇便有些许黯淡的氛围氤氲，但也不是"又恐双溪舴艋舟，载不动许多愁"的这般沉重，飘渺的闲愁，委实"吞梅嚼雪、不食人间烟火"。

"轻解罗裳，独上兰舟"，一个"独"字，为写离愁埋下伏笔，正是秋意起的时节，正是最易悲秋的时节，词人却只能独自泛舟，未免有些萧索。泛舟之举，本意想必是排遣愁思，怎奈一旦望一眼那遥远的天际，那白云舒卷的所在，便又陷入了深深的相思之中。遂有"云中谁寄锦书来"一问，可惜有问无答，更显失望。"锦书"出自《晋书·窦滔妻苏氏传》，据载魏晋时期的才女苏蕙之夫婿窦滔被奸臣陷害，流放流沙。苏蕙坚贞，而窦滔到了流沙后却另结新欢，苏蕙得知，既思又恨，遂织锦作回文璇玑图诗，纵横反复，皆可读诵，寄与窦滔。窦滔方知己错，两人重归于好。这种用锦织成的字称锦字，又称锦书。"雁字回时，月满西楼"，时光空负，转眼入夜，但见大雁南飞，锦书难托，可见词人从早到晚都陷于相思之苦，难以自拔。

"花自飘零水自流"，采用比兴的手法，以人力所不能控制的花落水流，暗喻韶光流逝不休的感叹。词人以这句承上启下，展开下文直抒胸臆的独白。"一种相思，两处闲愁"，推己及人，写出两人恩爱甚笃，因此思念弥深。"此情无计可消除，才下眉头，却上心头"，结尾三句化用范仲淹《御街行》，"都来此事，眉间心上，无计相回避"。虽是化用，但却青出于蓝而胜于蓝。"才下""却上"这样的笔墨，显然比平铺直叙眉间心上愁不尽更多意趣与灵动，在艺术感染力上更胜一筹，更能读出词人的憔悴支离。

醉花阴

薄雾浓云愁永昼，瑞脑[①]消金兽。佳节又重阳[②]，玉枕纱厨[③]，半夜凉初透。

东篱把酒黄昏后，有暗香盈袖。莫道不销魂，帘卷西风，人比黄花[④]瘦。

【词译】

分明已入了秋季，但这薄雾缭绕，浓云密布的白昼，漫长得到了近乎荒谬的地步。又是一年重阳，心中烦闷难消，又百无聊赖，只呆呆地看着那金色兽形的香炉中，燃烧的瑞脑青烟袅袅，不时又俯身望望炉中瑞脑还剩得多少。白天终于熬尽，怎奈夜晚也并不好过。独卧玉枕之上、纱帐之内，却又于半夜惊醒。冷啊，冷得透了，透过薄衣，透入心房。

勉强依着习俗，在重九日，赏菊花饮菊酒，直到日头偏西，直到双袖也盈满了菊香。可是你别以为美酒佳节，花黄日盛就不令人黯然神伤了，这恰是“良辰美景虚设”啊！这花终究是赏不下去了，这酒也终究是难浣愁肠，步入房中，一阵西风尾随而至，悄悄卷起那画帘，只见帘内之人，竟比帘外黄花更为消瘦。

注

① 瑞脑：又称龙脑，即冰片，熏香一种，传说产于交趾，如蝉蚕形。

② 重阳：农历九月九日。

③ 纱厨：旧日卧床上防蚊蝇的纱制幔帐，一般为淡绿色，又称碧纱厨。

④ 黄花：菊花。《札记·月令》：“鞠有黄华。”

【评析】

据考这首《醉花阴》作于崇宁二年的重阳节，彼时赵明诚远在他乡，李清照佳节思亲，遂成词一首寄与赵明诚。而在《琅嬛记》中引《外传》言："易安以《重阳·醉花阴》词函致明诚。明诚叹赏，自愧弗逮，务欲胜之。一切谢客，忘食忘寝者三日夜，得五十阕，杂易安作，以示友人陆德夫。德夫玩之再三，曰：'只三句绝佳。'明诚诘之。曰：'莫道不销魂，帘卷西风，人似黄花瘦。'正易安作也。"言说赵明诚读了本词后，竟起了比试之心，废寝忘食三天三夜，成词五十阕，竟没有一首胜过了易安词。当然，《琅嬛记》本是小说，这则逸闻是否确有其事也就不能保证了。王学初就曾反驳之，"按赵明诚喜金石刻，平生专力于此，不以词章名。《琅嬛记》所引《外传》，不知何书，殆出自捏造。所云'明诚欲胜之'必非事实"。

全词从薄雾浓云到瑞脑金兽、玉枕纱厨、东篱把酒、帘外菊花，无一不显出词人怀人的愁苦，表达了词人思夫心切与孤寂落寞的感情，人评"幽细凄清，声情双绝"。

"薄雾浓云愁永昼，瑞脑消金兽"，起笔写白日里词人无聊无趣又无奈的生活状态与精神情况。不知是薄雾浓云的天气使人愁闷，还是人本愁闷而觉天气灰暗阴霾，总归此愁让这寂寞白日显得永无止境，词人甚至只能望着炉中瑞脑香一点点燃尽，以此来打发这仿佛永远也打发不完的时间。"瑞脑"乃是一种名贵的香料，李清照《浣溪沙》云，"瑞脑香消魂梦断，辟寒金小髻鬟松"。那么，为何这几日竟如此漫长难熬？"佳节又重阳"，原来是又到了"倍思亲"的重阳节了。这一天与上巳节一样，都是合家倾室而出远游赏景的节日。《荆楚岁时记》云："九月九日，四民并籍野饮宴。"《西京杂记》亦有："九月九日，佩茱萸，食蓬饵，饮菊花酒，云令人长寿。""玉枕纱厨，半夜凉初透"，白天难挨，晚上难眠，委实一幅凄凉景。

"东篱把酒黄昏后，有暗香盈袖"，下片起笔便写重阳当日只身饮酒赏菊的情景。"东篱"出自陶潜《饮酒诗》："采菊东篱下，悠然见南山。"自此"东篱"成为诗人词人咏菊的经典意象。而"有暗香盈袖"则化用诗句"馨香盈怀袖，路远莫致之"。可见正是花好景秀，但词人却说"莫道不销魂"，思念之情却只增不减，内心苦痛依旧深沉。"帘卷西风，人比黄花瘦"，晚来风急，将帘子轻轻卷起，词人再一次看见帘外清瘦的菊花，触景伤情。陈世焜评全词"无一字不秀雅，深情苦调"，读之很是中肯。

武陵春

风住尘香[①]花已尽，日晚[②]倦梳头。物是人非事事休，欲语泪先流。

闻说双溪[③]春尚好，也拟[④]泛轻舟。只恐双溪舴艋舟[⑤]，载不动许多愁。

【词译】

恼人多日的风雨终于停止了，缕缕清香从窗外随风飘来，但掀开帘子一瞧，却只见枝头巷旁的各色花儿都已落尽，唯有沾染了落花的春泥仍旧芬芳。原来已日上三竿了，而我却依然无心梳妆。又是一年春去春来，花开花落，但我身边的人事却尽数更迭，国仇家恨、生离死别，断肠人一欲开口，眼泪却先一步奔涌而出。

听人说双溪的春色尚未阑珊，仍旧有那惬意的赏春人前赴后往，我也想去那里划船散心。许多天的闭门不出，已让我苦闷。可刚起了这个游春的念头，又担心那小小窄窄的舴艋舟，载不动我心中如山似海的愁绪。

注

① 尘香：花瓣落地，尘土沾香。

② 日晚：本词中指日上三竿、日头正高的时候。

③ 双溪：河名，在浙江金华，是唐宋时有名的游览地。东港、南港两水汇于金华城南，故曰“双溪”。

④ 也拟：也打算。

⑤ 舴艋舟：一种两头尖如蚱蜢的小船，十分轻便。

【评析】

据考这首《武陵春》作于绍兴五年，黄盛璋《李清照事迹考辨》云："词意写的是暮春三月景象，当作于绍兴五年三月。"而卒于建炎三年的赵明诚，彼时已走了五年之久。这五年里金人犯境，社稷危在旦夕，处处混乱不堪，百姓流离失所，而李清照亦是独自颠沛流离。建炎四年易安先流徙浙东，后至衢州。绍兴元年，她抵达浙江绍兴，在此被盗走了她珍藏的大批书画文物。绍兴二年，李清照于杭州再嫁，怎知所托非人，丈夫张汝舟实则只为其财，而后被迫离婚，按照宋代法律，李清照虽获准离婚，但又难逃身陷囹圄之灾。最终得亲友营救，只关押了九日便出狱了。绍兴四年十月，李清照避难金华，一边继续整理校勘赵明诚遗作《金石录》，一边仍写下了许多名词佳文，如这首世人皆知的《武陵春》与《打马赋》等。

由此，这首《武陵春》并不是一般意义上的闺怨词，因为彼时的李清照不仅中年居孀，而且在战火连天的乱世风雨飘零，先是家财散尽，后又委身歹人，甚至还锒铛入狱，其遭遇之坎坷，处境之凄凉，以致所言所写之"愁"，早已不仅仅是深闺寂寞那样纯粹的闲愁了。

在写作手法上，这是一首代言体小词。所谓代言体最早可以追溯至《左传》，"《左传》记言而实乃拟言、代言，谓是后世小说、院本中对话、宾白之椎轮草创，未遽过也"。诗词中的代言即是作者代人物"拟言"。而本首词则是用第一人称的口吻，写出了一个孤苦无依、凄凄惨惨的女人形象。

"风住尘香花已尽，日晚倦梳头"，开篇首句便非常凝练，既写出今天日明清丽的天气状况，也暗示着前几日风雨飘摇，无法外出的苦闷。"风住"二字非常巧妙。"尘香"不禁令人想到陆游的《卜算子》"零落成泥碾作尘，只有香如故"。但这种"尘香"究竟不是花香，未免会让人哀叹鲜花的逝去，像那些美好的过去一般，被时间打落，融在回忆里。一旦嗅到曾经，定叫人又怀念又感伤。而日上三竿却懒于梳洗的形象描写，实际上是对内心的刻画，国破家亡，谁还惦记着打扮呢？"物是人非事事休"，春景年复一年，赵明诚的《金石录》也还在案头上放得好好的，然而赌书泼茶的日子却再寻不回。万事皆休，无穷萧索，然而一旦想要开口言说，却叫泪水先夺眶而出。这里为写"泪流"而先写"欲语"，正是平易之中的奥妙之处，仿佛那些沉重的情绪随时随地都处于即将满溢的状态，令人喘不过气。

下片主要描写人物的内心活动，先因听闻双溪春尚好，有了些许出游的兴致，心情也似乎明朗了那么一瞬间。“也拟”二字准确描写了词人的心绪，只是随波逐流罢了，大家都去那里抓住春日的尾巴，最后再尽兴尽兴，而词人不过是觉得也罢也罢，去泛一泛舟或许也挺好。正因想要出游的心态并不激烈笃定，所以才有下文的转折。“只恐”二句，便在结尾宕开一笔，以夸张的手法写出她愁绪的深重与无以为解，这泛舟之举不仅不可能消解她的愁绪，甚至根本就载不动她的愁绪，如此新辞，委实“悲深婉笃，犹令人感伉俪之重”。

《唐宋词百首详释》评全词：“婉转哀啼，令人读来如见其人，如闻其声。本非悼亡，而实悼亡，妇人悼亡，此当为千古绝唱。”

声声慢

寻寻觅觅，冷冷清清，凄凄惨惨戚戚[①]。乍暖还寒时候[②]，最难将息[③]。三杯两盏淡酒，怎敌他、晚来[④]风急？雁过也，正伤心，却是旧时相识。

满地黄花堆积。憔悴损，如今有谁堪摘？守着窗儿，独自怎生得黑？梧桐更兼细雨，到黄昏、点点滴滴。这次第[⑤]，怎一个愁字了得！

注

① 戚戚：忧惧，忧伤的样子。

② 乍暖还寒时候：指秋日清晨天气，因日出而暖，又因季节而寒。

③ 将息：旧时方言，调养休息，保养安宁的意思。

④ 晚来：一作“晓来”。

⑤ 这次第：这光景、这情形。

【词译】

独自在房内寻觅，但到底在寻觅些什么，就连自己也说不清楚，这冷冷清清的陋室里，哪里还有什么什物可藏可觅？能失去的，早就都失去了。心爱的人、珍藏的画、校勘的书……万事休矣。乍暖还寒的时候，最难调养保息。独饮三两杯淡酒而已，怎能抵挡得住寒风萧瑟？抬头望，大雁又南飞，细细想来，我与雁群也早已是旧相识了。当年夫君赵明诚总与我天各一方，那时我便常将心事寄于雁群。而今物是人非，更感伤心。

满地黄花憔悴枯损，堆堆叠叠，一片又一片，然而谁又能与我共摘？罢了，罢了，黄花呵，你们还是默默枯萎，化作春泥吧。我已无心顾及，只整日守在窗前，从日升熬到日落，又从月升熬到月落，时间终于成了一种折磨。好不容易等到黄昏，却又下起了恼人的细雨，滴滴答答地打在梧桐叶上。此情此景，一个"愁"字怎能说尽！

【评析】

宋钦宗靖康二年，金人大举南侵，俘获宋徽宗、钦宗父子北去，至此北宋朝廷崩溃，史称"靖康之变"。同年五月，宋高宗即位于南京应天府，改元建炎，建立南宋政权。关于这一历史事件，最著名的词作当属岳飞《满江红》，"靖康耻，犹未雪，臣子恨，何时灭"。而李清照便是于靖康之难后南渡，会赵明诚于金陵，其后更是遭遇夫死家破之恨，境况凄然。这首《声声慢》便是作于赵明诚死后，抒发词人对夫婿的悼亡怀念与自己的寂寞凄然。

"寻寻觅觅，冷冷清清，凄凄惨惨戚戚"，首句七组叠词连用，历来为文人所激赏。清人梁绍壬在《两般秋雨庵随笔》中言："诗有一句三叠字者，吴融《秋树》诗'一声南雁已先红，槭槭凄凄叶叶同'是也。有一句连三字者，刘驾诗'树树树梢啼晓莺''夜夜夜深闻子规'是也。有两句连三字者，白乐天诗'新诗三十轴，轴轴金石声'是也。有一句四叠字者，古诗'行行重行行'、《木兰诗》'唧唧复唧唧'是也。有两句互叠字者，'年年岁岁花常发，岁岁年年人不同'是也。有三联叠字者，古诗'青青河畔草'六句是也。有七联叠字者，昌黎《南上》诗'延延离又属'十四句是也。至李易安词'寻寻觅觅，冷冷清清，凄凄惨惨戚戚'，连下十四叠句，则出奇制胜，匪夷所思矣。"诗词中叠字的使用并不是那么简单的事，相反诗词中甚至比较忌讳使用叠字，一是考虑到平仄音律的需要，二是字面若前后相犯，即便是佳作，也毕竟不妥。而李清照此作，不仅音律和谐，齿音、舌音反复吟唱，词意上更是步步逼近，将难以忍受的寂寥悲惨渲染到极致，余韵无穷。

“乍暖还寒时候，最难将息。三杯两盏淡酒，怎敌他、晚来风急？雁过也，正伤心，却是旧时相识。”本就惨惨戚戚之心，在时冷时暖的秋季清晨，当然更难顾及养息。而薄酒难御风寒，归雁触动旧思……一个人，一个人得面对这许多悲景，确实愁深似海。曾经“浓睡不消残酒”，尚能一醉，而今这酒却连御寒都做不到了。传信的青鸟仍在，而互通尺素的双方，却已是人鬼殊途。更兼有国破之恨，如今从北往南的大雁，已是横飞了不同的政权国家，物是人非，到底凄凉。《唐宋词选释》言：“雁未必相识，却云‘旧时相识’者，寄怀乡之意。”

“满地黄花堆积。憔悴损，如今有谁堪摘？”赵明诚还活着时，李清照对其的思念是“东篱把酒黄昏后，有暗香盈袖”，终究还有几分淡雅之情。如今同是菊花凋败之时，心情却只剩悲怆，只剩煎熬——“守着窗儿，独自怎生得黑？”自己是如何守在窗前熬过时间的，就连自己也说不清楚，可见其中浑噩。好不容易挨到了黄昏，却又是“梧桐更兼细雨”，萧瑟的点滴声，落了一夜，打了一夜，叫人断肠。此句化用温庭筠《更漏子》“梧桐树，三更雨，不道离情正苦；一叶叶，一声声，空阶滴到明”。这里的“点点滴滴”也是叠字，更复起笔三句，清人陆蓥曾评：“二阕共十馀个叠字，而气机流动，前无古人，后无来者，可谓词家叠字之法。”末句“这次第，怎一个愁字了得”，一声悲号，满纸呜咽，写出词人的绝望与无助。词人的愁绪写到这里，已是非笔墨所能形容的了，只能一声惊呼，不写之写。

陆 游

（1125—1210）

字务观，号放翁。绍兴二十三年省试第一，因主张抗金，被秦桧黜落。孝宗继位，赐进士出身。乾道七年，投身军旅，任职南郑幕府。次年奉诏入蜀，与范成大相识，一时间唱酬往来甚密。一生力主抗金，为恢复中原奔走呼号。陆游主要致力于诗歌的创作，其词数量不多，但词风或婉约高洁，或激昂大气，集众家之长，著有词集《放翁长短句》。刘克庄有评云："放翁长短句，其激昂慷慨者，稼轩不能过，飘逸高妙者，与陈简斋、朱希真相颉颃。流丽绵密者，欲出晏叔原、贺方回之上。"

南乡子

归梦寄吴樯[①]，水驿江程去路长。想见芳洲[②]初系缆[③]，斜阳，烟树参差认武昌。

愁鬓点新霜，曾是朝衣[④]染御香。重到故乡交旧少，凄凉，却恐他乡胜故乡。

注

① 吴樯：归吴的船只。

② 芳洲：即位于武昌东北的鹦鹉洲。

③ 缆：靠岸后固定船只所用的铁索或粗绳。

④ 朝衣：上朝拜见皇帝的官服。

【词译】

多年的思归梦终于照进现实，照在驶向吴地的船帆之上，以前在梦中并未觉得这水路京师如此漫长，一程又一程，心中焦急又祈盼。我想今天傍晚就能在鹦鹉洲系缆停驻了吧，然后在夕阳的余晖中，透过参差的如烟树丛远望武昌。我也曾在京为官多年，朝服上也曾满染御炉的熏香味，但如今却是白鬓斑斑，新愁旧恨添作霜发。时隔多年再归乡，不知故交还有几人？不堪作如此凄凉想，唯恐故乡已不如他乡。

【评析】

据考这首《南乡子》应作于宋孝宗淳熙五年，彼时五十四岁的放翁，受孝宗召见东归，途径武昌有感而作。陆游入蜀是早在乾道五年底的事情了，时任夔州通判。没想到此去便是九年，思归之情常有，然而真的踏上了归途，心情竟又是这般复杂，乡音无改鬓毛衰，又恐故人相见不相识。由此，甚而更进一步想到国家社稷历经这多年浮沉，山河破碎的凄凉意夹杂于心，委实令人唏嘘。

“归梦寄吴樯”，开门见山点出正身处东归途中，走水路，乘吴樯，妙在“梦”语，暗示着词人归乡之心，由来已久，如其多次在其他诗词中提及的那样，《秋思》云“吴樯楚柁动归思，陇月巴云空复情”；《叙州》亦云“楚柁吴樯又远游，浣花行乐梦西州”。又因归心似箭，而道“水驿江程去路长”。这山一程水一程，好似没有尽头，令人反生焦躁与不安。

“想见芳洲初系缆，斜阳，烟树参差认武昌”，这三句句意上也紧承上文，词人因路遥而坐立难安，在心中暗自“想见”，今天傍晚恐怕就能抵达鹦鹉洲了吧，以此其迫切之心可见一斑。词人设想舟泊芳洲侧，系缆岸边，然后他就可以在夕阳下，看见高低起伏的山林丛丛，认出远处的武昌城，也不知依旧否？这里妙在“认”字，表明词人以前便是识得武昌的，一来一往，竟已相隔数年，又是一声长叹。

然而词人的设想并未止步于此，思归不是一天两天的事情，今朝梦想成真，怎可能就此作罢，于是干脆想到了自己抵达故乡后的情况。“愁鬓点新霜，曾是朝衣染御香”，曾经是“衣冠惹得御炉香”，如今竟“尘满面、鬓如霜”，怎不叫人担忧回乡后的情况？自己是否还能为故乡所接受？而自己朝思暮想的故乡，又是否如旧？多年动荡，恐怕“重到故乡交旧少”。曾志同道合的友人还有几人身在故乡？若在，又还能不能与过去一样，促膝长谈，志趣相投？从种种不确定之中，油然而生一股凄凉之意。

煞拍化用杜甫《得舍弟消息》诗句：“乱后谁归得？他乡胜故乡。”就此词人将个人命运、友人经历，最终和国家社稷的大运合而为一。身在他乡，不知旧交的生离死别，不闻社稷的风雨飘零，反倒安安心心，只是寂寞难耐、思归心切罢了。若如今回乡将面对的是更加残酷的现实，破碎的人生，那就真恐“他乡胜故乡”。担忧、期盼、急切、欣喜、凄凉……重重心事，混成一锅粥，在这山水迢迢的归途中，无时无刻不占据着词人的心绪深思，真个情重。

钗头凤

红酥[①]手，黄縢[②]酒，满城春色宫墙[③]柳。东风恶，欢情薄。一怀愁绪，几年离索。错、错、错。

春如旧，人空瘦，泪痕红浥[④]鲛绡[⑤]透。桃花落，闲池阁。山盟虽在，锦书难托。莫、莫、莫！

【词译】

你也曾用那红润细腻的双手，为我捧起一杯盛得满满的黄縢酒，那一刻，

注

① 酥：柔软细嫩。

② 黄縢：宋代官酒以黄纸为封，故以此代指美酒。縢，绳子。

③ 宫墙：南宋以绍兴为陪都，故称。

④ 浥：沾湿。

⑤ 鲛绡：神话传说鲛人所织的绡，薄而轻，这里代指手帕。

东风吹开一城的春景，宫墙柳绿，荡漾的身姿好似我泛着波澜的心。无奈好景不长，一朝风恶，便将往昔的欢愉吹得无比稀薄，让我想要怀念，甚至都无从觅起。几年的离别，不变的只有一怀愁绪。如今，春依旧，人却兀自消瘦，双泪混着红妆，湿透了薄绢香帕。东风又起，吹落桃花满园，在无人的池塘楼阁内空枯败。山盟海誓言犹在耳，彼此思念的锦书却再难相寄。罢、罢、罢！

【评析】

这首著名的《钗头凤》据陈鹄载作于绍兴二十一年，记述了陆游与前妻唐氏在禹迹寺南沈园的一次偶遇，表达了词人对前妻的留恋与对当年分离的怨恨，情感真挚复杂，感人至深。

陆游与前妻唐氏婚配于绍兴十四年，两人感情甚笃、琴瑟和谐，然而不过两三年后，陆游便碍于高堂的决议，不得不与妻子分离。关于出妻的原因也有几个说法，其一是陈鹄载“不当母夫人意”；其二是刘克庄云“二亲督教甚严，恐其惰于学也，数谴妇，放翁不敢逆尊者意，与妇诀”；最后是周密说“弗获于其姑”。现多以刘克庄的说法为信。之后陆游在母亲的安排下，另娶王氏为妻，而唐氏则改嫁了赵士程。“尝以春日出游，相遇于禹迹寺南之沈氏园。唐以语赵，遣致酒肴。”这阕《钗头凤》便因此而生，放翁信笔题于园壁之上，据说唐氏见后，也依律和了一首，其词云“世情薄，人情恶，雨送黄昏花易落。晓风干，泪痕残，欲笺心事，独雨斜栏。难，难，难！人成各，今非昨，病魂常似秋千索。角声寒，夜阑珊，怕人询问，咽泪妆欢。瞒，瞒，瞒！”而后更是不久于人世，沈园一聚一别，终成永别。

“红酥手，黄縢酒。满城春色宫墙柳”，开篇三句实为回忆，回忆过去同游赏春的情景。“红酥手，黄縢酒”，侧写出唐氏的美丽温婉，二人一饮一斟，也表明当时的恩爱有加、默契无比的幸福婚姻生活。而这一切发生的背景便是在春色满城的季节，红润的素手、美酒的黄封、嫩绿的新柳，使得画面色彩纷呈、欢快明亮。

然而往昔越是美好，“东风恶”所带来的痛苦也就越强烈，不禁让人想起了同样让人唏嘘同情的《孔雀东南飞》中的伉俪，焦仲卿与其妻刘氏的爱情悲剧。

“东风”这一意象的使用也非常巧妙，有词解以之为暗喻陆母，但陆游身为儿子，自然不便明言，只能如此委婉含蓄地表达。但“恶”字，可见词人心中并非毫无怨言。正是成也东风，败也东风。东风和煦地为二人吹来了最美的春景，最终却又猛烈地吹散了所有温情，从而“欢情薄”。接下来详细写出“恶”字带来的后果，“一怀愁绪，几年离索”。一别七年有余，然而愁苦的心，却并未因时间的流逝而伤愈，今日一见，仍是满满一怀，好像随时都会满溢而出。可是，如今的情况已不允许他们执手相看泪眼，已不允许他们促膝长谈，已不允许他们互诉苦衷……

于是，词人唯有痛定思痛地落下三个叠字，“错，错，错”！情感就此喷薄而出，但究竟是谁在何时错在了何处，却又没有明说。词人是在埋怨自己当初不该就此与前妻分手，还是苦于母亲的不通情理，又或者兼而有之？终归留下了无尽的言外之意，或许这世间唯有唐氏能一眼辨出词人深意吧。

“春如旧，人空瘦，泪痕红浥鲛绡透。”下阕承接上文情感上的深切痛苦，转入对现在的描写。再见时，春仿佛还是那一季的春，而人却消瘦不已。曾经是“红酥手”，如今只是“瘦”，而且还是“空瘦”。可见唐氏与词人一样，深受“几年离索”的折磨，仍旧“一怀愁绪”。这场不期而遇似乎也成了引爆唐氏情绪的导火索，泪湿绡透，红妆残。那么陆游看见前妻如此情深意重，自己又是何感受呢？“桃花落，闲池阁”，这两句写景亦言情，再见东风，风吹得桃花落，象征着唐氏如今的憔悴消损，而陆游的心情就像“闲池阁”一般凄凉萧索。

虽然两人都难受至此，但到底“山盟虽在，锦书难托”，如前面说唐氏“空瘦”一样，一切已回不到从前。心意虽从未更改，山盟海誓也从未忘记，但已不能再执子之手，更何谈与子偕老？此心再诚也是空，此恨再深也是空，“莫、莫、莫”！又是一次情感攀升后的高峰，罢了吧，罢了吧，除此之外，还有什么办法呢？越是如此说算了，竟越给人沉重之感，哀而不能言，怨而不能语，情未了，却要强行斩断一切，声情凄然，万箭穿心。

卜算子

驿外断桥边，寂寞开无主。已是黄昏独自愁，更著[①]风和雨。
无意苦争春，一任[②]群芳妒。零落成泥碾作尘，只有香如故。

【词译】

驿站断桥旁，一株梅花寂寂开放，无人前来赏花。时值黄昏，已是独自愁，却又偏逢天不怜，一阵风吹雨打，花瓣汇入雨珠中散落一地。本就无意与群芳一道在春天争奇斗艳，只愿独守这寒冷隆冬，若这样也招来了百花的妒意，那么就随它们去吧。即便被打落泥土之内，又碎碾为尘土，也无甚哀伤，毕竟幽香依旧，永存人间。

【评析】

这首《卜算子》是咏梅的绝唱，词人以梅花自况，托物言志，既赞叹梅花的与众不同，也表达自己高洁自守的人格。

起笔描写梅花所处的清幽环境，“驿外断桥边”，驿馆之外，断桥之侧，已失去作为通路的功能，自然是人迹罕至的地方，仿佛高傲的梅花主动择了这么一个僻静的所在，好自顾自地生长凋零。“寂寞开无主”，实际上是词人的感受，自己的郁郁不得志，仿佛无人理解无人欣赏的梅花一样。同时也表达出词人对梅花的怜惜之情，仿佛二者处境相同，于是惺惺相惜，能够彼此懂得一般。虽

注

① 著：遭受，承受。

② 一任：全任，完全听凭。

是“寂寞”，虽是“无主”，但梅花到底是开不是闭，即使身处逆境，花的志向却未更改，要开放、要发香。

“已是黄昏独自愁，更著风和雨”，本就愁闷的梅花，还需接受上天的考验，风风雨雨从不随人愿。所处非地，所遇非时，梅花的遭遇即是词人一生仕途的坎坷缩影。不仅不受赞赏不被重用，甚至还反遭排挤陷害。毕竟陆游所处的时代非常动荡，北宋摇摇欲坠，金人屡屡犯境，百姓举家逃难，而一生主张用兵的陆游，其爱国热情多次被打压。而南宋偏安一隅，苟延残喘，陆游的一腔热血竟无处可洒，不仅孤独抑郁，更是痛心沉重。

下阕写梅花历经磨难后的品格，“无意苦争春，一任群芳妒”。“争春”语出唐戎昱《红槿花》，“花是深红叶曲尘，不将桃李共争春”。梅花不屑于开在百花争艳的春天，一个“苦”字可以看出其对春天的态度。但即便如此，也无法完全置身事外，总有好事之徒要恶意中伤。毕竟与众不同会让显得突兀，会在无形中带给周遭人焦虑感，而梅花对此的态度是听之任之，一言不发地接受自己的命运。这也是词人自己的心意，遭遇种种逆境后的人生态度，是经过了历练与升华后的旷达心态。一方面继续坚守，绝不同流合污，另一方面也不再顾及旁人的恶意中伤。

世人曾评本词“末句想见劲节”，“零落成泥碾作尘，只有香如故”。“碾作尘”语出王安石《咏杏》，“纵被春风吹作雪，绝胜南陌碾作尘”。末二句紧承上文，将梅花的品性再度推高，不仅言其生，更谈其死。“零落成泥碾作尘”可以说是梅花历经孤寂、风雨、中伤等种种磨练之后的最后一劫，凄苦的命运似乎不幸地伴随梅花始终，但“香如故”证明了梅花直至最终其心也未曾更改一分一厘。物我合一，即表达了词人愿为自己的理想抱负，奉献终身，矢志不渝的高尚品德。正是“双鬓多年作雪，寸心至死如丹”。陆游尚有一首意境相同的《言怀》诗，云：“兰碎作香尘，竹裂成直纹，炎火炽昆冈，美玉不受焚。”

范成大

（1126—1193）

字致能，别字幼元，早年号此山居士，后号石湖居士，谥号文穆。绍兴二十四年进士，累官至参知政事。乾道六年，作为宋廷特使出使金国，索取河南“陵寝”地，气节凛然，全节而归。素有文名，尤长于诗，诗风平易近人，清新温润，与陆游、杨万里、尤袤齐名，为南宋四大家之一。其词早期与婉约派一脉相通，清丽柔长，后期多沉稳淡雅之作，词风渐渐近于苏轼。著有《石湖词》一卷传世。

忆秦娥

楼阴缺[①]，阑干影卧东厢月。东厢月，一天[②]风露，杏花如雪。

隔烟催漏金虬[③]咽，罗帏[④]黯淡灯花结[⑤]。灯花结，片时春梦，江南天阔。

注

① 缺：这里指树阴未遮住的楼阁一角。

② 一天：满天。

③ 金虬：铜龙，安在漏上造型为虬的装饰物，龙嘴吐水计时。

④ 罗帏：代指闺房。

⑤ 灯花结：灯芯烧结成花，旧俗以为有喜讯。

【词译】

树荫遮蔽着清冷的月色，唯有她所在的厢房被遗漏，清月从东厢映来，将栏杆的斜影描在地上。借着月色，只见帘外风满露重，杏花像雪一样地纷扬落下，也像雪一样缀满枝头。她隔着香炉内的寒烟，听见计算更漏的铜龙断续滴水，声如呜咽。灯芯烧得久了，黯淡了，罗帏的赤红映成了深深的幽紫。然而不多会儿，灯芯却又烧结成花了，莫不是闺中人有何喜事？转念一想，还能有什么喜事呢，恐怕也只是在转瞬即逝的春梦中，驰骋到了那天宽地阔的江南，与情人匆匆一会罢了。

【评析】

范成大的《石湖词》中共收录了五首《忆秦娥》，四首分写春季里朝、昼、暮、夜四个时间段中的景与情，全是思妇怀人的主题。末一首写节气惊蛰的情思，作为前四首的扩展之作。本首乃是春夜怀人，为组词的第四首，却也是最佳之作，虽写闺中人的愁思，全词却不落一个“愁”字，淡雅含蓄，自有一番清逸。当然，作为一组套词，亦有学者认为范成大绝非单纯信笔写闺情而已，而是有目的、有意识地写了这五首词，作为一个整体，别有所托。

上阕状写园中夜景，勾勒出静谧清幽的环境，将闺中人的怅惘隐匿其中，婉约至极。“楼阴缺”意为树荫浓密间却好似遗漏了这一角般，任凭清冷的月光照进楼内，勾出闺中人那同样渗着凉意的忧愁。百密一疏，反倒给予这种疏密感以强烈对比，文思巧妙。“栏干影卧东厢月”乃是倒装，即月光从东厢房射入屋内，将栏杆的阴影投于地面。证明时间已晚，月已斜偏，然而闺中人竟还未成眠。“东厢月，一天风露，杏花如雪”，因月光的照射，闺中人似也看清了窗外的幽景，一派清风朗月，露润花白。写景纯用白描，越是少修饰，越是将此中夜景写得疏朗幽雅。当然，写景到底是为了写人，虽然上阕没有一字直接提到了楼中人，但仍能见景而感人，感觉到闺中人心中辽远的愁情。

下阕转入室内描写，描绘闺中人对室内陈设的感知，以抒发她心中的孤独与思念。“隔烟催漏金虬咽”，这句甚为奇妙，一是“隔烟”，写闺中人隔着香炉萦绕的烟雾听更漏声，表现出一种空间上的遥远，将原本狭小的室内，显出心理距离上的空旷。二是“催漏”，这哽咽的滴漏声仿佛不是在计时，反是在催促着时间快快过去，融情于景，却又不着痕迹。相比之下“咽”字的使用就比较明显了，如李商隐《深宫》诗句“金殿销香闭绮栊，玉壶传点咽铜龙”。上句写听觉上的断续，接下来写视觉上的昏暗，“罗帏黯淡灯花结”。闺中人夜不能眠，听漏还观灯，细看之下，竟发现象征着有喜讯将至的灯花结，出现在微弱的火光之中。然而先是近乎下意识的一喜，其后一思量，便又陷入了沉寂。

“灯花结，片时春梦，江南天阔。”重叠“灯花结”三字加重语气，欲抑先扬的感受更为强烈。煞拍化用岑参《春梦》诗句：“枕上片时春梦中，行尽江南数千里。”人远天涯近，无法相见的人，便只能到梦中去寻，这对闺中人来说已是喜事一件，足见其情之苦。更复“片时”与“天阔”的对比，黄粱一梦如此之短，江南却是千山万水之貌，能否在那里寻得自己的情人，究竟也说不准。即使能见，也是“梦中相会，好景苦短”。

纵观全词，这阕《忆秦娥》所抒发的相思之苦非常清新独特，没有闺中情词普遍的深怨与脂粉气，环境的清净淡雅，似乎也洗涤了那些常见的夸张愁情，不是似海深比天高，只是风清月朗下的短暂春梦，毫不矫饰，在闺怨词中委实难得。

眼儿媚

酣酣[①]日脚[②]紫烟浮，妍暖[③]破轻裘。困人天色，醉人花气，午梦扶头[④]。

注

① 酣酣：日色深浓，日光充沛的样子。

② 日脚：穿过云隙照在地面上的日光。

③ 妍暖：风和日暖。

④ 扶头：本义指扶头酒，此处为沉醉昏睡之意。

春慵恰似春塘水，一片縠[①]纹愁。溶溶泄泄[②]，东风无力，欲皱还休。

【词译】

日头正盛，穿过层层叠叠的紫云，将温暖和煦的春光遍洒大地。这样的好天气仿佛在催人解下裘衣，好好享受春的温暖。日光昏昏惹人慵困，花香迷醉惹人慵困，我坐在轿舆内仿佛喝醉了般，昏昏沉沉地做了一场正午酣梦。这春日慵懒气仿佛也浸润了春塘池水，池中的层层涟漪，状似皱纱。若春愁有形，恐也就是如此，缓缓荡漾、若有似无的样子吧。东风也疲乏无力，将即将成型的皱波轻轻抹去。

【评析】

这首《眼儿媚》的词序为“萍乡道中乍晴，卧舆中困甚，小憩柳塘”。萍乡指的是今江西省萍乡市，词人于乾道九年为赴静江知府、广西经略安抚使任，去向桂林，于正月末途径萍乡，天色放晴，乘轿困乏尤甚，方暂歇于柳塘畔。因见日光融融，春水微皱之景，即兴填了这阕纪行小词。全词主要围绕着春乏二字，气氛温软，词境柔美，微露点滴春日旅愁。上阕写人乏，下阕写景慵，人与物相互呼应，一气呵成，物我难分。

“酣酣日脚紫烟浮”，金色的阳光穿过薄雾般的紫烟，混成一种暖洋洋的色调，铺散在大地上。于是人们也应景应节地脱下厚重的冬衣，换上轻薄的裘衣，“妍暖破轻裘”。毕竟还是正月末，气温并没有陡升至大汗淋漓的热辣，而是温温吞吞的让人能将自己舒适地包裹在裘衣内，任凭睡意一阵一阵地袭来。关于“破轻裘”除此之外，尚有一种解释是天气回暖，雨后初晴，人解开了皮衣，微微敞露的样子。两种解释都能说通，皆为有理。总归，前两句刻画的暖融融的

注

① 縠：有皱纹的纱类丝织品。

② 溶溶泄泄：水波荡漾，舒缓流动的样子。

氛围，为后面写春乏春困，奠定了基调。

“困人天色，醉人花气，午梦扶头”，由景即人，在暖日的照耀下，人因天色而困，因花香而醉，形若痛饮了扶头酒一般，昏昏沉沉，好似醉酒。冷使人清醒难眠，暖则使人昏昏欲睡，又恰逢午后，更添一层困意。这三句未经修饰，而是采用直陈法，将词人对着早春的感受写得生动、细腻，读来身临其境。

下阕写景，将词人抽象的慵懒感物化，化作春水，化作东风，便得可感可观，有形有态。“春慵恰似春塘水，一片縠纹愁”，“春慵”紧承上文的春困、春醉，将之比作绉纱般的水波纹，非常细密微妙。巧妙化用冯延巳《谒金门》“风乍起，吹皱一池春水”句，又着一“愁”字，将春困的感受尽皆道出。状写出一种如波纹般细腻点滴的感受，一丝丝浮上身体，渐渐觉得脚也沉了，头也重了，懒于动弹，又难以言明的困顿。“溶溶泄泄，东风无力，欲皱还休”，俞陛云曾赞之“借东风皱水，极力写出春慵，笔力深透，可谓入木三分”。煞拍借“东风无力”为由，凸显“欲皱还休”四字，将春慵的感受细笔写来。将皱未皱的水波正是乏困感的具象表达，就像人在春日，看似昏昏欲睡，但终究欲睡未睡，非常享受这种恍恍惚惚的不真切感，这才是春天发乏的真谛。而此等意境是需要读者自己，在词人勾勒的景象中去寻找去沉醉的，于是欲说还休，“欲皱还休”。沈际飞在《草堂诗余别集》中称全词为“字字软温，着其气息即醉”，确可为评。

朱淑真

（约1135—1180）

号幽栖居士，世人称之“红艳诗人”。生平确实可考的不多。从其诗词作品中可知，应是浙江人，其夫为仕宦，但婚姻不幸，自云“鸥鹭鸳鸯作一池，须知羽翼不相依。东君不与花为主，何以休生连理枝”，可见是与夫婿无法心意相通，以致最终分居两地，名存实亡，抑郁而死。善书画，其梅竹画历来最受称道，属女流之杰。而其诗文作品，据传殁后为父母所焚毁，后有人辑录散落于世的诗文，合成《断肠集》、《断肠词》及《璇玑图记》。才情与李清照齐名，诗词风格清新婉丽，蓄思含情，一唱三叹。

谒金门

春已半，触目此情无限。十二阑干闲倚遍，愁来天不管。
好是风和日暖，输与[①]莺莺燕燕。满院落花帘不卷，断肠芳草远。

【词译】

不觉间，春天已过半，由盛转衰的春景满目皆然，于是不论走到何处，心中都为此情所困。在回环曲折的长廊上徘徊，倚遍阑干，心中的春愁丝毫不减，连上天都弃我而去，不管不顾，恐怕……它也没有办法了吧。虽是东风和煦、日头暖融的好日子，但这样的我，竟不比那些成双成对，嬉戏林间的莺莺燕燕，它们啼啭唱和，而我独自愁苦。房间的帘幕终日垂着，若不出门，便不想看见

注

① 输与：比不上、不如。

那满院的落花残红。可是，即使不见，也知道“应是绿肥红瘦”，也知道芳草萋萋，而令我肠断之人却更远在春草之外。

【评析】

“春已半”，简洁明了地交代了时令季节。“已”字则带有不易察觉的情感色彩，“红花绿柳总关情”，伤春悲秋本是文士共性，更何况心思细腻的朱淑真。一旦联系到自己的青春也正逐日逝去，便仿佛目之所及的一草一木的枯萎，都与自己有关，正是“触目此情无限”。二句化用李煜《清平乐》，“别来春半，触目愁肠断”。婚姻生活的不顺遂，让女词人常怀愁情，这便是“此情”的真面目。若说伤春之情，终有完结之日的话，词人情感上的不幸却似乎永无止境。这也是词人为何早在仲春，而非暮春时，便始觉伤感怜悯春光的原因。这是时间上的“此情无限”。空间上的“无限”在于“触目”二字，凡是入眼的春景，都能勾起词人的忧思叹惜。

“十二阑干闲倚遍”，语出李商隐《碧城三首》，“碧城十二曲阑干”。“闲”字写出词人因愁情深重而慵懒懈怠，终日无所事事的样子。“遍”字显出时间之久，仿佛词人除了倚栏发呆，便再也找不到办法排遣一腔愁绪了。可惜倚阑望远，从来都是无用之功，甚至从来都只是愁上添愁，末了也只能怨一声，“愁来天不管”。这句嗔怨，细想之下，委实可怜，颇有“无语怨东风”之感，好不凄凉。没有可以相濡以沫的伴侣，就连怨怼也无人可怨，唯有将矛头指向这些无情之物，或风或天，或草或柳，总是绝望语。

“好是风和日暖”，过片句比较出人意料，并没有紧承上文的晦暗情绪，写一幅花褪残红的清冷春景，而是正面赞扬今日的好风良日。怎奈到底只是欲扬先抑罢了，“输与莺莺燕燕”，如词人《恨春五首》中所云：“莺莺燕燕休相笑，试与单栖各自知。”刚怨了天，又将自己与鸟兽相比，却全都不尽人意。“输”字表明词人的痛惜之情，自怨自艾。“莺莺燕燕”专门使用叠字，造成双双对对的暗示，文笔新颖。

“满院落花帘不卷”，词人不卷帘的缘由，恐与李清照“试问卷帘人”之心相同，都是不忍亲见春景残败的样子。但实际上却又都是无用之举，毕竟她们两人各有心事，又都敏感细致，一见风吹帘动，恐怕就已经想到了落红遍地。

所以帘卷与不卷皆断肠，只因“芳草远”。这里词人写得很隐晦，以象征愁绪思念的芳草比拟自己的心上人。词人毕竟是有夫之妇，却时时眷恋着不知身在何处的意中人，到底不妥，遭致非议，杨慎就曾在《词品》中直言朱淑真的“不贞”。但词人始终情难自已，于是多次在诗词中隐晦提及她的心病，“故人何处草空碧，撩乱寸心天一涯”。

菩萨蛮

湿云不渡溪桥冷。蛾寒[1]初破东风影。溪下水声长，一枝和月香。
人怜花似旧，花不知人瘦。独自倚栏杆，夜深花正寒。

【词译】

雨云凝结在溪桥对岸的天空一隅，然而森森寒气却还是透过薄雾，传到了溪桥边。溪水潺潺，溪水泠泠，这股迷一般的轻寒如不知何处的暗影，冲破乍暖东风的怀抱。桥下水声不绝于耳，一阵仿佛浸过溪水的幽香就此传来，和着月色的冰凉。我心怜此花仍如旧日光景，一年一年，兀自开落。但花却不知我已不复往昔，自是天天年年地憔悴消瘦。夜深人静，花儿也被这浓重的寒气层层包裹，而我就这样栏杆独倚，静静地望着、想着。

【评析】

诚如沈义父《乐府指迷》所言，“咏物词最忌说出题字”，这篇咏梅之作，

注

① 蛾寒：轻寒、嫩寒之意。

也是全篇不着一个“梅”字，而状其形言其香，以此自况。朱淑真对梅花可以说是情有独钟的，其写过不少咏梅的诗词，如“明窗莹几净无尘，月映幽窗夜色新。唯有梅花无限意，对人先放一枝春”；“玉骨冰肌。为谁偏好，特地相宜。一味风流，广平休赋，和靖无诗。倚窗睡起春迟。困无力、菱花笑窥。嚼蕊吹香，眉心点处，鬓畔簪时”；“病在眼前俱不喜，可人唯有一枝梅。未容明月横疏影，且自清香寄酒杯”；“冻合疏篱。半飘残雪，斜卧枝低。可便相宜，烟藏修竹，月在寒溪。亭亭伫立移时。拚瘦损、无妨为伊。谁赋才情，画成幽思，写入新词”。

“湿云不渡溪桥冷”，首句渲染出一种清寂的氛围，状写环境，是为了给写梅做铺垫。词人孤立于溪桥之上，抬头望见远处的雨云，缓缓凝结，感到寒气越来越重，于是清冷寂寥的感觉，也随之在全篇中句句递增。“蛾寒初破东风影”，委婉地点出时节，正处于乍暖还寒，春冬交替之际，东风已起，但深夜所孕育的森森寒气，还是能打破东风所带来的春的气息。仍是料峭时节，仍是属于梅花的时节，这样孤高的花儿，是不屑于出现在争艳热闹的春季的。首二句状景，侧写梅的生长环境，未尝不是在写梅的秉性。

“溪下水声长，一枝和月香”，这两句的巧妙之处，在于以“香”代“梅”，如王安石的“遥知不是雪，为有暗香来”。这样既避免了在词中出现所咏之物，又写出了嗅觉上的享受，更兼“水声长”、“和月”以及首二句着重渲染的“冷”与“寒”，从而为梅花的出现，铺展开了听觉、视觉、嗅觉以及触觉的多重感受。虽不直写梅的傲然身姿，却因这种种感官的通感，径自写出了梅的神韵，而非仅仅停留于描摹外在的秀美。

下阕转入抒情，词人见到此情此景，似乎已不能自已，无法置身事外，单纯赏景。而是将“我”的感受，全然融入目之所及处。“人怜花似旧，花不知人瘦”，采用拟人的手法，写人爱花依旧，花却对人的憔悴消损，全然不觉。此句看似无理，却实在有情，不仅写出了词人对梅花执着的热爱，一年一年从未改变。同时也写出了词人内心的寂寞愁苦，逐年增加，岁岁折磨着她的情况，她希望得到理解，得到自己最中意的花的理解，就如想得到自己真正中意的人的爱恋一样。

词人希求着温馨，但实际上是求而不得，可煞拍中，她似乎又从梅花的品性中，得到了力量，得到了启迪。“独自倚栏杆，夜深花正寒”，人倚栏杆，花和月，共处于这残冬的清冷之中，各有各的坚守，不相言语，却又似乎心意相通。

辛弃疾

（1140—1207）

字幼安，号稼轩，谥号忠敏。绍兴三十一年，彼时二十出头的辛弃疾率众两千人投军抗金。绍兴三十二年，奉表南归，正式开始了在南宋的官宦仕途，历任江阴签判、建康府通判。乾道八年知滁州，淳熙年间累官荆湖北路、南路安抚使、江南西路安抚使。直至淳熙八年因受主降派官僚弹劾，罢任退居于上饶，之后二十年几乎大部分时间都在此闲居。宁宗嘉泰三年，六十余岁的辛弃疾又被重用，知绍兴府、镇江府，不久病逝于铅山。辛弃疾虽是豪放派的代表词人，但又极善于将一腔豪气化为儿女情长，词作题材多样，词风或慷慨激昂，或情韵绵绵，长于用典用事，而无斧凿之痕。存词六百二十余首，是两宋词人中存词最多的一位，著有《稼轩词》。

青玉案

东风夜放花千树，更吹落，星如雨。宝马雕车香满路。凤箫声动，玉壶[①]光转，一夜鱼龙舞。

蛾儿雪柳黄金缕[②]，笑语盈盈暗香去。众里寻他千百度，蓦然回首，那人却在，灯火阑珊[③]处。

注

① 玉壶：代指明月。

② 蛾儿雪柳黄金缕：以彩绸或彩纸制成，皆是古代妇女元宵节时头上佩戴的饰品。

③ 阑珊：零落稀疏的样子。

【词译】

元宵佳节，火树银花不夜天，像是东风在一夜之间吹开了万千树花一般热闹浓烈。更有烟火在空中炸裂，坠落的星火如纷纷金雨，美不胜收。精美豪华的香车宝马盈巷，车如流水马如龙。悠扬的箫声不知从何处传来，音律婉转动人。圆月高悬，光晕混着花灯一同在人间流转不休。戏舞鱼龙花灯的表演，通宵达旦，欢呼声一浪高过一浪。

佳人如花灯般众多又美艳，她们盛装出游，头戴各种时下最流行的美饰。三五成群地欢笑着从我身边擦过，留下一阵余芳。我在人山人海中寻觅了她千百回，不经意的回首间，却发现她正独自隐于那灯火稀疏暗淡的角落。

【评析】

据考本词应作于淳熙元年或二年，彼时的辛弃疾已南归，任职于南宋，虽有一腔收复失地、抗金北伐的报国热忱，但粉饰太平的南宋政权只想偏安一隅，于是辛弃疾请缨无路，不过是担任地方官员的职务。与理想的背道而驰，随时间的流逝，越发痛苦沉重，人生苦短，壮志难酬，只能任凭自己一天天老去，这些沉重的担子积压于心，最终成就了这阕《青玉案》，寄托词人与众不同的品格与抱负。

词的上阕主要描写元宵节灯火如昼、人流如织的盛况。“东风夜放花千树，更吹落，星如雨”，头三句主要写灯火，以东风为线索串联，一气呵成。将挂满枝头的彩灯，比作被东风吹开的百花。又有焰火相衬，一静一动，美不胜收。在空中炸开后的焰火星点被风吹散，如金银璀璨的星雨般坠落，星陨如雨。先渲染光怪陆离的夜景，而后有人“宝马雕车香满路”。《东京梦华录》曾载正月十六的盛况云：“宝骑骎骎，香轮辘辘，五陵年少，满路行歌，万户千门，笙簧未彻。”正是车马塞途，游人如织的热闹景象。紧接着由视觉转入听觉，“凤箫声动，玉壶光转，一夜鱼龙舞”。鼓乐声声，载歌载舞，更至通宵达旦，令人目不暇接。圆月似乎也被人间的盛景吸引，银辉流转，同欢共乐。整个上阕用词华美，“宝”“雕”“凤”“玉”，笔墨之间透着华丽，然而这些却并非是词人的真意所在，历来写元宵盛况的诗文词，绝不在少数，但这首《青玉案》之所以成为其中的佼佼者，答案全在下阕的良苦用心之中。

“蛾儿雪柳黄金缕，笑语盈盈暗香。”据《宣和遗事》载元宵，“京师民有似雪浪，尽头上带着玉梅、雪柳、闹蛾儿，知道鳌山下看灯”。词人步步推进，从整个节日的盛景写到游赏的佳人们，她们全都盛装出行，又结伴说笑，人过留香许久，不可谓不美。但词人的眼球却始终只是匆匆瞥过，他在寻觅的并非是簇拥在一起的群芳，他中意的是不为人知的一枝独秀。

“众里寻他千百度，蓦然回首，那人却在，灯火阑珊处”，于是前番种种花好月圆、人声鼎沸，全是为了这一个身影的存在而铺陈的背景，但她却不在这背景之内，她是特别的、独一无二的，是不会成为背景的一部分的。“千百度”证明了词人寻觅之苦之久之难，始终锲而不舍，又始终一无所获。而“蓦然回首”即给人柳暗花明又一村的峰回路转，但若乏了此前的苦苦寻觅，想必也不会有此转折与收获。于是也就无怪乎王国维以这几句，为成大事业、大学问者的最高境界。而这一感触与哲思放在词人自己身上，便如梁启超所云：“自怜幽独，伤心人别有怀抱。”

丑奴儿

少年不识愁滋味，爱上层楼。爱上层楼，为赋新词强[①]说愁。
而今识尽愁滋味，欲说还休。欲说还休，却道天凉好个秋。

【词译】

博山风景秀丽如画，林风飒爽，独自步行于山道间，见落英缤纷，翠叶泛黄，方知一年又即将终了，已是夏末秋初。心中感慨，想必我的人生也走到这

注

① 强：勉强

一步了吧。信笔于山道石壁上题词一阕，首先浮出脑海的竟是曾少不更事的自己。那时并不知道愁是何物，以为人若经历越多坎坷，感受越多愁苦，便会变得深刻。因而总爱登高觅愁，为写一首新词而强道世事艰难、人生苍凉。如今心境却尽换，人是有韧性的、有极限的，苦难越多也越可能迷惘、错失，愁的滋味已尝遍，却欲说还休。一旦开口，也只能说真是好一个凉爽的秋天。

【评析】

这首《丑奴儿》的词题为“书博山道中壁”，可见本作是辛弃疾在闲居上饶带湖时期的作品，创作时间应在淳熙八年到绍熙三年之间。淳熙七年，年过四十的辛弃疾复任江西安抚使兼隆兴知府时，在上饶买地建庄。辛弃疾的自号也是因此而来，其言“人生在勤，当以力田为先”，于是将带湖庄园取名“稼轩”。这本是辛弃疾为自己老年退居所做的打算，不料次年十一月便因弹劾而罢官，从此闲居于此。因毗邻博山，辛弃疾也时常到博山游览，但由本词可以看出，词人游览的心情并不佳，只是愁，还是愁……

上阕主要写词人少年时期写愁的心态，非常率真，开宗明义“少年不知愁滋味”。辛弃疾出生时北方地区就已经落入金人之手，所以实际上辛弃疾是出生在金国的。而其祖父辛赞乃是人在曹营心在汉，任职金国，却一直希望推翻金人的统治，以致他时常带着年幼的辛弃疾“登高望远，指画山河，思投衅而起，以纾君父所不共戴天之愤”。所以年少气盛的辛弃疾也曾满腹雄心壮志，“鸠众二千，逮耿京，为掌书记，与图恢夏，共籍兵二十五万，纳款于朝”。可见当时的辛弃疾是笃信中原可收，社稷可扶的，于是所谓的愁，也还停留于忧国忧民，但心中却坚信这个现状是暂时的，是可以改变的，即是说，这个愁是可以化解的，尚有办法应对，乃至消灭。

下阕描写词人中老年时期，阅历已深，方知真正的愁，其实是无法可想的，是近乎绝望的坚守。辛弃疾后投奔南宋，其理想是出兵北伐，而不是偏安一隅，所以辛弃疾一生主张，多次上书，几乎呐喊得声嘶力竭，却无人响应。没有回应也就罢了，竟然还招致主降派的排挤中伤，以致闲居二十年之久。这恐便是辛弃疾识尽的愁滋味，心中郁结，理想遥不可及，处境孤独无人与共，仿佛这一生就要如此荒废一般，非常沉重。

而在写作手法上，上下阕都用到了叠句，而且句式一致，不仅使全词的表意连贯畅通，更在情感上有加强的作用。“爱上层楼”的叠用，写出词人为赋新词也是想尽办法，古人登高抒怀，于是登楼之举，似乎成了词人当时寻找灵感的办法，但却不是因情因志成词，而是恰恰相反，为了填新词，才去搜索枯肠。从而将“不知愁”写得淋漓尽致。而“欲说还休”的叠用，在技巧上也有同样的作用，包含着词人的一种自嘲自叹，非常令人感慨。愁到极致，尝遍愁情，反而就是“相顾无言”，毕竟“不如意事常八九，可与人言无二三”。

末句“却道天凉好个秋”，看似清浅，实则凄然至极。词人的抱负缺乏志同道合的盟友，朝廷在主降派的控制之下，此愁即便言说也是空言，愁来人不知，言愁人不解，于是选择缄默，仿佛又使情感更加郁结，先是无法说，久了也就不愿说了，此情不禁让人想起岳飞在《小重山》中的千古一叹——“知音少，弦断有谁听”？

姜夔

（约1154—1221）

字尧章，号白石道人。屡试不第，布衣终生，四处流寓，寄人篱下。约于淳熙十二年，与世人萧德藻相识，颇受其赏识，次年随萧德藻客居湖州。直至绍熙四年，姜夔得世家公子张鉴亲睐，后移居杭州，依靠其资助生活，迹近清客。嘉定十四年去世，众友集资安葬。姜夔的词作自成一派，词风洒脱，笔触健拔，“如野云孤飞，去留无迹”。开南宋骚雅一宗，更兼有十七首自度曲，音节文采皆有过人之处。现存词八十余首，著有《白石道人歌曲》。

点绛唇

燕雁[①]无心，太湖[②]西畔随云去。数峰清苦，商略[③]黄昏雨。
第四桥[④]边，拟共天随住。今何许？凭阑怀古，残柳参差舞。

【词译】

燕雁因无心而自由，在太湖西畔随云来去。数峰却因有情而清苦，酝酿着黄昏时的一场风雨。行径此地，一腔愁怀。我想在第四桥边隐居，若是可以，最好便同天随一道居住；若是可以，今天不如就抛却坎坷生平退居于此吧。凭

注

① 燕雁：指燕地一带的鸿雁，即北方南飞之雁。

② 太湖：江苏南境的湖泊，与吴淞江相通。

③ 商略：商量，酝酿，准备。

④ 第四桥：吴江城外的甘泉桥，以其泉水居全国第四，故名。

阑怀古，不见当世之龟蒙，唯有参差不齐的残柳在山雨欲来前的寒风中瑟瑟发抖……

【评析】

这首《点绛唇》的词题为“丁未冬过吴松作”，丁未年即宋孝宗淳熙十四年，吴松又名笠泽，在今天的江苏省吴江县，位于太湖以东。彼时的姜夔是从湖州赴苏州谒见范成大，途径吴松，有感于太湖冬景，含蓄抒发吊古伤今之情。

“燕雁无心，太湖西畔随云去”，冬季北雁南飞，词人却道是无心之举，可见这里多少有些自喻的意思在里面。词人一生漂泊，也如燕雁一般，居无定所，而“无心”说明词人虽寄人篱下、漂泊无依，但仍是兴之所至。姜夔虽看似终生运途不佳，但到底为人却超凡不群，有着野鹤孤云般的品性。所以这两句也颇有陆龟蒙《秋赋有期因寄袭美》中“云似无心水似闲”的清逸。

“数峰清苦，商略黄昏雨”，接下来这两句的词境又落入了沧桑愁苦之中。见太湖西畔诸峰阴沉欲雨，词人文思巧妙，融情于景，遂成此佳句。卓人月在《词统》中曾评：“‘商略’二字，诞妙。”即是说这两个字的运用既荒诞又巧妙，将数峰的阴霾愁苦，想象为在商议着黄昏雨，妙在化无情为有情，诞在山峰如何能呼风唤雨？但到底给人以沧桑之感，黄昏雨的凄苦，数峰的历尽风雨，似乎都为下阕的怀古提供了一个应景的环境。

“第四桥边，拟共天随住”，“天随”是唐陆龟蒙的自号，取自《庄子·在宥》：“神动而天随。”陆龟蒙身处晚唐末世，屡试不第，后隐居于松江上甫里，词中的“第四桥”就是陆龟蒙故居所在。姜夔与陆龟蒙可谓是境遇相近，颇有些惺惺相惜之感，乃至姜夔的词作都承了陆龟蒙的遗风。而他个人对陆龟蒙的认同，更是多次出现于诗词之中。如《三高祠》“沉思只羡天随子，蓑笠寒江过一生”；《除夜》“三生定是陆天随，又向吴松作客归”。姜夔对陆龟蒙超然的人生态度羡慕有加，这种精神上的神往，让他在吴松地感慨良多。

陈廷焯在《白雨斋词话》中曾言：“《点绛唇·丁未冬过吴松作》一阕，通首只写眼前景物，至结处云：‘今何许？凭阑怀古，残柳参差舞。’感时伤事，只用‘今何许’三字提倡，‘凭阑怀古’下，仅以‘残柳’五字咏叹了之，无穷哀感，都在虚处。令读者吊古伤今，不能自止，洵推绝调。”煞拍中的吊古伤今，终究是从虚处起笔，于空中收尾，到底是怎样的怀古，怎样的伤时都没有直言。只一诘问“今何许”？而这三个字实际非常虚空，却又因虚空而语意丰富，似乎是对何时、何地、何人、何事等种种问题的反思，充满难以言喻的哲学意味。说是感叹宋朝政权的衰亡动荡，可也；说是唏嘘词人自己的流荡人生际遇，可也；说是凭吊陆龟蒙其人其事，亦可也。词人最终只将这种朦胧的怀古情怀，收束于湖畔纷飞的残柳之中，余韵无穷，清虚秀逸。

鹧鸪天

巷陌风光纵赏时，笼纱[①]未出马先嘶。白头居士无呵殿[②]，只有乘肩小女[③]随。

花满市，月侵衣，少年情事老来悲。沙河塘上春寒浅，看了游人缓缓归。

【词译】

元宵将至，虽尚有得几日才月圆，但如今已是大街小巷人山人海的游览时期，未见喝道人的提灯，却已能遥闻那些王孙贵胄的车马嘶鸣，他们带着盛装的佳人一路笑语盈盈而去，好不热闹。但白头居士我并无随从侍奉左右，唯带着小女，一老一少，黄发垂髫，自寻其乐。

花灯满市井，月色侵人衣，不觉凉寒自生，想起少年时的风流情事，如今

注

① 笼纱：即纱笼。用绢纱做外罩的灯笼。

② 呵殿：古代官员出行，仪卫前呵后殿，喝令行人让道，此处指随从。

③ 乘肩小女：小女儿在肩头相随为伴。

年老，竟更觉悲伤。沙河塘上，夜越深人越少，初春寒气渐渐填补了游人散去的空白。看毕他人的欢娱，便缓缓地归去了。

【评析】

本词题为“正月十一日观灯”，元宵节的传统在我国由来已久，就节期而言，更是随朝逐代递增，汉为一日，唐有三日，到了宋已长达五日，明代更是了得，有整整十天之久。本词作于正月十一，即是灯节开始头一天，但游玩的光景已是热闹非凡，“巷陌风光纵赏时，笼纱未出马先嘶”。

起首二句，语意平平，莫过于描写当时盛况而已。据《梦粱录》载：“公子王孙，五陵年少，更以纱笼喝道，将带佳人美女，遍地游赏。”可见二句中描摹的正是贵胄的出行景象，既气派又华贵，前呼后拥，欢腾无比。而姜夔写这首词时，已步入晚年。词作于宋宁宗庆元三年，一年以前，萧德藻被侄子萧时父迎归池阳，于是姜夔便离了湖州，举家迁至南宋都城杭州，投靠张鉴，就此终老。词人的际遇自然就比不得那些王公贵族了，“白头居士无呵殿，只有乘肩小女随”。“白头居士”是词人的自称，自嘲年老未仕。“呵殿”与“笼纱”对应，人有提灯喝道的随从，自已却无近旁照应的侍者。“乘肩小女”出自黄庭坚《山谷内集》：“陈留市上有刀镊工，惟一女年七岁，日以刀镊所得钱与女醉饱，则簪花吹长笛，肩女而归。”词人只携了小女相游赏灯，一老一少，在这属于年轻人的欢乐场合，看彩灯流转，听宝马嘶鸣，游人与盛装，欢歌与笑语……仿佛唯有他二人格格不入，清冷落寞。女儿尚且处于能坐在爹爹肩头的年纪，所以她不会懂，不会懂得托举着她的老人，心中的枯朽辛酸。

“花满市，月侵衣”，仍是详写“巷陌风光”的华美，花灯千万盏，明月皎如霜，但是一个“侵”字已与上阕中纯写盛况不同，摄入了词人的心境，画面已透出了一丝凉寒之意。“少年情事老来悲”，指的是词人早年客居合肥的一段刻骨铭心之情。年少的姜夔曾爱上一位善琵琶的佳人，但又因自己无力自足，不得不寄人篱下，四海为家，终是无法与佳人终老一方。但分别之后，姜夔念念不忘终生，仅词作中便有多达二十二阕中对此有所涉及，最著名的恐要属另一首《鹧鸪天》，词云“肥水东流无尽期。当初不合种相思。梦中未比丹青见，暗里忽惊山鸟啼。春未绿，鬓先丝。人间别久不成悲。谁教岁岁红莲夜，两处沉吟各自知”。

到底是“老来悲”，还是“不成悲”，若是伤心人，便自然会明白，这两句本没有区别。岁月早已远去得无法追悔，除了这段情事，旁的许多事已不知散落在何处了。所以年老的悲伤，并不是向外爆发的火山，而是屋檐滴水一般，往下往里往更深处滑落。说是悲，也是悲，说不是悲，也不是悲。大概也就成了自己的一部分，分不出什么悲喜，只是郁结着、郁结着。

所以最末两句，淡笔写来，写人在众中的独，写人在风里的寒，但是已不言悲，已不说愁——“沙河塘上春寒浅，看了游人缓缓归”。他累了，累得负不住肩上的小女了。他将她抱下来，牵着她稚嫩的手，对她笑着，对她轻言细语，“走吧，孩子，走吧，咱们回家”。于是他缓缓地走过繁华，走过热闹，走得浑身被月光湿透……

扬州慢

淮左名都[①]，竹西[②]佳处，解鞍[③]少驻初程。过春风十里，尽荠麦[④]青青。自胡马[⑤]窥[⑥]江去后，废池乔木，犹厌言兵。渐黄昏，清角吹寒，都在空城。

杜郎俊赏，算而今、重到须惊。纵豆蔻词工，青楼梦好，难

注

① 淮左名都：指扬州。宋朝的行政区设有淮南东路和淮南西路，扬州是淮南东路的首府，故称淮左名都。

② 竹西：扬州城东禅智寺旁有竹西亭，曾是著名的风景区。

③ 解鞍：下马。

④ 荠麦：荠菜和野生的麦。

⑤ 胡马：指金兵，胡为古代对北方少数民族的通称。

⑥ 窥：偷伺。

赋深情。二十四桥[①]仍在，波心荡、冷月无声。念桥边红药[②]，年年知为谁生？

【词译】

淮河东侧的名都，竹西亭美好的所在，扬州，我解下鞍马，为它稍作停留。然而十里春风过处，尽是青青荠菜与无人照料的麦子，曾经的繁华哪里去寻？自从金兵进犯长江以后，乔木残、池台废，人们至今还仍不愿谈起旧时兵战。我内心悲凉，在一片荒芜中，迎来了黄昏，号角声响起时，仿佛整座城都空了、冷了。

杜牧乃俊赏才士，但若今日重回扬州，恐也心惊。纵然拥有豆蔻词的文才，赢得青楼薄幸名的诗意情怀，但见如此光景，也难以深情作赋。物是人非，二十四桥仍在，江水也依旧涤荡，而月色却比从前清冷。想那桥边的芍药，一年红胜一年，又是为何人所生？

【评析】

这首《扬州慢》的词前小序为“淳熙丙申至日，予过维扬。夜雪初霁，荠麦弥望。入其城，则四顾萧条，寒水自碧，暮色渐起，戍角悲吟。予怀怆然，感慨今昔，因自度此曲。千岩老人以为有‘黍离’之悲也”。序中不仅交代了写作的时间、背景，更是将词人为赋作曲的主旨和缘由一一道出。“千岩老人”指的是姜夔的忘年之交萧德藻，其人字东夫，号千岩老人。而姜夔是从淳熙十三年开始与萧德藻共游，所以这个序应是补作于成词的十年之后。所谓“黍离之悲”，出自《诗经·王风·黍离》，诗云“彼黍离离，彼稷之苗。行迈靡靡，中心摇摇。知我者，谓我心忧；不知我者，谓我何求。悠悠苍天！此何人哉？彼黍离离，彼稷之穗。行迈靡靡，中心如醉。知我者，谓我心忧；不知我者，谓

注

① 二十四桥：据载唐代扬州原有名桥二十四座。杜牧诗云：“二十四桥明月夜，玉人何处教吹箫。”

② 红药：红芍药花，是扬州繁华时期的名花。

我何求。悠悠苍天！此何人哉？彼黍离离，彼稷之实。行迈靡靡，中心如噎。知我者，谓我心忧；不知我者，谓我何求。悠悠苍天！此何人哉”。周平王东迁之后，东周大夫过故都，见宗室庙宇尽种黍稷，不禁悲从中来，遂有此诗。后世便以此表达对国家社稷存亡动荡的喟叹。

上阕主要描写词人在扬州所见之景，写景有实有虚，通过强烈的对比，传达触目惊心之感。“淮左名都，竹西佳处”，这两句实际上是词人对名城扬州的耳闻，并非眼见，因此是虚写。对仗工整，“竹西佳处”语出杜牧《题扬州禅智寺》：“谁知竹西路，歌吹是扬州。”从而引出扬州曾有口皆碑的名望，在众人的意识里，扬州就应该是一座占尽天时地利的名都。“解鞍少驻初程”，叙述词人行踪，以及有慕名而来的感觉，初来乍到，稍作停留。但目之所及却是“过春风十里，尽荠麦青青”。“春风十里”出自杜牧《赠别》：“春风十里扬州路，卷上珠帘总不如。”如今的十里春风，吹不出丝竹管弦之乐，吹不开姹紫嫣红之美，唯有自生自灭的荠麦随风摇曳，好不萧索。一个“尽”字，苍劲有力，将往昔的繁华盛况尽数否定，力透纸背。

“自胡马窥江去后，废池乔木，犹厌言兵”，想想这满目疮痍的原因，莫过于金人犯境，侵略长江。这里所指的应是绍兴三十一年的战事，即金人第二次洗劫扬州。废池乔木、断壁残垣，无情草木尚且如此，更何况百姓，心有余悸，至今仍不愿提起那一场万劫不复的灾难，说是“厌”，实为“恶”，恶朝廷昏聩无能，恶金人烧杀抢掠无良。“渐黄昏，清角吹寒，都在空城”，上阕煞拍以覆盖天地的黄昏与回荡整座城池的号角为背景，在浩大的场景中从视觉、听觉两方面渲染了凄凉意境，词人心中的惨淡，与之唱和。

下阕抒发词人见闻后的感慨，妙在不直抒胸臆，而是用典杜牧，迂回表达。“杜郎俊赏，算而今重到须惊。纵豆蔻词工，青楼梦好，难赋深情。”“豆蔻词”指杜牧的《赠别》诗，“娉娉袅袅十三余，豆蔻梢头二月初”；“青楼梦”指杜牧的《遣怀》诗，“落魄江南载酒行，楚腰纤细掌中轻。十年一觉扬州梦，赢得青楼薄幸名”。如此才华卓越，又为扬州城深深倾倒的杜牧，若见今日之扬州，想必那些款款深情定无从写起。毕竟过去是“名都”“佳处”“春风十里”，现在唯有“荠麦”“废池”“空城”……

“二十四桥仍在，波心荡、冷月无声”，杜牧曾走过赏过的二十四桥仍在，但除此之外的盛景却再难寻觅，甚至今人都难以想象杜牧笔下那个生机盎然的扬州城了。水波仍荡漾不休，月光却清冷无比。“波心荡”是俯视的动景，“冷月无声”是仰视的静景，画面虽是清冷，却动静结合，非常具有艺术感染力。“念桥边红药，年年知为谁生？”末两句词义近似岑参《山房春事》，“庭院不知人去尽，春来还发旧时花”。无人欣赏，无人采撷的芍药，究竟为谁而生？花是“寂寞开无主”，而人是遥想当初，泪湿春衫袖。一“仍”一“念”，含蓄地表达了词人对过去盛景的无限追思，而这种追思越深越远，如今也就越哀越痛。

踏莎行

燕燕轻盈，莺莺娇软，分明又向华胥[①]见。夜长争得薄情知？春初早被相思染。

别后书辞，别时针线，离魂暗逐郎行[②]远。淮南[③]皓月冷千山，冥冥归去无人管。

【词译】

我分明又在梦中见到了她，梦境里的她一如过去，动则体态轻盈步步生莲，静则吴侬软语娇羞带媚。春天才微露锋芒，她却早已为相思所消瘦，她的眼波流转，望向我，好似在责问我，深夜如此漫长，薄幸郎你可曾知晓？

自从别后，她书信频寄，每一封我都阅过无数遍；临行前，她一针一线为

注

① 华胥：代指梦境。

② 郎行：宋朝口语，情郎那边。

③ 淮南：合肥属淮南路，乃是词人恋人所在之地。

我缝制的远行新衣，至今仍放在身旁，却是穿的时候少，看的时候多。而梦中她的魂魄竟也随着我同行远方，但我醒后，想她只身返回淮南的景象，应是萧索无边。皓月当空，映得千山如覆雪般寒冷，她寂寂归去的身影，无依无靠，渐行渐远。

【评析】

本词的词序为“自沔东来，丁未元日至金陵，江上感梦而作”。即是说这首《踏莎行》作于淳熙十四年的元旦，乃记梦之作。而词人所梦之人，正是让他魂牵梦绕了一辈子的女人，二十二岁时姜夔“拂雪金鞭，欺寒茸帽，还记章台走马”，遍游扬州、凤阳、合肥等地，并在合肥结识了一位心意相通的歌妓，后因生计所迫，姜夔不得不离开。而这一年，年过三十的姜夔从汉阳往湖州，路经金陵，梦遇昔日的恋人，感慨弥深，而情未更迭。

上阕主要记述词人梦中所见，“燕燕轻盈，莺莺娇软，分明又向华胥见”。莺莺燕燕，化用苏轼《张子野八十五岁闻买妾述古令作诗》：“诗人老去莺莺在，公子归来燕燕忙。”一来写出佳人之美，暗示她的歌妓身份；二来用词亲昵，透露出与佳人亲密的情感联系。“华胥”语出《列子》，其载黄帝曾梦游胥氏之国，后世就常用“华胥”指代梦境。“又”字表明词人对佳人的思念从未断绝，日有所思夜有所梦也是时有发生的事。后两句便是从佳人的口吻来倾诉相思之苦，“夜长争得薄情知？春初早被相思染”。虽说是“薄幸郎”，但这里怨的成分少，爱的成分多，颇有昵称的感觉。如一位歌妓写道的那样，“相思已是不曾闲，又那得功夫咒你？”所以佳人也说，春尚早，相思却已似海深。

过片宕开一笔，从词人的角度来写别后的相思。“别后书辞，别时针线”，虽然表面上只写了两个物件，但物因人而重，因为佳人寄来的书信，亲手缝补的针线，所以最普通也最难得。词人于点滴间、于细微处流露出的真情实感，亦是感人之辞。“离魂暗逐郎行远”，照应上阕的“华胥见”，因梦而起，也随梦而终，使得整阕词连贯顺通，一气呵成。因梦见佳人，而言佳人因思念成疾，竟魂梦相随，夜尽而归，“淮南皓月冷千山，冥冥归去无人管”。煞拍语境凄凉，在词人脑海中的景象，乃是冷月无边，孤影独归，不仅写出佳人相思之苦，更见得词人心中爱怜，两人之间的情愫绵长，时过境迁，仍难以忘怀，一想起对方，仍是充满爱意。结尾画面感极强，晦暗的情绪，犹如词人心中那一抹冥冥孤影一般，虽是渐行渐远，但终归没法彻底消泯，幽幽一笔，萦绕心头良久、良久……唐圭璋于《唐宋词简释》中曾评“准南”两句，“以景结，境既凄黯，语亦挺拔”。

琵琶仙

双桨来时，有人似、旧曲[①]桃根桃叶。歌扇轻约[②]飞花，蛾眉正奇绝。春渐远、汀洲[③]自绿，更添了几声啼鴂[④]。十里扬州，三生杜牧，前事休说。

又还是、宫烛分烟[⑤]，奈愁里、匆匆换时节。都把一襟芳思，与空阶榆荚[⑥]。千万缕、藏鸦细柳，为玉尊、起舞回雪。想见西出阳关，故人初别。

【词译】

吴兴踏春，远见一只画船荡来，船上竟有人好似我昔日的爱人。她正持着团扇与飞花嬉戏，眼波如水，蛾眉若黛。春光无多，沙洲兀自葱绿，又伴着几

注

① 旧曲：旧日坊曲。坊曲，常代指歌妓集聚之地。

② 约：拦阻、邀结，此处意谓沾惹。

③ 汀洲：沙洲。

④ 啼鴂：即鹈鴂、杜鹃，声音凄切。

⑤ 分烟：寒食节皇宫赐王孙火烛的礼俗。

⑥ 榆荚：即榆钱，花形扁圆。

声杜鹃的鸣唱。遥想当年，繁华的扬州城，风流的少年郎。奈何往事如烟，休说，休说。

转眼寒食，想必皇宫之内，又开始向王侯将相分赐烛火了吧。而我竟丝毫未曾察觉，时间已在日日愁苦中悄然换转。且把一腔忧思，交付于榆钱，任它们空坠阶前。夏渐浓，柳更绿，千丝万缕如雾如烟，可为藏鸦之所。而当年离别之时，杨花也如雪花般纷扬，像是在为辞别的酒筵助兴。出关日的点点滴滴，历历在目，毕竟那是与她的分别，一别永别。

【评析】

“《吴都赋》云：‘户藏烟浦，家具画船。’唯吴兴为然。春游之盛，西湖未能过也。己酉岁，予与萧时父载酒南郭，感遇成歌。”这是本首《琵琶仙》的词序，这个曲调也是姜夔的自度曲。而姜夔这里引用的《吴都赋》，据考应是谬误，这两句实见于李庾的《西都赋》，原文为“其近也方塘含春，曲沼澄秋。户闭烟浦，家藏画舟”。与姜夔所引，字句上略有差异。宋孝宗淳熙十六年，词人与自己的妻弟萧时父，携酒春游于吴兴南郭，见风景如画，以为西湖尤不能比。不期见佳人颇似往昔旧爱，因而有感成歌，到底意不在咏春，意在怀人。

“双桨来时，有人似、旧曲桃根桃叶”，开门见山地叙事，写远见画船之上有两位歌女好似自己的故人。这里用典《隋书·五行志》，载晋王献之的爱妾名桃叶，有妹桃根。王献之笃爱桃叶，曾在渡口作《桃叶歌》赠之，桃叶答之以《团扇歌》。据传姜夔于合肥结识的也是一对教坊姐妹，其中一位与词人有着不解之缘，而这两位佳人都善琵琶，这也是《琵琶仙》这一词牌名的由来。然而，到底不是故人归来，船近了便看清了，“歌扇轻约飞花，蛾眉正奇绝”。虽然亦是美貌出众，但毕竟不是她。虽然不是她，但词人被勾起的怀念之心，一时间竟难以平复，仿佛投石入潭，激起了层层涟漪。

“春渐远、汀洲自绿，更添了几声啼鴂”，本应紧承上文写追忆想念之情，但词人文思巧妙，先宕开一笔，为直抒胸臆营造了一种烟水迷离的氛围，曾经也如春一般，渐渐飘远，取而代之的是碧绿的沙洲，与杜鹃悲啼。屈原《离骚》有云，“恐鹈鴂之先鸣兮，使夫百草为之不芳”。张先《千秋岁》亦云，“数声鹈鴂，对报芳菲歇”。可见鹈鴂的啼鸣，在古代多与伤春有系。词人写愁中所见春景，自然尽数沾染愁思。有了这一番隐晦铺垫，末三句的感叹便更有力度，“十里扬州，三生杜牧，前事休说”。化用黄庭坚《广陵早春》诗句：“春风十里珠帘卷，仿佛三生杜牧之。”词人以杜牧自况，却说三生，暗示着过去的“春风十里扬州路”，已恍如隔世，与前番的烟波浩渺之感相辅相成。往事不堪回首，一回首便痛断肝肠。

下阕伤时伤离别。“又还是、宫烛分烟”，化用韩翃《寒食》：“春城无处不飞花，寒食东风御柳斜。日暮汉宫传蜡烛，轻烟散入五侯家。”笔锋一转，写寒食将近，宫中恐怕已早早开始分烟了吧。这里选取这一典型习俗，实际上也只是为了突出“又还是”之感，以示韶华流转之快，竟又到了清明节气。“奈愁里、匆匆换时节”，王宫贵胄因分烟而觉清明将近，可词人却因人在愁中，现在才猛然惊觉已换了时节。以其后知后觉，对日常生活、时间流逝的麻木，侧写心中经久不息的无限伤怀。这愁情无法可解，唯有“都把一襟芳思，与空阶榆荚”。化用韩愈《晚春》：“杨花榆荚无才思，惟解漫天作雪飞。”既然此情无计可消除，相思不相见，相爱不相守，那便与无情的榆钱一样，空洒阶前。

结尾词人由暮春的茂盛杨柳，思及当初与佳人分别的情景，情韵绵长。“千万缕、藏鸦细柳”，化用周邦彦《渡江云》：“千万丝、陌头杨柳，渐渐可藏鸦。”而当年的绿柳也是这般葱郁而轻盈地为我送行，“为玉尊、起舞回雪”。柳舞人别，“想见西出阳关，故人初别”，化用王维《送元二使安西》，“渭城朝雨浥轻尘，客舍青青柳色新。劝君更进一杯酒，西出阳关无故人”。

纵观全词，词人在景物上着笔很多，初读或有凌乱琐碎之感，但实际上细细分析之下，种种意象的情感特征都是相当一致的，“春渐远”“几声啼鴂”“空阶榆荚”，等等，都是离人语。在情感的传达上，正如沈祖棻所评：“‘蛾眉’虽自‘奇绝’，而属意终在‘故人’，所谓‘任他弱水三千，我只取一瓢饮’也。”

元好问

（1190——1257）

字裕之，号遗山，世称遗山先生。与李治、张德辉友善，时号龙山三友。天资聪颖，七岁能诗，有神童之誉。但多次科举不中，直至兴定五年方进士及第，又因科场纠纷，不就选。三年后，中博学宏词科，委任权国史院编修。金亡后，元好问被俘，辗转于山东聊城等地，晚年得以重归故里。其词内容丰富，风格多样，豪放婉约兼而有之，“清新顿挫，闲宛浏亮”，实为金代一朝之冠。著有词集《遗山乐府》，存词三百余首，是金代最高产的文人。

清平乐

离肠宛转，瘦觉妆痕浅。飞去飞来双语燕，消息知郎近远。

楼前小雨珊珊[①]，海棠帘幕轻寒。杜宇[②]一声春去，树头无数青山。

【词译】

憔悴损，竟觉妆痕浅，再掩不住她的面容消瘦，只因愁肠百结。离情弄人，剪不断，理还乱，无可捕捉，却又无处不在。就连见到一双双呢喃的燕子，于院内堂前自由飞翔，她也想问一问那远行人的消息，身在何处，是近是远？

窗外又下起了珊珊小雨，淅淅沥沥，淋湿海棠。微寒潮湿的空气，袭入重

注

① 珊珊：形容风雨声。

② 杜宇：即望帝，古蜀国国王。传说死后化为杜鹃，后世遂称杜鹃为杜宇。

重帘幕之中，人更觉惆怅。杜鹃一声鸣叫，方知这个春天也将完尽，一年年虚度，仿佛一眼望不到尽头的青山，无数重。

【评析】

开篇点明相思主旨，“离肠宛转”。道出词中人身份，“瘦觉妆痕浅”。粉黛难掩思妇的憔悴，于是“离肠”便无处可躲，思妇的心事一眼看穿。“飞去飞来双语燕，消息知郎近远”，以燕双衬人独，仿思妇的口吻，向燕子询问远游人的下落，由此可见思妇所翘首以盼的人，如今已音信全无。她不问归期，问远近，将内心的煎熬一笔带出，任何一点和他有关的消息，仿佛都能安抚她的“离肠”。上阕词境平平，毕竟燕双人独，“为伊消得人憔悴”等意象，都是闺怨词中的典型意象，未见尤为出彩之处。

下阕中视角发生了转变，由室内的景象写到室外。“楼前小雨珊珊，海棠帘幕轻寒”，辛弃疾《临江仙》有云：“夜雨南塘新瓦响，三更急雨珊珊。”珊珊小雨，将思妇的忧愁推向高潮，雨声淅淅沥沥如泣如诉，又让人觉得寒冷难耐，重重帘幕也遮不住雨所带来的清寒。而思妇望着院中的海棠，不知心中是否以之自况，与自己一样，都在凄风冷雨中独自挨过，美好的岁月就此虚度。

“杜宇一声春去，树头无数青山”，“杜宇”不仅有着凄美的典故，更兼啼鸣声凄凉，鸟喙呈红色，甚而有泣血的传闻。而思妇耳闻的杜鹃啼，在她心中化成了春去的信号，更添愁无数。尚未怜够海棠，便闻春将尽，花恐也时日无多。那么思妇自己呢？她的命运又将如何？词人将煞笔巧妙地收束于景象之上，即景即情，言外之意无穷。青山无数重，望不见郎踪，可见郎的消息远近，分明是“远”。一片烟雨茫茫，山色也如烟似雾，绿得发灰，飘渺至极。这同时也是对思妇内心的一种侧写，惆怅茫然，除了等待，便也不知如何是好。不能如双燕一般，恩恩爱爱，来去自由，便就只能如那院中海棠，凄风冷雨寂寞熬，远方永远都只能是远方。

这阕《清平乐》几乎全篇写景，融情于景，情感细腻，优秀之处在于对思妇心思的把握。词中人思念成疾，于是“小雨”“海棠”“杜宇”“青山”，全都浸润着离情，又因“离肠宛转”，而不直抒胸臆，就像思妇掩盖在红妆下的消瘦一样，含蓄蕴藉，只微露端倪。所以本词的审美情趣是在乎言外的，无华丽的辞藻，却有一颗敏感的心。

摸鱼儿

问世间，情为何物？直教生死相许。天南地北双飞客，老翅几回寒暑？欢乐趣，离别苦，就中更有痴儿女。君应有语：渺万里层云，千山暮雪，只影向谁去？

横汾路，寂寞当年箫鼓，荒烟依旧平楚①。招魂楚些②何嗟及③，山鬼④暗啼风雨。天也妒，未信与，莺儿燕子俱黄土。千秋万古，为留待骚人，狂歌痛饮，来访雁丘处。

【词译】

问世间，情是什么，为什么竟会令这两只雁儿彼此生死相随？曾一起天南地北飞过崇山峻岭，飞过滔滔江河，不知一同历经了多少春秋。比翼双飞是欢乐的人生趣意，但与此相对的离别也是人生八苦之一，怎奈，世间就是又有痴儿怨女，甘愿为此奉献衷肠。伴侣已逝，这浩渺世间，万里浮云，千山覆雪，我形单影只又能何去何从？

遥想当年武帝横渡汾水之时，箫鼓雷动何等热闹，如今却是寒烟衰草，荒野千里。招魂又有何用，楚王已崩飞雁已殁，山鬼空自悲鸣，风雨潇潇。但这双雁不会与那些莺莺燕燕一般，仅化作无名的黄土。相反，它们会因情笃而后

注

① 平楚：这里指荒草成烟，远望与树梢齐平，楚指丛木。

② 些：句尾象声词，《楚辞·招魂》句尾均用“些”字。

③ 何嗟及：悲叹无济于事。

④ 山鬼：出自《楚辞·九歌·山鬼》，即山神。

世留名，待文人骚客，狂歌痛饮，再来此雁丘处祭奠这对亡魂。

【评析】

这首长调词题为“雁丘词”，有词序云：“乙丑岁赴试并州，道逢捕雁者云：‘今旦获一雁，杀之矣。其脱网者悲鸣不能去，竟自投于地而死。’予因买得之，葬之汾水之上，垒石为识，号曰‘雁丘’。同行者多为赋诗，予亦有《雁丘词》。旧所作无宫商，今改定之。”由此可知本词作于金章宗泰和五年，彼时元好问十六岁，在赴并州应试途中，从捕雁者口中听说了两只飞雁的生死相随，因感其情，买下这对大雁，合葬汾水侧，“雁丘”指的便是二者的合葬坟。

词一开篇便是千古之问，荡气回肠，“问世间，情为何物”“直教生死相许”，回答与设问一样的震撼人心，同时也包含着词人对殉情大雁的赞赏。“直教”二字则显示出情爱的力量之大，无可抗拒，正若汤显祖的“情不知所起，一往而深”。这一深，也是“桃花潭水深千尺”所不及之深，足以超越生死——“情之所至，生可以死，死可以复生，生不可以死，死不可以生者，皆非情之至也”。

“天南地北双飞客，老翅几回寒暑”，此二句是词人遥想这对雁子曾经的生活，比翼双飞、举案齐眉，天南地北飞遍，春秋冬夏历尽，凸显出二者相濡以沫的恩爱过往。然而有“欢乐趣”，就有“离别苦”，自古天道如此，人难逃脱，雁子也不例外，它们更是其中的“痴儿女”，兴许比人类更为纯粹。

“君应有语：渺万里层云，千山暮雪，只影向谁去？”这四句是词人对殉情大雁心理活动的设想，借痴情雁之口，言千古痴情人语。世间苍茫浩渺，只影要如何面对？曾经万水千山，都是因为有伴侣相随，苦乐才皆能度过。而如今失去了对方，“万里”“千山”之远，“层云”“暮雪”之苦，形单影只，内心凄苦万千，于是“自投于地而死”。

过片转入对环境的描写以及对历史的追思，“横汾路，寂寞当年箫鼓，荒烟依旧平楚”。据《史记·封禅书》记载，汉武帝曾率文武百官至汾水边巡祭后土，又有《秋风辞》为证，云“泛楼船兮济汾河，横中流兮扬素波，箫鼓鸣兮发棹歌”。可见当年锣鼓喧天，棹歌四起，如今却是“寂寞”“荒烟”“平楚”。如此萧条的葬身之处，一来是为双雁默哀，二来用武帝显赫一时的事情，反衬雁儿款款深情将万古长存，以此说明唯有真情才是历久弥新，不会消逝于历史的洪涛之中的。

“招魂楚些何嗟及，山鬼暗啼风雨。”武帝已死双雁已去，招魂无用，悲鸣无意，表达了词人的哀痛之心，但下句便笔锋一转，写雁死留名，真情不殁。“天也妒，未信与，莺儿燕子俱黄土。”这双雁子之所以与别的莺莺燕燕不同，全在于二者的弥坚情意，所以虽说是后世将记得这雁，但实际上是记得这情。因此才会有许多怜其心意，懂其作为的文人骚客，携一壶酒，引一阕歌，来此祭奠，“千秋万古，为留待骚人，狂歌痛饮，来访雁丘处”。

这阕词看似咏物，实际上却是在赞扬人世间难得的真情，此情超越生死之隔，超越帝王之荣，超越时间之久。

摸鱼儿

问莲根、有丝多少，莲心知为谁苦？双花脉脉娇相向，只是旧家儿女。天已许。甚不教、白头生死鸳鸯浦？夕阳无语。算谢客[①]烟中，湘妃江上，未是断肠处。

香奁梦[②]，好在灵芝瑞露。人间俯仰今古。海枯石烂情缘在，幽恨不埋黄土。相思树，流年度，无端又被西风误。兰舟少住。怕载酒重来，红衣半落，狼藉卧风雨。

【词译】

试问那彼此纠缠的莲根到底有多少藕丝，试问那苦涩的莲心究竟因何如

注

① 谢客：即谢灵运，小字客儿，时称谢客。

② 香奁梦：借用韩偓诗意，谓深闺中的好梦。

此？并蒂花花容娇艳，两两相对，想来定是那对昔日的恋人。就连苍天都默许他们相恋，又为何不能白头，只能双双殉情，命丧鸳鸯浦？夕阳也无言以对，静默沉思。遥想谢公的感伤词文，或是娥皇、女英的投江往事，恐也不如这对殉情人令人断肠。人世间许多事情只在俯仰之间，但这海枯石烂的情缘，却至今犹在，化作并蒂荷花，破土而出，甚至也飘入深闺女子的美梦中，如灵芝瑞露。他们的爱情本是相思树，历经岁月蹉跎，无奈却被无情的西风所误。

我因此将船只少驻，不敢待他日载酒重来祭奠，因为这并蒂荷花已褪红大半，若风雨再起，恐也只能狼藉收场。

【评析】

这首《摸鱼儿》题为“问莲根”，实为“雁丘词”的姊妹篇，也是有感于一个凄美的殉情故事，词序云：“泰和中，大名民家小儿女，有以私情不如意赴水者，官为踪迹之，无见也。其后踏藕者得二尸水中，衣服仍可验，其事乃白。是岁此陂荷花开，无不并蒂者。沁水梁国用，时为录事判官，为李用章内翰言如此。此曲以乐府《双蕖怨》命篇。‘咀五色之灵芝，香生九窍；咽三危之瑞露，春动七情’，韩偓《香奁集》中自序语。”泰和年间，元好问听闻河北大名府有殉情男女一双，因爱情遭家人反对投河而死。同岁中池中所开之荷，无不并蒂者，词人有感于此，而成这阕《双蕖怨》。

“问莲根、有丝多少，莲心知为谁苦？”开篇两问道出恋人情比金坚，却又遭遇悲惨的情况。以莲花根茎的藕断丝连，表明二人虽身死，但情长存，仍彼此眷恋得难舍难分。而词人着意言藕丝的千丝万缕，数之不清，也暗示了旁人对他们之间的情深意重并不了解，不了解他们之间到底有多相爱，未曾想到他们竟能为了彼此而死的决绝。莲心之苦则是写两人的冤情，相恋不能相守，莲心若人心，苦涩且难耐。“双花脉脉娇相向，只是旧家儿女”，摹写并蒂花的含情脉脉，实际上就是在写殉情儿女的海誓山盟、至死不渝。“在天愿作比翼鸟，在地愿为连理枝”，生为伉俪，死亦并蒂。

有了上文极尽可能地状写殉情男女的羁绊，紧接着自然又抛出一问，“天已许。甚不教、白头生死鸳鸯浦”？如此深情，连上天都深受感动，允许他们化作这并蒂荷花。为什么在人世间却不能得到祝福，无法白头到老？面对词人这咄咄逼人又一针见血的追问，不仅无人能答，就连夕阳也只能无语凝噎。画面突然陷入了死一般的寂静，唯有血红的余晖，静静地流淌。“算谢客烟中，湘妃江上，未是断肠处”，这无法言喻，令夕阳也沉默的悲惨情事，恐怕比谢灵运《伤己赋》中的“播芬烟而不薰，张明镜而不照”，比娥皇女英随舜帝英灵而去的动人故事，都更加叫人断肠。

“香奁梦，好在灵芝瑞露”，过片化用韩偓《香奁集序》，以灵芝瑞露这类“只应天上有”的仙品，来比喻殉情恋人超凡脱俗的爱情。“人间俯仰今古。海枯石烂情缘在，幽恨不埋黄土”，这三句与《摸鱼儿·雁丘词》中的“天也妒，未信与，莺儿燕子俱黄土”语意相近，都有唯有真情永存的意思。情缘可以跨越古今，直至海枯石烂也仍旧存世，痴情挚情的雁与人皆然。

虽然情不变，但肉身却是早晚都会消陨的，“相思树，流年度，无端又被西风误”。“相思树”用典《搜神记》，据载“宋康王舍人韩凭娶妻何氏，美，康王夺之，凭自杀，妻投台而死，里人埋之，家相望也。宿昔，有大梓木生于二家之端，有鸳鸯各一，恒栖树上，交头悲鸣，音声感人。宋人衷之，遂号其木为相思树”。即便是享有如此美名的相思树也熬不过流年，抗不住西风，何况并蒂莲花乎？

词人正是深知这一点，才赶紧“兰舟少住”，若今日不祭奠，而是待他日“载酒重来”时，恐怕又是不同的光景——“红衣半落，狼藉卧风雨”。煞拍不仅写出词人对这段爱情的赞美怜惜，更暗示着词人以为世道无常多变，这样的爱情悲剧恐怕年复一年，仍会不断上演。这阕《摸鱼儿》虽不比写雁之作广为流传，但哀婉之情却更为深重，尤其是结尾的区别最为显著。一个是较为高调的讴歌，“千秋万古，为留待骚人，狂歌痛饮，来访雁丘处”。这一阕却归于凄凉，低回欲绝，并蒂莲花再美再真，也无奈西风的无情，读来哀感万端。

吴文英

（约1212—1272）

字君特，号梦窗，晚号觉翁。原姓翁，出继吴氏，遂改姓。《宋史》无传，因而其生卒年仍多有争议。一生未仕，以布衣身份出入权贵之门，多流寓苏、杭、越三地。清人对其词作评价最高，将其与辛弃疾、周邦彦、王沂孙并为两宋词坛四大家，又冠以“词中李商隐”的美誉。精通音律，多自度曲，词风绵丽深雅，但雕琢过甚，而且题材涉及面比较狭窄。存词三百四十首，著有词集《梦窗甲乙丙丁稿》。

风入松

听风听雨过清明，愁草[①]瘗[②]花铭[③]。楼前绿暗分携[④]路，一丝柳，一寸柔情。料峭春寒中酒[⑤]，交加[⑥]晓梦啼莺。

西园日日扫林亭，依旧赏新晴。黄蜂频扑秋千索，有当时、纤手香凝。惆怅双鸳[⑦]不到，幽阶一夜苔生。

注

① 草：起草，草写。

② 瘗：埋葬。

③ 铭：文体名，此处指葬花辞。

④ 分携：分手，分别。

⑤ 中酒：醉酒。

⑥ 交加：形容杂乱。

⑦ 双鸳：本义是双鸳履，此处代指女子的踪迹。

【词译】

听着清明时节的凄风苦雨，我怀着一腔愁绪起草着葬花的铭文，但却怎么都写不顺，删改无数，重写无数。曾与你依依惜别的楼前，如今已绿柳成荫，好像当初难舍难分的情谊，全都化作了柳丝，一丝一寸。乍暖还寒的春天，我饮酒御寒，一不小心醉倒，又被黄莺惊了美梦。西园里的亭台我仍日日前去打扫，万一你某日归来，我们依旧可以在那里欣赏新一年的天晴日暖。你喜爱的那座秋千，时时有黄蜂扑向你曾握过的秋千索，想必是当初你纤手上的余芳仍在。但黄蜂不懂我失却了你的消息后的惆怅，无人登楼的台阶上，一夜之间青苔丛生。

【评析】

据唐圭璋先生考证，吴文英这一生先后有过两段情事，但都以悲剧收场，这也直接导致《梦窗词》中留存有大量缠绵悱恻的怀人怀旧之作，如《西江月》《诉衷情》等，这首《风入松》陈洵在《海绡说词》也以之为思念相离的爱妾之作。

宋理宗绍定五年，吴潜任苏州地方官，吴文英为其幕僚，在这十余年间吴文英一直居住苏州，并曾娶一女为妾，二人同居于阊门外之西园，恩爱有加，其后“西园”这一寓所也多次出现在吴文英的感怀词作中，可见其眷恋之深。如本词中的“西园日日扫林亭，依旧赏新晴”；《点绛唇》中“时霎清明，载花不过西园路”；《汉宫春》“兰词沁壁，过西园、重载双壶”；《浪淘沙》“往事一潸然，莫过西园”等。直至淳祐四年，吴文英辞去，携妾迁居杭州。但于某年夏秋之际，其妾竟离开吴文英返回了苏州，原因不详。只是从此杳无音讯，寻人不得。而吴文英后来在杭州，重与另一妾相恋，也是维持了约十年的光景，直到爱妾故去。

“听风听雨过清明，愁草瘗花铭”，起笔先写伤春，看似起势平平，但一“听”一“过”，皆是微妙用词，是非常细腻的韵味之笔。风雨连用两个“听”字，不仅读起来富有韵律，更重要的是暗示了词人伤春之情笃沉，清明时节本就容易思远怀人，词人草草一“过”，仿佛恨不得这凄风冷雨的节气早点完结。言“听”不言看，不说见到落英纷缤、乱红齐飞，或是芳草流光之景，下文的一个“草”字点明了原因。词人自是心烦意乱，“愁草瘗花铭”。想拟写一篇《瘗花铭》尚不可得，哪有心思去看暮春的凄凉景象，不想看也不忍看，在屋里写那篇根本无心撰写的铭文，听着窗外风声雨声，或许连白天黑夜都分不清，就这样敷敷衍衍地度过了清明。

“楼前绿暗分携路，一丝柳，一寸柔情”，接下来三句由伤春写到了伤别，分携路上柳，颇有留人之意，不知是不是词人在悔恨当初未能将爱妾留下，以致如今音讯全无。若当时能折柳赠之，今天是否就不会是如此光景了？柳丝有情而无言，不知就此见证了多少分分合合与多少追悔莫及，“千丝柳亦千丈柔情矣”。春寒袭人，伤别贪杯，奈何黄莺不解风情，“料峭春寒中酒，交加晓梦啼莺”。化用金昌绪《春怨》诗句，“打起黄莺儿，莫教枝上啼。啼时惊妾梦，不得到辽西”。写出词人在一片纷扰的啼鸣声中醒来时的烦躁，与清醒后的无奈与失落。

下阕写清明既过，然而愁情不减，思人之苦仍是日复一日，“西园日日扫林亭，依旧赏新晴”。这两句像是词人一种无声的呼唤，仿佛希望用这日日扫林亭的举动，呼唤她早日归来一般，归来“赏新晴”。可见他们曾一同赏过无数的“旧晴”，才有这一句，一边盼望一边怀念，这就是词人心态的全部写照。“黄蜂频扑秋千索，有当时、纤手香凝”，这三句陈洵以之为“痴望神理”，确是词人思念成疾，而产生的奇思妙想。不直言见秋千而思故人，倒是从黄蜂扑秋千索侧写，因为情深，所以语痴。

末句也是夸张手笔，“惆怅双鸳不到，幽阶一夜苔生”，化用古诗句“全由履迹少，并欲上阶生”。佳人不归，青苔一夜而生，很显然是说词人心中滋生的青苔，只有心田里的荒芜，才能一夜而成，意蕴深厚。

周　密

（1232—1298）

字公谨，号草窗，又号霄斋、蘋洲、萧斋，晚年号弁阳老人、四水潜夫、华不注山人。祖籍济南，举家随高宗南渡后，寓居吴兴。曾任义乌令，入元不仕，潜心著述。先隐居于弁山，后移居杭州癸辛街。诗文书画皆擅长，与史达祖、王沂孙、张炎等人均有唱酬之作。词作早年多写优雅的日常生活，精于文字，晚年国难当头，词作主题便转向忧国忧民、思乡怀古之旨，风格凄婉。与吴文英齐名，人称“二窗”。曾编选《绝妙好词》一卷，自己的传世词集有《草窗词》《蘋州鱼笛谱》，存词一百五十余首。

玉京秋

烟水阔，高林弄残照，晚蜩[①]凄切。碧砧[②]度韵，银床[③]飘叶。衣湿桐阴露冷，采凉花[④]，时赋秋雪。叹轻别，一襟幽事，砌蛩[⑤]能说。

注

① 蜩：蝉。

② 碧砧：长青苔的捣衣石砧。

③ 银床：银饰井架。

④ 凉花：秋凉后开的花，此处指芦花。

⑤ 砌蛩：阶下蟋蟀。

客思吟商[1]还怯。怨歌长、琼壶暗缺。翠扇恩疏，红衣[2]香褪，翻成消歇。玉骨西风，恨最恨、闲却新凉时节。楚箫咽，谁倚西楼淡月。

【词译】

轻烟弥散在浩渺的江面之上，夕阳的余晖穿过高耸的层层密林，在蝉背上落下一星半点光晕，惊起一声声凄切的长鸣。长满青苔的石砧上传来阵阵捣衣声，似在与之和韵。秋叶随风飘落在我脚边的石井之下，与落叶一齐降下的还有寒露，沾湿了我薄薄的长衫。我采下一枝秋花，见花色似雪般纯白清冷，勾起我心中的一丝离情，叹曾与她轻别离，如今唯有阶下的蟋蟀能听我诉说。

客居他乡，想要吟咏秋天，又怕触动心中隐痛。想要长歌当哭，又恐情难自已敲缺和韵的玉壶。夏扇秋藏，夏花秋败，那些盛景都成了回忆。我在西风中黯然独立，心中最恨，却是自己荒度了夏，现在又将荒度这秋。远处传来的箫声呜咽，不知是谁西楼独倚，淡月披身。

【评析】

本作的词序为“长安独客，又见西风。素月丹枫，凄然其为秋也。因调夹钟羽一解”。可见这首《玉京秋》是词人的自度曲，调见《蘋州鱼笛谱》卷一，乃词人客居南宋临安时，逢秋有感而成。全词主要状景，情感基调萧条悲戚，但所表达的内容却是丰富，既有词人独自客居长安的孤独惆怅，又有因离别而生的相思苦楚，更兼对黯淡前途的迷惘无依，种种心事全化在了一幅幅的秋景图中，是谓悲秋。

“烟水阔，高林弄残照，晚蜩凄切。”开篇写景，由远及近，先粗笔勾勒一幅辽阔的烟水图景，苍茫之感顿生，景越是波澜壮阔，人就越是渺小孤独。“高

注

① 吟商：吟咏秋天。古代秋天五行属商，《礼记·月令》：“孟秋之月其音商。”

② 红衣：这里代指荷花。

林”“晚蜩”，一个写色泽，一个写声音。一天中的时间是最引人感慨的日暮时分，“晚”字也与“残照”对应，写出一年中的时间也刚好来到了秋季，与日暮一样，都有着岁月垂垂老矣、好景不长的黯然。

“碧砧度韵，银床飘叶”，色彩上一“碧”一“银”都是冷色调，给人凄清之感。既闻度韵之声，又见飘叶之态，寥寥两句，状写出秋景的典型意象。承接上文，视野一点点拉近，直至特写捣衣与落叶，极富层次感。“衣湿桐阴露冷，采凉花，时赋秋雪”，环境仍然是在梧桐树下、石井架边，与前两句的关系非常密切，由此人在词中的首次出现，显得极为自然流畅，一气呵成。词人衣衫都被阴露浸湿，足见伫立时间之久，而在同一句中就连续出现“湿”“阴”“冷”，皆是词人内心的隐射，正因有无限心事，才久久独立，而又因独立，衣湿露寒，傍晚不觉间化作了黑夜。词人采芦花这一意象，与张炎“折芦花赠远，零落一身秋”用意相似，都是表达离愁别绪之语。于是“叹轻别，一襟幽事，砌蛩能说”。只是怀念的人不在身侧，相见无期，这一叹也只能叹给台阶下的蟋蟀听。不知能否有一天，它再将我这“一襟幽事”，说与那人听？

过片直抒胸臆，“客思吟商还怯。怨歌长、琼壶暗缺”。语出周邦彦《浪淘沙》，“怨歌永，琼壶敲尽缺”，情感却更为深沉哀痛。“幽事”浮上心头，禁不住吟咏秋愁，奈何此愁无穷无尽，竟成长歌一阕，苦闷之深，又竟敲缺了用以打节拍的玉壶。一“怯”一“缺”，全因恨长恨深。“翠扇恩疏，红衣香褪，翻成消歇。”“恩疏”“香褪”“消歇”，都是渐行渐远难追悔之态，虽写荷花、团扇，但都是喻人喻事。表达手法上，与上阕中的“湿”“阴”“冷”近似，三次叠用，刻画情感强烈深厚。

“玉骨西风”，萧瑟景配削瘦人，“玉骨”指体瘦。“恨最恨、闲却新凉时节”，末了除了离愁，又添一恨，恨韶华空度，这是词人有感于自己仕途坎坷，长年沉沦下僚。“楚箫咽，谁倚西楼淡月”，煞拍收束于箫声与淡月，空灵飘渺，而愁思萦绕。将自己作为游子的一腔幽恨，寄托在不知何人的呜咽箫声中，意象清空，余韵无穷。

蒋　捷

（约1245—1305）

字胜欲，号竹山，人称竹山先生、樱桃进士。咸淳十年进士，未授官而南宋亡，入元不仕，隐居太湖竹山，气节为时人所重。与周密、王沂孙、张炎并称“宋末四大家”，词风与姜夔近，“洗练缜密，语多创获”。词作题材多写黍离之悲、乱世凄苦，然内容广泛，也时有明快之作，格调清新，自成一家，对清初阳羡派词人颇有影响。存词九十余首，著有《竹山词》。

一剪梅

一片春愁待酒浇①。江上舟摇，楼上帘招。秋娘渡与泰娘桥②，风又飘飘，雨又萧萧。

何日归家洗客袍？银字笙③调，心字香④烧。流光容易把人抛，红了樱桃，绿了芭蕉。

【词译】

行舟江面，船身随波摇晃着，岸上的店招旗也随风招摇，我也想上岸买一壶酒来浇灭我心中燃烧的春愁。一时间风雨涤荡，我在船舱中避雨，就这样路

注

① 浇：浸灌，消除。

② 秋娘渡与泰娘桥：吴江地名。

③ 银字笙：笙上用银作字以表示音色的高低。

④ 心字香：盘成心字形的香。

过了秋娘渡与泰娘桥。也罢，也罢，反正也无心观赏，倒是这凄风苦雨更能深入我心。什么时候才能风尘仆仆地回家，结束疲乏的客居生活，彻底洗净这一身客袍？在家中长久地调一调银字笙，熏一熏盘成心字的香。时间就这么轻易地将人抛在了身后，拼命追赶，也只见樱桃已红，芭蕉已绿，又是一年春尽。

【评析】

这首《一剪梅》的词题是“舟过吴江”，即是词人隐居姑苏太湖后，一次行舟吴江上的春愁有感。词人流落他乡，那回不去的故乡，正如复不了的国家一样，是词人心中最深重的愁闷，寄托于春，也就成了春愁一种，却不是轻浅的闲愁。

首句开门见山，“一片春愁待酒浇”，点出全词的主旨“春愁”，“一片”形容愁浓，“待酒浇”写出词人急需排遣愁情的心情，从而也侧写出此愁之重，词人已不堪重负，甚至想要一醉解千愁，又或许非沉醉无以为解。但见“江上舟摇，楼上帘招”，一“摇”一“招”，或为风雨欲来前的不宁静，江上波涛似乎也汹涌了一些，岸上酒旗也被吹来晃动不止。按说此时正是买酒浇愁的机会，但词人却似乎并未如愿，无奈“风又飘飘，雨又萧萧”，好不容易想到的解愁之法，被一场风雨打得破碎了。于是，就在风雨急迫之时，词人错过了细细观赏“秋娘渡与泰娘桥”的时机，愁情仿佛也如涨潮的江水一般，更加满溢，更加波澜。

上阕中成功地以一场江面上的风雨意象，为词人下阕的思乡春愁铺设了萧瑟背景，所渲染开的是一种情绪的蕴藉，含而不露，却又委实可感。两个“又”字，足见词人对风雨所暗示的“春愁”的熟悉，熟悉却又厌倦。听得淅淅沥沥的雨声，见得飘飘扬扬的细雨，感得湿漉漉的入骨凉寒，此刻词人内心汪洋中的那叶孤舟也水涨船高，再也难以遮掩忽视——“何日归家洗客袍？银字笙调，心字香烧。”一问问出心底最想知道的事情，“何日归家”？而归家之后，词人的设想都是最平凡普通的生活片段，“当时只道是寻常”，如今却留恋不已，仅仅是洗一件袍，调一支笙，烧一盘香……然而赋予这些情景不同意义的，显然是家的存在，家人的陪伴，在最平凡的日常中一点一点地洗尽天涯孤旅多年的疲惫。“银字”“心字”仿佛就代表了平稳生活中的那点小小意趣，与词人在风雨船只上漂泊的现状形成鲜明对比。

最末三句流传最广，词人也是因此得名“樱桃进士”，“流光容易把人抛，红了樱桃，绿了芭蕉”。“抛”字先将流光写活，纵然“抛”实际上只是“被抛人”的感慨，若想去追，便知流光如电光火石一闪，叫人唏嘘。复用樱桃与芭蕉的颜色变幻，将并无实体的流光写得具体可感。樱桃熟，芭蕉盛，春末夏初，反倒有种一夜换白头的深沉惆怅。煞拍所呈现的意象虚虚实实，从艺术表达上看，若将时间感完全落于“红”“绿”二字，未免显得过于实在，缺乏诗词的灵动性，所以前面的“流”与“抛”，正好补缺了这一点，最终的情韵虽着实可感，却又仅是萦绕周围而已，的确巧妙。

虞美人

少年听雨歌楼上，红烛昏罗帐。壮年听雨客舟中，江阔云低，断雁①叫西风。

而今听雨僧庐下，鬓已星星也。悲欢离合总无情，一任阶前，点滴到天明。

【词译】

年少时醉卧歌楼听雨眠，红烛昏昏，人便迷醉于罗香软帐之中。中年人在他乡的客舟上浮浮沉沉，听雨打船舱、江面，全是越听越清醒。江水浩浩，天远云低，苍茫之中，唯有离群的孤鸿在西风中哀鸣连连。如今，两鬓花白，独坐僧庐下，听雨声点点滴滴。人生悲欢离合从无定数，也不会为谁留足情面，就像这雨，听了一辈子，也只能任其滴落阶前，直到天明方歇。

注

① 断雁：失群孤雁。

【评析】

这首《虞美人》词题“听雨”，词人从一生的风雨飘摇中择出“听雨”这一意象，跨数十年的人生，描绘不同人生阶段中迥然各异的听雨景象，传达出人生心境的转变与升华。

“少年不知愁滋味”，生活放浪形骸，游冶章台路。“歌楼”“红烛”“罗帐”，充满绮丽色彩，灯红酒绿又纸醉金迷。轻歌曼舞中的一夜夜，似乎是叫人艳羡的，但写这阕词时，词人已是老年，心态毕竟不同，此时的他对自己少年时的不羁，所评乃是一个极具代表性的“昏”字。烛光昏昏，人也靡靡，以为这样酣畅的光景尚有无数个，于是轻消遣。“韶华在眼轻消遣，过后思量总可怜”，如今想来，虽是快意人生，可毕竟短暂，于是浑浑噩噩，像黄粱一梦般，一眨眼就杳无踪迹。

宋亡后，词人家不家国不国，于是壮年听雨的这幅图景颇有些萧索与沉重。“客舟中”，天涯孤旅人，四海为家，漂泊无依，正若大江大海中的一叶孤舟。更兼“江阔云低，断雁叫西风”，全是萧索意象。一人一雁一舟，在无边无际的天空或是江海之上，四处流离。背景越是波澜壮阔，磅礴辽远，人与雁就越是孤寂渺小，沧桑感便成了压在心中的一块巨石。雁尚能于西风中嘶鸣，而人却只能含恨听雨，这种沉重，委实难以言喻。

最后一景终于拉回现实，无奈现实依旧惨淡，“鬓已星星也”。放任、流离，尚未来得及弄清许多事，人却已经老了，心却已经淡了，只愿坐在僧庐下得一隅清净。对莺莺燕燕的生活已无兴趣，又没有力气再去闯荡。只在听了一生的雨声中，追忆被雨打风吹的此生。终于悟得“悲欢离合总无情”，但到底词人并没有大彻大悟，言语间仍是凄凉意，与苏轼旷达有着天壤之别，绝非“回首向来萧瑟处，归去，也无风雨也无晴”这般超然于物外。毕竟词人还是守在阶前听了一夜的雨，直至天明，虽说“一任”，其意却不是这场雨已不在词人心中，而是有些无可奈何，天雨岂是人力可及之事？许昂霄在《词综偶评》中对这二句评曰：“此种襟怀固不易到，亦不愿到。”“不易到”便是赞赏词人这番心态，若非历尽磨难者不能有，而“不愿到”仍是读出了其中的萧索与难耐，与得道之人的心无挂碍是有区别的。

纵观全词，少、中、老年的串联，以听雨为线索，一气呵成，而“歌楼上”“客舟中”“僧庐下”，这样的空间布局，也与岁月的流逝感相辅相成。词人以淡笔写浓情，每一个场景点到即止，并未大肆渲染，不滥情反而情深意重，读来无限感慨。韩奕曾言：“夫听雨，一也。而词中所云不同如此，盖同者，耳也；不同者，心也。心之所发，情也。情之遇于景，接于物，其感有不同耳。”

朱彝尊

（1629—1709）

字锡鬯，号竹垞、驱芳、金风亭长，晚号小长芦钓鱼师。康熙十八年举博学宏词科，授翰林院检讨，参加《明史》修撰，后因病罢归，潜心著书立学。在诗歌方面，与王士祯齐名，为南北两大宗；词学上，他开浙西派之先河，崇尚清灵、醇雅，与以陈维崧为代表的阳羡派并峙称雄。辑有《词综》一书，选唐、五代、宋、金、元词两千余首。自著有《曝书亭词》，共七卷，存词五百余首，词风清雅，疏中有密，洒落有致。

桂殿秋

思往事，渡江干①，青蛾低映越山②看。共眠一舸③听秋雨，小簟④轻衾各自寒。

【词译】

遥想与你乘舟渡江的那一天，船停靠在岸边时，你久久地望着远处秀美的吴山越水，而我则在你低敛的眼波之中，欣赏着映衬在你双眸里的山清水秀。那粼粼的秋水，比不上你的眼波流转，那绵延的群山，比不上你的眉黛灵秀。夜晚，

注

① 干：岸边。

② 越山：嘉兴地处吴越之交。

③ 舸：小船。

④ 簟：竹席。

我们同宿于一叶小船之内，听着同一场秋雨，淅淅沥沥，淋湿同一顶船舱。可惜咫尺天涯，我们在各自的竹席与薄被内，被秋雨的寒气浸润得难以成眠。

【评析】

朱彝尊从不避讳自己对小姨子的一往情深，他的《风怀二百韵》，全诗长达近两千字，共计十八个小节，记述了他与小姨子冯寿常之间从相识、相恋到最终定情，又生离死别的过程。又著有以冯寿常的字为名的《静志居琴趣》，其中的许多作品也记述着他们这段情事。但他们的感情不符纲常，自然是不能为世所容忍的，直至朱彝尊晚年，其友奉劝他从自己的集子里删去《风怀诗》，若能如此，凭朱彝尊经学家的身份，或能尊入孔庙享万世礼奉。而朱彝尊亦是“欲删未忍，至绕几回旋，终夜不寐”。而最终他的决定也令人唏嘘，果真是“问世间情为何物”，其言：“宁拼两庑冷猪肉，不删《风怀二百韵》。”与其死后在文庙中等着祭祀的冷猪肉，不如做个真性情者，他宝贝了一生的一段情，怎能因封建礼教而全盘否认。

朱彝尊于顺治二年入赘冯家，与冯镇鼎的长女冯福贞婚配。彼时的朱彝尊尚且十七岁，其妻十五岁，而小姨子仅十二岁。他与冯福贞的婚姻可以说是典型的父母之命，媒妁之言，而与小姨子冯寿常的爱情，则为世俗礼教所不齿。然而冯寿常终于还是嫁人了，但婚后仍难减对朱彝尊的眷眷深情，最终抑郁而亡。

从这首小令中足以看出一些朱彝尊对待这份感情的态度，一则情难自禁，二则却又不会猛烈地追求，而是采取了一种苦苦压抑的心态，发乎情而止乎礼。

开篇直言“思往事”，可见是怀旧追思之作，纪念的是顺治六年，朱彝尊随其岳父冯镇鼎从练浦迁居王店，途中坐船经过钱塘江一行。然而这次“渡江干”的与众不同之处在于，妻妹冯寿常也在船上，于是这一日一夜令朱彝尊一生难忘。全词最为巧妙的一句正是——“青蛾低映越山看”。“青蛾”“越山”的相映成趣，本不是什么神来之笔，但词人却将自己的那点小心思悄悄藏于身后，似在看山，又在看人，不敢与她四目传情，只能借着这山山水水的名义，暗自欣赏她的美，着实微妙。

“共眠一舸听秋雨”，时间如流水，转眼白天换作了黑夜，词人与爱慕之人共眠一舸，想来今夜是必定无眠了。白天以视觉传情，夜晚便只能用听觉显性，“听秋雨”。分明同听一场秋雨，却又只能“小簟轻衾各自寒”，真可谓是“秋风秋雨愁煞人”。而“各自寒”证明难以成眠的不仅词人一个，可见这时他俩的恋情已初露端倪，都在凄风冷雨中，忍受着内心灼热爱欲的煎熬。即便心有灵犀，却又不能执手相看，白日借山势，夜晚凭雨声，这样微妙的互相传情，委实咫尺天涯，难耐又无奈。于是这一“寒”，既写秋雨的凉爽，又写两人内心的绝望，无法为世俗所接纳的悲哀，不能表达，无法言语，如此复杂的心情，尽在一“共”一“各”的微妙差别之间。